パリの昼の顔も夜の顔も知り尽くす，警視庁きっての名探偵である予審判事アンリ・バンコランは，剣の名手であるサリニー公爵の依頼により，彼と新妻をつけねらう人物から護るために，ナイトクラブを訪れる。だが，刑事が隙無く見張るカード室で，公爵は首を切断されて殺された。出入り不可能な密室から消え失せた犯人の正体は，公爵と新妻を脅かしていた“人狼”なのか？　そして第二の犠牲者が――怪奇趣味，不可能犯罪，密室。生涯にわたってカーの著作を彩った魅惑の要素が横溢する，探偵小説黄金期の本格派を代表する巨匠の華々しい出発点。

登場人物

ラウール・ド・サリニー……………公爵
ルイーズ・ド・サリニー……………ラウールの新妻
アレクサンドル・ローラン…………ルイーズの前夫。精神異常者
エデュアール・ヴォートレル………ラウールの友人
シャロン・グレイ……………………ヴォートレルの愛人
シド・ゴルトン………………………アメリカ人
ルイージ・フェネリ…………………ナイトクラブ店主
キラール………………………………サリニー公爵家の顧問弁護士
ジェルソー……………………………ラウールの従僕
フーゴ・グラフェンシュタイン……ウィーン大学の精神病理学者
アンリ・バンコラン…………………パリの予審判事
ジェフ・マール………………………バンコランの友人。本書の語り手
フランソワ・ディルサール…………刑事

夜　歩　く

ジョン・ディクスン・カー
和　爾　桃　子　訳

創元推理文庫

IT WALKS BY NIGHT

by

John Dickson Carr

1930

目次

ウッダ・ニコラスと
ジュリア・カーに捧ぐ

夜歩く

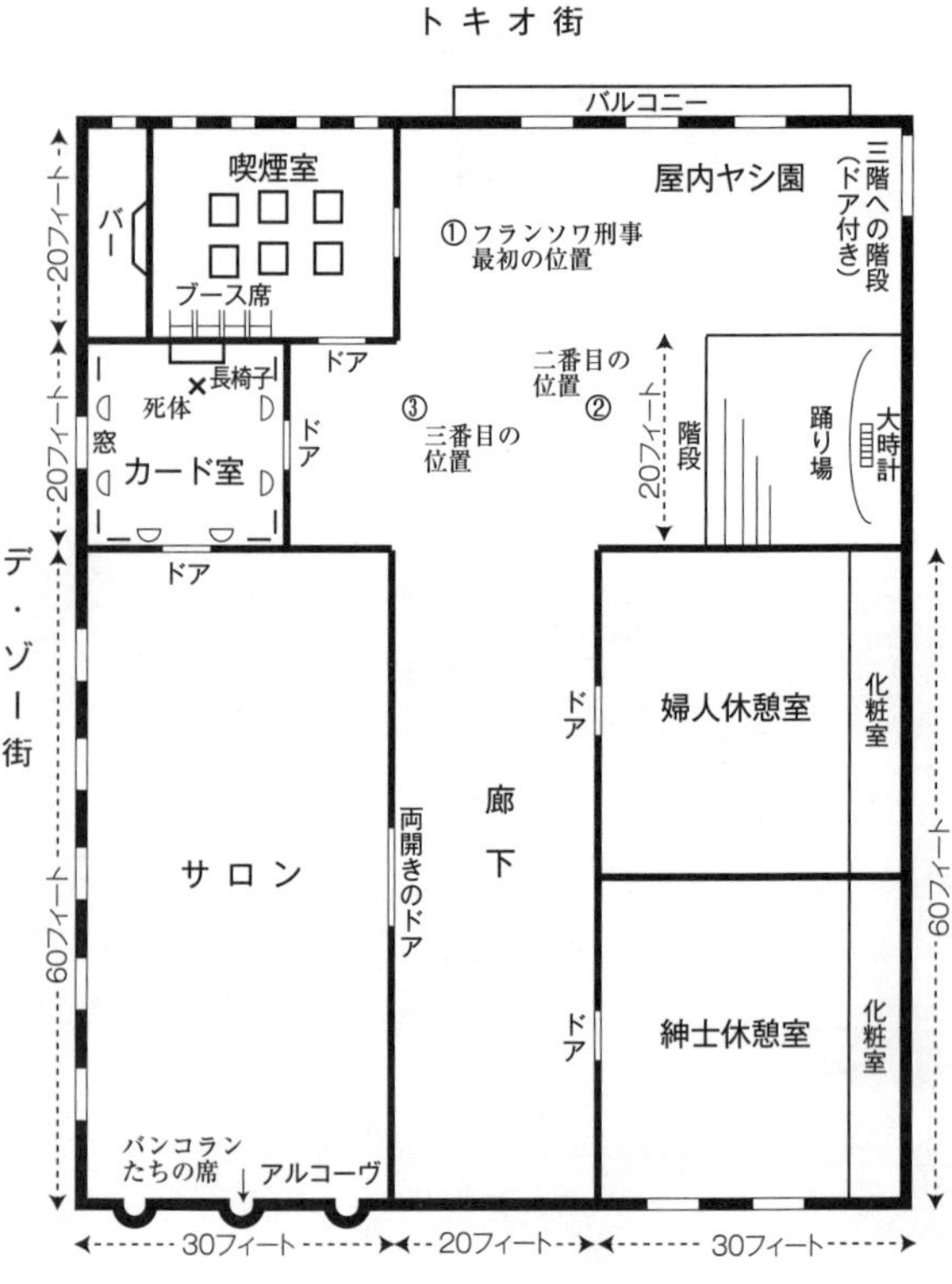
トキオ街
バルコニー
デ・ゾー街
喫煙室
バー
ブース席
屋内ヤシ園
三階への階段（ドア付き）
①フランソワ刑事最初の位置
ドア
長椅子
死体
窓
カード室
ドア
③
三番目の位置
二番目の位置
②
階段
踊り場
大時計
ドア
廊下
両開きのドア
サロン
ドア
婦人休憩室
化粧室
ドア
紳士休憩室
化粧室
バンコランたちの席
アルコーヴ
20フィート
20フィート
60フィート
20フィート
60フィート
30フィート
20フィート
30フィート

二階見取り図

1　墓掘りどものパトロン

「……斯様《かやう》にて（美《うま》しわが仏蘭西《ふらんす》にてもまま見受けらるる）夜《よ》を歩《あり》く人妖《ひとあやかし》どもに尠《すくな》からざる陋劣《ろうれつ》の徒ありて邪《よこしま》なるたたずまひ、昼間は目立たず而《しか》うして人をそらさぬ色男また愛嬌こぼるる美人とこそ折々見ゆれども、夜ともなれば冷酷無残なる鬼畜の本性さらして鉤爪をしたたか血に染めるなり。ゆゑにくれぐれも申しおく、巴里《パリ》の都人と雖《いへど》も構へて油断禁物、炉も下火なる深更の硝子窓にはたはたと気配ありとても、さては旅人ござんなれなどとみだりに迎へては相ならぬ……」

十五世紀中葉のルーアン大司教バトニョールが、むやみにひねくったフランス語でものした一文の大意はそんなふうだった。その本はバンコランがその午後に送ってよこしたもので、ディナーに出かける身支度中ずっと読みさしを机上に広げっぱなしにしていたのだ。バンコランの添え状に、「この本はローランの蔵書にかかるもので、人となりの一端をうかがわせる」な

ど と書かれていたものだから、ただでさえ不気味な文章が、散乱したヘアブラシや礼装用ボタンの陰でひとりでに形をとって蠢《うごめ》くのであった。

四月のパリ、夜八時の鐘をもってあの本とともに事件のとびらは開いた。私としては〝見通し危険、乗るか？〟とのみ打電してきたバンコランに対し、狐につままれながらも〝乗った〟と返電してニースを発ってきたのだ。いずれサリニー公爵を殺し、陰惨な笑顔でわれわれの夢枕にまで立つはずの人物のことなどはついぞ知るよしもなかった。

とはいえ、九時にバンコランが玄関の呼鈴を鳴らした時点で先行きの暗さは見てとれた。抑えぎみな挙措《きよそ》の奥からにじみ出てくるものがあったのだ。さしむかいで客間のテーブルにつき、重みと節度ある話しぶりを傾聴しながらも、いつもながら測りがたい人だなあと私は内心考えた。初対面で、この人ならばという気にさせられた（賛同する向きは一人二人にとどまらない）。どんなにばかげていそうなことでも、この人なら心おきなく話せ、心外なあしらいをされたり一笑に付される気遣いもなかった。斜に構えたその顔を見直せば――くの字眉の垂れまぶたに気まぐれと辛抱強さが同居し、眼光には黒紗一枚かけて眼窩の奥におさめてあった。肉薄な鷲鼻の左右から口の両端にかけて、それぞれかっきりと線が刻みこまれていた。小ぶりな口ひげと黒くとがったあごひげに、ほの笑いをひそめ――まん中分けの両端をねじって角《つの》形にまとめた黒髪にはそぞろ霜《きざ》が兆していた。ランプの抑えた灯をもはじくまっさらなホワイトタイの烏賊《いか》胸に載った頭部にはルネサンス期の風韻があった。話していても肩をすくめる程度でことさら身ぶり手まねによらず、大声は絶対に出さなかった。それなのに、この人と連れだって往来に出ると、気がさすほどに目立ってしかたがなかった。なんとなれば、ほかでもない、これぞ当時は予審判事《ジュージュ・ダンストラクシオン》の現職にあり、裁判所顧問にして警察を率いるムッシュウ・アンリ・バンコランその人だったからだ。

　バンコランがアメリカで送った大学時代に父の親友だった縁で、私とは物心ついて以来のつきあいになる。子供のころには、パリ土産のおもちゃをたずさえて毎年遊びに来ては、これ以上ないほど素敵にゾッとするお話を聞かせてくれたものだった。が、その該博な知識のほどや社会的地位については、本拠地であるこのパリに来るまではついぞ知らなかった。彼の手中で無数の切子面をきらめかせて旋回する宝玉、パリ――光翳あやなし、時に麗《うら》らかに、かと思えば一転して暗雲はらんだ面を向け――名にしおう晴れ舞台の上流サロンから舞台裏へ、はたまた奈落――修道院、売春宿、ギロチンへと、魔都バビロンの乱痴気騒ぎのどこへでも、彼は法の名のもとに踏み込んでいくのであった。そしてねじり髪の双角に三角ひげ、目もとに笑いじわをたたえた測りがたい笑みを、出向く先々へしかと焼きつけて回った。いついかなる時もワイングラスを前に沈思黙考にふけるが如きたたずまいを崩さず、ひとり役所にいても地図上のパリ全市を掌におさめていた。地図を指でなぞって街灯や灰色の広場をいくつも突っきり、通りから通りへと分け入り、ある家でぴたりと止まる。そうして手元の電話でちょいと声をかければたちまち落とし罠さながら、警察の包囲網が音を立てて閉じるという寸法だった。だが、ともに殺人犯ローランを追うことになった一九二七年四月二十三日の当夜までは、その捜査ぶりを実地に見せてもらう同道の機会にはついぞあずかれなかったという次第だった。

一緒に玄関先の階段を降りて私の車へと向かう時分には、高い街灯がパリの夜空にぽつりぽつりと咲きそめていた。玄関口でバンコランはふと足を止め、葉巻を吸いつけがてら青宵に翳《かげ》る街路のさまをちょっと見渡した——長身の影絵を高い玄関口に浮きあがらせ、銀の握りのステッキにもたれ、マントを肩にはね上げて。

「生まれてこのかたという危険に直面したやつがいてね。身辺警備の監督なんて職掌外だが、じかに頼まれてしまってはなあ……。

ラウール・ド・サリニーだよ！」しばしの間を置いてつぶやいた。「名だたるスポーツ選手にして剣の達人《ボー・サブルール》、大衆の憧れの的！——ぞっとしないね。私の好みからするとサリニーなる御《ご》仁《じん》はちと声高で俗に流れすぎだ、人はいいんだが。ま、事情は後で聞かせるよ。さて、ディナーにしようじゃないか。食後は〝フェネリ〟へ行くぞ」

レストラン〝レ・ザンバサドゥール〟の食卓では人狼《ルー・ガルー》の危険に触れるにとどめ、あまりつっこんだ話はしてもらえなかった。〝人狼〟が第六代サリニー公ラウール・ジュールダンを脅かしているというのだが、ためにその一語がただならぬ意味を持ちはじめ、さすがのバンコランもいささか心穏やかでいられなくなったという。そう聞いてこちらもうろ覚えの記憶をさらいにかかり——新聞記事か、さもなければほうぼうのサロンで聞きかじったゴシップの断片とおぼしきものを——サリニーと結びつきそうな話を探すのにかまけて、食事など二の次になってしまった。いかんせん、ご当人の動静が広く報道されすぎていたのが頭の痛いところだった。

いつもそうなのだ。「明日のウィンブルドン準決勝は、ラコスト選手と対戦の強豪サリニー公に期待」、ライト・ヘビー級アマチュアボクシング試合で某選手をノックアウト、云々。こと射撃、馬術、剣術の分野では向かうところ敵なしを誇り、判で押したように勝者として写真におさまり、にわかに信じがたいほどの伝説をうちたてていた。大貴族に生まれつき、勉学不得手で稚気抜けきらぬとはいえ一本気で明朗快活なブロンドの貴公子であった。私とは直接のつきあいはないが、エトワール街のさきにあったテルラン先生の稽古場《サル・ダルム》でお手合わせ願ったことならある。いざ剣を交えてみれば、鋼鉄ばねのごとくに一分の隙もない難敵で、つぶらな牡牛の目は気配をまったく読ませず、なめらかな鉄壁の防御からイタリア式の奇手妙手を変幻自在に繰り出してくる。そんな調子で規定時間七分を半ばもいかずに通算七回も一本《トウシェ》をとられたあげく、黄色い長髪をふりたててひとしきり豪傑笑いののち、調子に乗った子供よろしく剣をひょいひょい投げながら道場内を一巡りして勝ち誇られたものであった。

なにか思い出すより先に食事のほうが終わってしまった。サリニーは近く結婚する予定だったか、もうしたかもしれなかった。ニース滞在中のここ数週間はろくすっぽ新聞に目を通していなかったのだが、小耳にはさんだその関連の噂がいやな感じで耳朶《じだ》に蘇る。「嫁さんてのがなにしろいい女なんだよ」誰だったか友人の言いぐさであった。「で、剃刀はひげ専用にするぐらいのわきまえは、今度の旦那なら当然あるだろうしさ」

レ・ザンバサドゥールを出てフェネリの店へ向かったのは十一時十分だった。このフェネリなる店はトキオ河岸のさきでやっている当節新機軸の観光レストランで、随所にこけおどしの小細工を弄した――ダンスもできるレストラン兼ナイトクラブだった。河面に街の灯をはじくセーヌ対岸の丘をのぼったデ・ゾー街の角地に塀を巡らし、その奥に鎧戸をすべて閉ざした灰色砂岩の三階建てを構えていた。そしてさらなる高級感演出を狙ってフェネリのおやじは銅版刷り招待状をほうぼうへ送りつけ、建前上はこの所持者のみが二階のルーレットサロンで散財を許可されるということにしていた。われわれは路上駐車で込み合う通りから塀の鉄門をくぐり、ともに玄関をめざした。天井の高い大理石張りロビーの右手にレストラン、左手には客が羽目を外しすぎると事あるごとに悪評をとるアメリカン・バーがあった。四方八方くまなく光を投じた店内は大入りで、ジャズの大音響とどろくまばゆいレストラン内には、壁面装飾の薄っぺらい華やぎ相応にしまりのない人びとが群れていた。バンコランは階下で足を止めず、ゆったりした明るいロビーを抜けて奥まった大理石の階段へと向かった。

今回の任務については、まだ彼の口から何も聞かされていない。雑踏で誰か探しにかかり、ようやく見つけたようだ。バーの戸口近くで、えらく場違いらしい顔で腰をおろした男だった。着古しの服がはちきれそうな巨漢だった。両肩のはざまにつき出たとほうもない大頭は、ブロンズの髪を額の生え際に残して、あとはくりくりに刈り上げていた。赤ら顔は、角形眼鏡の奥に浮世離れした水色の目を据えていた。カラーにうずもれたあごをやおら動かして口を開くと、ブロンズ色の大きな口ひげが動きにつれてもふもふそよぐ。そうしながらも両手を結んで開いてをのべつ繰り返し、肩をもぞもぞほぐし、焦点の合わない近眼を左右にきょときょとさせと、とかく落ち着きがない。バンコランがわれわれの姓名を告げるさなかもそんな調子でずっとごそごそし、騒音に負けじと耳もとではりあげた予審判事殿の声におもむろにひとつうなずくと、水色の目を上げて喉奥でうなった。

　これが、ウィーン大学病院精神・神経科長フーゴ・グラフェンシュタイン博士との初対面であった。癖は強いがよどみないフランス語をあやつり、ともに階段をのぼる途中のバンコランに、こんな場所を指定するとはけしからんとすごい剣幕で食ってかかった――バンコランのほうは振り向いて、わずかにうなずいただけだ。すると、バーから男がふたり出てきてわれわれのすぐ後についたのが目に入った。

　階段の上で、お仕着せの従業員に招待状提示を求められた。赤絨毯をのべた大理石の長廊下に出てきており、デ・ゾー街側にあるサロンの両開きのドアごしにおおぜいの人声がした。三人で敷居際に立つとバンコランが室内を見渡した。暗色の羽目板を巡らした室内は全長六十数フィートあり、高い天井にクリスタル・シャンデリア三基がさがっていた。こちら側の両開きのドアと向かい合わせにカーテンをしめきった街路側の窓が並んでいた。向かって左の壁面に、カーテンで人目をさえぎって飲酒用にしつらえたアルコーヴが数ヵ所、長方形の室内の奥まった右側の壁に小さなドアがあった。白く輝くシャンデリア三基のもとでルーレット勝負が始まっていた。どれほど声をひそめようと大理石の床に響いて、こだました人声が霧のごとくにたちこめた。つぶやき、含み笑い、ルーレットのチップをかき寄せるレーキの音、フェルトを貼った椅子の脚が床にこすれる気配がした。賭け客らはテーブルの周囲に群がり、たがいの肩ごしにのぞき見ては窮屈に背をかがめてひそひそ耳打ちしていた。

　胴元《クルピエ》が節をつけて、ひときわ高らかに呼ばわった。

「はーい皆様《ル・ジュー・エ・フェ》、もう回して《シュウ・エ・ダーム》おりますよ。賭けは〆ました《リアン・ヌ・パ・プリュ》」

静寂を破って、ルーレット盤を玉が巡る音だけが響きわたった。居合わせた一座はそろって首をのばし、眉を逆立てて凍りつく。と、ものうい声が読み上げるのだった。

「どちら様も、二十二の黒《ヴァンドゥー・ノワール・シュウ・エ・ダーム》でございまぁす……」

どこぞの女が笑った。男がひとり、表情を消してぎこちなく席を立つ。開き直った態度で煙草に火をつけようとするのだが、いかんせんライターの火がわななないて手もとが定まらなかった。そこで無理に笑いを作ろうとして変に顔をゆがめてしまい、びっしょり汗をかいて左右をうかがうのだった。汚い言葉で勝ち誇るイギリス人の大声がした。座の空気がふっと元通りにほどけ——香水、煙草、おしろいが香り、腕輪が鳴り、足音がして、またもにぎやかに沸いた……。これ見よがしの派手な身なりの男女が浮かれはしゃぎ、ほろ酔いの勢いで行き当たりばったりに人をじろじろ見てはばからない。強烈な照明が、面やつれや家具調度の傷んだ箇所をあますところなくさらしていた。同じく強烈な生演奏が階下からとどろき、送風ファンやグラスの音に絡んだ。さながら建物全体にヒステリーの細引綱を幾重にも張り巡らしたようだ。

「あのアルコーヴのどれかにいれば、見通しがきいて好都合だね」バンコランが言った。

みなで陣取ったアルコーヴはふかふかの半円座席が丸テーブルをとりまき、カーテンを引いてサロンの目を部分的にさえぎっていた。薄紅のランプ照明のもと、丸テーブルの奥まった席からサロンのはるか片隅まで見渡せるようにバンコランがおさまり、その両脇に博士と私がかけた。こうして長方形の短辺に座を占めれば、そうぞうしいルーレットの人垣のはるか奥まで見通しがきく。バンコランは葉巻を出して指先でもてあそびながら見るともなく人垣を眺め、従業員がカクテルを盆にのせてくるまで三人とも黙っていた。カクテルを味見したグラフェンシュタイン博士が嫌悪の手ぶりをしてみせ、グラスを卓上で漫然と動かしはじめた。

「ふん！　あんなのはくだらんにもほどがある！　気にくわんね」このオーストリア人の巨漢がにわかに力んだ。「それに、このカクテルときたら——」彼が持つと、グラスがやけにちっぽけだった。握りつぶしてやろうかという手つきで、さもくだらんといわんばかりにグラスを見すえてまばたきしていたかと思うと、今度は眼鏡ごしにバンコランをひと睨《にら》みしてきた。「わしの研究に関わる事件だとおっしゃるから参ったんですぞ。どうなんですか《ハイン》？」

バンコランは葉巻をつけ、思案顔でマッチを吹き消した。

「そうです。目下、博士のご専門で手を焼いている一件がありまして、ぜひとも外部の専門家にご助言を賜りたいと思った次第です、博士。かたがた、前からの約束でこちらの若い友人に私の仕事を見せてやることになっておりましてね。それで手始めに、ご教示いただく場へ同道したというわけです」

「ふむ、それで？」

「サリニー公には今夜ここでお会いになりそうですな。まだお若いですが、富と風采に恵まれた方です」バンコランは続けた。「本日、妙齢のとびきり美人と挙式されました。いうなれば映画はだしのロマンスを経てね。そして、今夜はおそろいでこちらへおいでになったと聞いています」

グラフェンシュタイン博士がうなる。「わしの頃なんかは、新婚旅行がお決まりだった。人生の節目をゆるがせにしなかったもんだ。いかんねえ、バンコラン君。心理的影響はあとあと尾を――」

「今ふうの結婚ですと」バンコランがぽつりと言った。「どうも夫婦水入らずというものをいささか蔑《ないがし》ろにするきらいがあるようです。人目のある場では二十年も連れ添った古夫婦もどきに、いざ水入らずになれば夫婦でもなんでもない間柄のごとく振舞わねばならんときた。だが、まあそれはさておき。今回の略式にはさらに根深い理由があるのでね……。ご両所とも、花嫁の噂はまったくお聞きになっておられない？」

グラフェンシュタインが口の中で、「なんのことやら――」と、間が悪そうにもじもじした。

「マダム・ルイーズ・ローランですよ。四年前に嫁いだ相手のアレクサンドル・ローランなる男は、ほどなく精神病院に収監されました。精神異常犯でね」

「なるほど《アッハ》！」と、グラフェンシュタインが大声でテーブルを叩いた。「アレクサンドル・ローランでしたか、このわしが鑑定した？」

「よくよく思い入れがおありの症例なのでしょうな、博士。たしか、複数の論文で一再ならず引き合いに出しておられたようですから」

博士は本腰を入れて眼鏡をかけ直し、大手を広げて応じた。「ムッシュウ・ローランでしたら、それはもう！　ようく覚えてますとも。で、何を聞きたいとおっしゃる？」

「おいやでなければ、なんなりと手当たり次第に。そこから目につく糸口を拾ってゆきますのでね」

「ふむ。私見では感覚過敏、快楽殺人の純然たる症例です。ただし快楽殺人の対象として自分の妻を襲った例は、知る限りではあれだけです。このムッシュウ・ローランは新婚まもない妻を襲った――たしか得物は剃刀でしたよ。うまくしたもので、奥方はそんじょそこらにないほど力持ちだった。それで夫をかわして部屋を出がけに鍵をかけ、しかるのちに助けを呼んだというわけです」

博士はポケットから封筒数枚と万年筆を出し、要点を書きだしながらそれぞれに長い単語をあて、終わりをすべてピリオドでしめくくった。バンコランのほうは、ぷかりぷかりと煙の輪を吐きつつ、そのさまを眺めていた。

「トゥールでのことでした。たまたま出張していてね、それで診察に呼ばれたんですよ。いやはや度肝を抜かれましたな。頭脳は明晰そのもの、情緒安定して快活とくる。脳疾患はまったく見られません――この点、当人は腹の内で笑っておったようで――遺伝性の発作とおぼしい兆候はありましたがね。器質性障害もなし、本の読み過ぎでちょっと目を悪くしとるぐらいなものです。均整のとれた長身で内臓疾患の兆候は皆無。病人扱いされるのを露骨に嫌がりました。茶の頬ひげを短くして眼鏡をかけ、茶色い目は当たり障りないようでいて刺すようでもあり、死人とまごう青白い顔のなかで、目ばかりやけに大きかったですよ。

あれほど語学ができる男は見たことがない。どこもなまりがない完璧なドイツ語を話せたんですから。「自分のことなら自分で説明できますよ」と言うんです――まったく感情を出さずにね！「ですが、かりに頭の中で情欲と殺人が結びついていたとしても、自覚はありませんな。どうも遺伝的なものじゃなさそうです。書物から知識を仕入れたせいというのは大いにありえますねえ」

グラフェンシュタイン博士は手探りで、ぽつりぽつりと言葉を紡いでいった。

「ローラン曰く、「なにせ神経だけが度外れて過敏だったのでね。十一歳から——うんと早熟だったんですよ、ご参考までに——読書に一定の傾向がありました。中世の放蕩に関してはシエールやフリードライヒやデソワールを、いわゆる頽廃期ローマについてはスウェトニウスやフリードランダーを（それにヴィーデマイスターの『ローマ暗君放埒行状記』をご存じですかな？）。わけても『ボルジア年代記』、サド侯爵、アプミンシング著『ジル・ド・レ伝』をね」

グラフェンシュタインはここで一拍置いた。「すみません、ほかにも列挙しておったんですが、この場では思い出しきれません。それでもボードレールやド・クインシーやポオなど想像力旺盛な作家が好みだったと記憶しています。このうち、あとのふたりの本はドイツ語と同等の英語力で自在に読めました。

「時には衝動に襲われるんです。こんな筋書がゆっくり頭に浮かぶ場合が多いですね。〝血を見ればさぞかし胸がすくだろう——男でも女でも動物でもいい〟情欲とはまるで異質なものなんです。飢えにも似て、心ゆくまで〝殺し〟で充足せずにはいられない。というか、むしろ美術品鑑賞のもたらす感動とでもいいますか。強いんです、どうしようもなく」

いやはや《アッハ》、あの時のやつをぜひともお目にかけたかったですな！　裸電球のさがった部屋で、こぢんまりした白い椅子で両手を膝に揃えてね。にこにこ笑いかけてくるんですよ。そんな話をするうちにぎょっとするほど目をみはって、どんどん満面の笑顔になっていくんです。これっぽっちも労働の痕のないなまっちろい手でね。白いんです、顔と同じ白さだった。茶の頬ひげはきちんと刈ってあるのにぼさぼさでね、なんだか虫にでも食い荒らされたといったふうだったなあ。

「殺してしたら、よくやりますよ」と言うんです。「初耳でいらっしゃるでしょうけど。家内のことはしんから大切に想っています、首ったけです、だからこそ殺してしまいたくなる。人狼《ルー・ガルー》の伝説はご存じですね?……つい先頃まで、トゥール郊外の牧草地には羊がいたんですよ、先生《ヘル・ドクトール》。前に一匹しとめましてね、お次はその農場のかみさんにしたら乙じゃないかと思いつきまして。人目につかずに出入りするコツがあるんですよ、先生《ヘル・ドクトール》。それで夜になって農場の窓ガラスを叩いてあの女を呼んだんですが、がんとして出てこなかった。怖気づいたんでしょうな、私の口のはたが血まみれだったから。こちらもくたびれてきたので、あとはもう放っときました」

精神を病む患者にはままあることですが、その間もたえず発作じみた動きで肩を揺すったり、一度などこちらの腕に触れてきましたよ。普通にしているときは静かに座って、眼鏡の奥でつぶらな目をみはり、絹糸のような茶のひげ面をほころばせておったのだが。

そうそう《アッハ》! 特筆すべき話が、もうひとつ。こんなことを言っとりましたよ。「私を閉じ込めて、出さないつもりでいるようですがね。よせばいいのにねえ、そんなこと。だってあいつらの手には負えないんだから。ご存じでしょ、あのすてきな詩。〝若者よ、口笛吹かばわれ行かん〟（ロバート・バーンズの詩）ってね。くれぐれもそいつを肝に銘じとけとお伝え願えませんか？」

「そんなことを？」ややあってバンコランが言った。「ふむ。博士、そういう次第でしたら、あとは私が後日談を引き受けましょう。おそらく、まんざらお耳を素通りする話でもないでしょうよ。

私はローランの裁判に立ち会っておりませんので、知っていることは一から十まで仏裁判《ガゼット・デ・》公報《トリブノー》仕込みですが、おおむねそつなく拾ってはいるはずです。あの男は毛並みがよく、今でも一族のいくたりかがトゥールにおります。個人資産もあるので地元の私立病院に収監されたのです。それが八か月前——昨年八月に——逃げてしまった。

動きを追ったのですが、時すでに遅しでした。あなたの町へ行っておりましてね、博士——ウィーンへ。そちらでロートシュヴォルト医博にかかった……」

グラフェンシュタイン博士は驚いて声を上げた。

「このロートシュヴォルトというのはね」私に向けて、バンコランが言う。「天賦の才と山師かたぎをあわせもつ人物だったんだよ。生前は、裏街道御用達の外科医として名をはせたいわくつきだった」

グラフェンシュタインがおもむろに口にした。「ロートシュヴォルトは殺されました。ひと月ほど前です」

「そう聞いておりますよ。パリ警察ではローランのしわざと考えています」

「ロートシュヴォルトの専門は形成外科でした。思うに、そこに糸口があるのでしょうな?」

「ええ。ローランがどんなふうに顔を変えたのかはまったく不明でね。ロートシュヴォルト医院の看護師の証言はウィーン警察が取りました。くだんの看護師が承知していたのは、誰かが来院して何やら顔をいじってもらったところまでで、じかにローランの顔を見たわけではない。麻酔はロートシュヴォルト手ずから施し、術後第一期の流動食を看護師が介添えしたさいには包帯でぐるぐる巻きでしたからね」

動かぬバンコランの葉巻から煙だけがゆらめき、魔王《サタン》写しのその顔をよぎっていった。それまで大声ひとつたてるでなし、あいかわらず人垣から目を離そうともしない。だが、ここへきて口調に鬼気をにじませ、葉巻を持つ指先にも、じっと据えた目にもおのずと力がこもってきた。

「想像力に恵まれた者からしたら、なんともあくどいグラン・ギニョールはだしの図だね! ロートシュヴォルト博士の家というのはキルホッフ街《シュトラーセ》のさきにあって、ポプラの木立に囲まれたこぢんまりした家なんだ。手術室の窓にぼうっと薄灯がともり……去る三月七日の夜、その家からローランが出てきた。警官一名による目撃があるんだよ。誰とも知れぬ男がスーツケースをふたつ提げてロートシュヴォルト家の門を出てくると、すれ違いざまにこんばんはと挨拶し、陽気に口笛など吹きながらすたすた行ってしまった……。真夜中ごろになって近隣の通報で、ロートシュヴォルトの庭で猫どもが騒いでしかたがない、あの騒ぎはただごとじゃないぞと苦情電話が入った。

手術室にはまだ灯がついていた。そこで警察はロートシュヴォルトの生首を見つけた。棚に並んだアルコール標本瓶のひとつに入ってこちらを見ていた。が、胴体は跡形もなかった」

心なしか、にぎやかなサロンの人声がにわかに高く震えを帯び、さらに複雑さを増した身ぶり手ぶりをきつい照明が冷たく照らしだした。バンコランは手もとの葉巻が灰皿へ崩れるに任せ、自分のぶんのカクテルを干した。安直で騒々しいジャズ演奏にもみじんも動じたふうがなかった。グラフェンシュタインはといえば、おもむろに何度もひとり合点しつつ山なりに合わせた指先を打ち合わせていた。どうも、このふたりにはべつに奇異な話題でもなんでもなさそうだった。

「ローランは現在、パリにいますよ」と、予審判事は肩をすくめてみせた。

2 夜歩く

「『人目につかずに出入りするコツがあるんですよ』とはね」と、バンコランは言葉を続けた。「われわれ警察ともあろうものが抜け作ぞろいのはずはない、なのにどうしてみすみす逃してしまったのか？……いや、順を追って話させてください。いったん二年以上前へさかのぼり、ローランがちゃんと収監されていた頃に戻りますよ。夫人はパリへ出て――むろんあの結婚は無効です――自前のささやかな収入で人目を避けて一人暮らしをしていました。あれほど神経がずたずたにされるような試練をくぐってきたからには、もう男なんかまっぴらごめんとでも言いそうなものじゃありませんか」またしても肩をすくめた。「それなのに、どうなってるんでしょうね？　これ見よがしで気取り屋のサリニー公爵どのに陥落してしまった女心の機微を、ひとつお得意の心理学で解き明かしてはいただけませんか」

と、思い入れたっぷりにグラスを眺める。

「ま、とにかく、昨年一月に婚約公告が出ました。そしてさきに申し上げた通り、八月にローランが逃亡。おおかた婚約を知ったせいでしょうな、ずいぶんいろんな新聞に載りましたから。奥方はぞっとしました。前夫はよりにもよってこのタイミングで逃亡することで、おれの剃刀ずくの愛に操立《みさお》てしろとやんわり脅す形になりましたからね。それで、やつが捕まるまで婚礼は先延ばしになりました。それでもねえ、なかなか捕まらない！――向こう見ずなサリニーにしては、これでもかというほど待つには待ったんですが、さりとて無期限にお預けを食らうとなるとね。落馬事故さえ熱意を冷ますにはいたりませんでした。それでいよいよ式の日取りが決まりまして……」

バンコランがテーブルごしに身を乗り出した。

「二日前、ローランの手紙が公爵どののもとに届いた。さらりとこうきましたよ。「彼女《あれ》を娶《めと》れば万事めでたしとはいきますまい。小生がたえず見ておりますぞ。先ごろからずっとおん身近に控えておりますが、貴殿はまるで気づいておられない」さてさて諸君、解釈はどうとでもお好きなように。私としては事実を述べるにとどめます。自分なりの見解は法廷調書用にとっておきますよ。

おりしもロートシュヴォルト博士までの足どりが割れた直後、サリニー公にその手紙を持ちこまれましてね。いたずらなどではないと断定できました。実際にローランの書いたものです、トゥールから取り寄せた直筆見本がありましたので。サリニーというのはすぐむきになる人ですが、怖いからよけいにというのもあったのではないかな。そう、それで絶対に結婚する、すぐにも式を挙げると言い張り、ルイーズさんも同調した。まあそうはいってもね、うちの連中が出てきてローランの身柄を確保するまで、相なるべくは人目のある場所にいたがる公爵のお気持ちも少しは汲んであげてくださいよ」

グラフェンシュタインがこほんと咳払いした。

「それでも、その話のどこが興味を引くとおっしゃるのやら」片意地に絡んでくる。「わしは警察じゃありませんぞ。捜査中の犯罪事件など、くそ面白くもなんともない。まったくもって冗談じゃやない！」太い指を鳴らしてみせ、せいうちもどきにのっそりと背を向けだした。

「そうですか？」バンコランがけげんな顔をした。「ふうん、まあ、ここまで明確にした要点を精神病理学者が見落とすというのなら、いわんや私ごときにはねえ？　にしても、困ったものだ」

そう言うと頭を抱えて卓上に肘をつき、もどかしげにこめかみを叩いた。やがてしわだらけの顔をまた上げたところへ、私が口を出した。

「楽しいハネムーンもあったもんだね！――いたるところへ警察の供回りつきとは。これ全部ひっくるめて、公爵夫人はどう見てるんだい？」

「ローランがフランス国境越えした手口の可能性はほんの数通りしか思いつかない……」バンコランはそうつぶやいてから今の質問に気づき、身を起こした。「夫人かね？　自分の目で確かめたらいいさ。そうら、おいでなすった……。見えたかい？　はて、ご亭主はどこへ行った？　ここへは夫妻おそろいのはずなので、入店してからずっと探してはいるんだが」

女がゆっくりアルコーヴへ寄ってきた。分けめをつけ、低い耳隠しにまとめた濡れ羽色の髪が、対照的に無機質な目をきわだたせていた。三日月なりの細眉の下で、冷たい光をたたえた双眸はあくまで黒く、みじんも動かなかった。すっきりした鼻と豊満な唇がやはり好対照をなして互いを引き立て合い、血の気のない顔にあってひとり艶めく珊瑚《さんご》の唇があえかに笑う。われわれの姿にふと目をみはって黒い深淵をわずかにのぞかせたものの、すぐにまぶたをおろして半眼で品定めにかかった……。黒絹のドレスからのぞく白い肩が動き、長い真珠の首飾りを片手で所在なくひねっていた。灰色ストッキングの片脚には小さな銀のアンクレットをあしらっていた。バランスよく整った容姿からでも鎧なみに頑強な防御の殻を感じとれるほどだった。

まっすぐバンコランに近づき、テーブルごしに片手をのべて慇懃《いんぎん》な礼を受けた。いっさい無頓着なようでいて、間近に見れば目立つほどのくまが浮いている。われわれについてはバンコランが紹介の労を取り、「友人たちです。なんなりとお話しくださってかまいません」と言った。

ひとりずつ念入りにじろじろ見られたので、ヴェールをひっぱがされるような気分になった。疑念のみならず吟味の目つきだったのだ。

「おふたりは警察のご関係でいらっしゃるのね？」なんとか抑えこんではいるが、むらのある震え声で、「事情はご存じ——？」

さっそくグラフェンシュタインがよろず徹底したゲルマン気質を発揮して、前夫を特に研究していたことを血なまぐさい詳細まで手抜きせずに伝えようとしかけた。だが、バンコランがその出ばなをくじいた。

「申すまでもございません。ここへは助っ人に呼んだのですから。いかがですか、おかけになっては？」

座席にかけた夫人は私の煙草を辞退し、自分の小さなハンドバッグから出した。椅子に背をあずけてくつろぐと、そいつを深く吸いつける。薄紅のランプシェードにかざした手がわななくのが見えた。ぞんざいに額をぬぐうはずみに、左手の結婚指輪がきらりと光った。

「公爵さまはこちらに？」バンコランが尋ねた。

「ラウール？　ええ。ますます臆病風に吹かれてるわ」けたたましく笑った。「でも、しかたないわよね。こんなの楽しくもなんともないもの。しじゅうローランを見かけたような気がして。そうですとも、あいつの名前を口にしてやるわ、たとえ、あなたたちみんながそうしなくったって――！」

バンコランにそっと片手で押しとどめられ、夫人は身震いしてサロンをゆっくりと見渡した。

「ラウールだわ、ほら。カード室へ入るところよ」

あごで示した先は向こう端の小さなドアで、今しも肩幅ゆたかな背中がくぐっていくところだった。ついでドアがしまった。私はたまたま腕時計を見ていたのでそれ以上は見えず、おざなりに見直した時計は十一時半になっていた。

「オレンジの花ね！」また夫人が笑いだす。「オレンジの花、レースのヴェール。きれいなお式のきれいなお嫁さん、それなのに司祭さんまでが教会内に狂人がまぎれこんでやしないかってお顔をするんだから。でもね、かくいう私のほうだって司祭さんを目にして思ったわ、これってもしやローランに司式されてるんじゃないかしらって――おたわむれを、で片づくとでもおっしゃるの？――あの人なら司祭役を見事にやりおおせたわよ。純潔のオレンジの花をかざし、〝死が二人を分かつまで！〟って。死——いつそうなってもおかしくないわね」

かくてひどいヒステリーが昂進し、カジノの光景や音とないまぜになった。ジャズバンドのドラムシンバル、場の喧噪やルーレットの小気味良い音を圧して胴元《クルピエ》の大声が節をつけて呼ばわる中で、サリニー公夫人となったルイーズが唐突にこんなことを言いだした。

「ムッシュウ・バンコラン、今日の午後たしかにローランを見かけましたのよ」

誰ひとり何も言わなかったが、グラフェンシュタインは万年筆を取り落とした。博士とふたりで盗み見たところ、知らん顔で煙草をくゆらしていた予審判事《ジュージュ・ダンストラクシオン》が口をへの字にしてうなずくや、こう尋ねた。

「たしかだとおっしゃるんですな、マダム？」

「今日の午後はムッシュウ・キラール——ラウールの顧問弁護士です——のおもてなしを受けましたの。それがすんであちらでお夕食を頂いてから、ここへ回る手はずになっておりました。盛会でしたわ、ずいぶんおおぜいお招きにあずかって。にぎやかでね。私、飲みましたわ、忘れようとして」

ぽつりぽつり話すさまは、あらためて午後の記憶をさらってもやはり信じがたいといわんばかりだった。なりふりかまわぬ必死の目つきで、横から見ると虹彩のふちが妙に黄味がかっているように思えた。

「午後にはお天気が怪しくなり、「これは本降りだぞ」などと言われましたけど、雷だけですみましたわ。みなさん踊って飲んで、横を通るたびにわざと肘でつついていくんですのよ。どうしようもないわね、あんなのは」小ばかにしてひょいと肩をすくめた。「それでね。二階へ着替えにあがったのが七時でした。キラール夫人のお部屋で、奥様づきの小間使の手を借りてね。おもてはまっ暗でした。まだ雷の音がしていたかも……。

室内のあちこちに、小さな薄紅のランプがついておりました――あそこのあれにそっくり。(後生ですからわかってくださいな、ムッシュウ、私はありのままをお話ししているだけなんです！) 着替えがすんで、その場に立って化粧台の鏡に見入るうちに、自分が……いえ、なんでもないんです。まもなくノックがして、ラウールとムッシュウ・ヴォートレルが――ムッシュウ・ヴォートレルはラウールとても親しい方よ――階下までエスコートしに来たの。それで小間使をさがらせました。そしたら、浴室の洗面台に夜会用のハンドバッグを置きっぱなしにしてきたのに気づいて……」

ぞっとするほど変な目つきでとうに火の気のない煙草をにらみつけ、灰皿へ捨てた。

「ランプがいくつもあるし、階下からはピアノの音がするでしょう、だから安心していました。でも、どんなふうに」――身ぶりをまじえて――「どう説明したらあの時の恐ろしさが伝わるかしら？　窓の外では、少しずつ間をおいて稲妻が光っていました。

はっきり覚えています。ラウールとムッシュウ・ヴォートレルは中央のテーブル脇に立って談笑中でした……ああ、そうそう。こうでしたの！……ラウールは雑誌をめくっていて……私は奥まった続き浴室へバッグを取りに行きました。そちらは灯がありませんでしたので、ドアをあけると薄暗がりに白いタイルがぼんやり見えるだけでした。色ガラスの窓がひとつありました。そこへ雷が鳴って、怖いっと思ったら……いきなり窓へ稲光がさしこみ、浴室に立って笑うローランの姿を照らしだしました」

　そこでバンコランの腕をぎゅっとつかんだ。これまでとはうってかわって不自然なほど顔じゅうを上気させ、せわしなく息があがっていた。

「うんと暗いところに立つ姿を、あの不気味な稲妻が窓ごしに片側だけ照らし出していました。顔もあらぬ方へそむけておりましてね、ほくそ笑んでいるのが見えました。そして片手をつきだしてにやりとするのを合図に、握っていた手を開いて何か落とし、床タイルにがちゃんと金物のぶつかる音をさせて……。そしたら、ふっと光が消えました」

　ルイーズ・ド・サリニーは座席にくつろぎ、われわれの顔をさぐるように見た。当時の記憶が後退するにつれて、自己に厳しいせいか冷たい気位のせいか、さっきの無表情なお面に逆戻りしたので、こちらとしては重いまぶたの陰の測りがたい黒い目、消えそうな笑み、クッションに片腕をあずけてものうく憩う生身の温もりが、またしても気になった。そこへ女が軽く指を打ち合わせて肩をすぼめ、ちょっとひねくれたいたずらっ子の顔になったかと思うと、いきなり寒気のするようなことを言いだした。

「初めのきちがい亭主ときたら、ずいぶんと味なまねをするわよね、でしょ《ハイン》？」

　鉄の門をがちゃんと閉ざす音が聞こえるようだった。バンコランが静かに尋ねる。

「で、そのあとは」

「ああ。私は悲鳴を上げたんでしょうよ、普通はそういうもんじゃございません？　ラウールとムッシュウ・ヴォートレルが駆けつけてくれました。ふたりで浴室の灯をつけて調べにかかりましてね……」一拍置いた。「まあ、信じていただけないかもしれませんけど、誰もいなかったの」

「ならば別の出入口とか？」

「私の立つ場所以外にドアはありませんでした。それでもたしかに消えたのよ。窓には内側から鍵がかかっていましたけど」

それまで象もかくやの聞き耳を立てていたグラフェンシュタインがひとり合点しながら、なにやら手控えにしたためた。

「簡単な話ですよ、マダム」とオーストリア人は言った。「あなたさまの意識の表層では、あの男のイメージ像をしいて後方へとおしやっておられました。ところがもろもろの暗示があったおかげで、その像が形成の方向へ仕向けられたのです。さきにランプや鏡のお話を持ち出されましたな。光をはじくそういった品々の表面が引き金となって、自己催眠が起きる可能性だってあるんですよ。もちろんその金物の音というのは、ローランと剃刀が結びついた所産で……」

「だから、さっきも言ったでしょ」ぴしゃりと言う。「思いこみや幻なんかじゃありませんたら。あなたが現に今こうしているのと同じように姿が見えたの、それだけよ。そして消えたの。ふたりには、くまなくよく見てもらったわ。きっと私の見間違いねと、あとからうまく言いつくろっておきましたけどね。ラウールにびくつかれちゃかなわないもの。でもたしかだったのよ、目の迷いなんかじゃないわ。それなのに、はなから真に受けようとしないのね。上等じゃないの！」

大男の博士はメモした封筒をまとめながら、眼鏡ごしに鷹揚《おうよう》な目を向けた。そして大きな手を組み、満足そうに椅子にくつろいだ。

「なるほど」バンコランが肩をすくめた。「その点でしたら、なんなく調べがつきますよ。その謎の男が床に落としたものはなんでしたか？」

「それがね、移植ゴテでしたのよ」いたずらっ気たっぷりに答えた。「園芸用の移植ゴテです。たしかムッシュウ・ヴォートレルが拾ってこうおっしゃいましたの。『なんなんだ！　置くにことかいて浴室になんて、変じゃないか』」

意表をつかれてみなで絶句していると、バンコランが笑いだした。かと思うとぴたりと笑いやめ、うってかわって真顔で言った。

「マダム、まことに失礼いたしました。この事件を茶番と考えているわけではございませんが、かねて思いますに、真の恐怖というのはまんざら滑稽味と無縁ではないもので」と、舌打ちで遺憾の意を表してみせる。「ときに博士、ご専門の心理学では移植ゴテを男根の象徴というふうにみなすのでしたか？」

「マダム、おたわむれを」グラフェンシュタインが声を荒らげた。「戯《ざ》れ言はどうでもいいし、小ばかにされたって痛くもかゆくもありませんぞ。ただ今解しかねるお話をいろいろ承ったが、わが専門分野に照らせばそんなものはいつでも説明可能なんです。夫―剃刀という連想は全くもって明白です。それをね、いくら小ばかにして、実在を証明しようとしたって――」

夫人はがっくりと天を仰ぎ、白い喉と艶やかな黒髪に灯を浴びた。口もとにいたましい憔悴のいろが点じられ、顔中へと広がっていった。がばと座り直して、

「これまでに味わったあれやこれやときたら、もう並み一通りではなかったのよ、あなたがたの頭では到底追いつかないほどにね。これでも昔はローランを愛していたころもあったのよ。なのに、今ではぞっとするほど憎んで――」鉤《かぎ》なりにこわばった自分の手にふと目をやり、語気凄まじく言いつのった。「私なんか人として幸せになる資格はないっていうの？　あなたたちの卑劣な神ときたら、自分の教会の中でさえ人を追い詰めてやまないの？　おたわむれだなんて！　それこそ冗談じゃないわよ、まっぴらごめんだわ！　コテなら現にあるんだから、なんならムッシュウ・キラールのお宅へ見に行ってらっしゃいな。たしかムッシュウ・ヴォートレルが、なあんだと気抜けしたようなお顔で薬戸棚へしまってらしたはずよ」

そこで「失礼《パルドン》ですが？」と新入りの声に、私は危うく飛び上がりかけた。男がアルコーヴに来ていた。片手をカーテンにかけ、物問いたげにしている。

「お邪魔でしたらすみません」男が言いだした。「ルイーズ、まさか、君――！」

女はまたしても澄ましこみ、あごでわれわれを示した。

「ああら、そういえば！　こちら警察の方たちよ、エデュアール。ごめん遊ばせ、紹介いたしますわね。ムッシュウ・エデュアール・ヴォートレルです」

ヴォートレルが一礼した。波打つブロンドの長身に、催眠術にかかったような目。細身に仕

立てた口ひげの上で鼻孔がふくらみ、相応の年輪を刻んだ顔に収斂化粧水《アストリンゼン》が匂った。そのおじぎは軍隊や胴衣《コルセット》を思わせた。片眼鏡をさげた黒リボンをいじる手つきまでどことなくわざとらしかった。

「いや、これはどうも」口ぶりはぐずぐずで、どうも歯切れよくない。

バンコランが通りいっぺんに時候の話題を向けた。ふと気づけば、口では受け答えしつつも彼の目はヴォートレルを一顧だにしていなかった。ぴんと背筋を伸ばし、サリニー公爵が姿を消した時から片時も目を離さずに、はるか向こうにあるカード室の小さなドアを見張り続けていたのだ。そして、あいかわらずカード室のドアに穴をあけそうな目つきのままでこう言いだした。

「マダム、たとえ幻覚であったにせよ、いったいどうやってローランの見分けがおつきになりました？　人相が変わっていませんでしたか？　こちらでは相応の根拠があってそのように考えておりますが」

「知らないわ、そんなの！　感じよ——薄暗がりで見ただけだから。身のこなしの癖か、目のみはり方か……知らないったら！　でも、会えば、私の目だけは絶対にごまかせないわよ」

ヴォートレルが辛辣な笑みをうかべ、苛立ちをあらわに、

「いいかげんにしたまえ！　そんな繰り言につきあっていったい何になるんです、ムッシュウ？　なさりようを見ていると、まるで皆さんまでやつを怖れているみたいですな。この近辺を見張る警察の方々を六人も見かけましたよ。ばかばかしい、ことを大げさにして……。ルイ

ーズ、ラウールならカード室へ行ったよ」と、唐突に言いだす。「ありゃ飲み過ぎだね。思うんだが、ちょっと様子を見に行ってやったら。それとも、そのほうがよければひまつぶしに一丁ルーレットでも？　なあ、何かしようよ」

「あの音楽――」女が大声を出した。「もういや、もうたくさん！　がまんできない！　いったいなんで、半時間もだらだらだらだら同じ曲《の》ばっかり続けて――同じのばっかり――」

「どうどう《ドウースマン》、落ち着いて《ドウースマン》！」口ではそう言いながらも、ヴォートレルはおどおどと周囲をうかがった。そこでふと目に入ったものに一瞬おびえたが、こちらへ向けた笑顔にはみじんも動じたふうがなかった。ややあって、すみません、すみませんとさかんに頭を下げつつ、さりげなくアルコーヴから夫人を連れ出した。夫人はというと知らん顔で、こちらのことなどきれいに忘れてしまったらしい。

　バンコランが灰皿に手をのばし、さっき置き捨てられた夫人の吸い殻をつまみ上げたが、いぜん向こう端の小さなドアから目を離さない。夫人とヴォートレルはサロン中央、大シャンデリアのひとつの真下にたたずんでいた。グラフェンシュタインが不機嫌に、「ほう、そこに気づきなさったか！　さきほどのわしの言い分に理があると、早晩判明しますよ」その時、三人そろって固まった。

　三人ともガラスの割れる音を耳にし、カード室のドアにすがる白ジャケットの従業員を目にした。そいつはカクテルをのせた盆を落としてしまい、砕け散ったかけらにうつろな目を向けていた。

衆目がそちらへ集まり、人声もバンドのジャズも尻すぼみになっていった。店主が太鼓腹を揺らしてあたふたと向かった。だが、ひときわ目立ったのは、何やらただならぬものを目にした顔ですくみあがり、なすすべもなく顔をゆがめて汗みずくになった従業員だった。

アルコーヴのわれわれを襲ったなんとも名状しがたい寒け、不気味なおどろおどろしさをどう説明したものか？　刹那の情景とはいえ、細部まで脳裏に焼きついた。人声の潮が引き、水を打ったような中で床に落ちたルーレットの賭札の音まで聞こえた。さも心外そうに振り返る者、驚きを顔に浮かべる者、胴元《クルピエ》もいらだちの目を投げ、女学生じみたくすくす笑いがあがった。だが、サロンに居合わせた全員がその場を動かなかった。

バンコランがことさらゆっくり腰を上げかけ、グラスを倒して小さな音を立てた。今でもありありと目に浮かぶ。薄紅のランプシェードの灯を受け、背景のアルコーヴにくっきりと輪郭を際立たせ、マホガニーのテーブルにのしかかるように立ち上がろうとしていた。両の拳をテーブルにつき、体重を支えて。頭上に灯を受け、人間離れした悪魔の形相に一変していた。黒いくの字眉の下に眼光炯々《けいけい》とし、両頬骨の陰からくっきりした法令線が小さな口ひげをかすめ、山羊ひげに達していた。分けてまとめた髪先はねじれた双角さながら……。「急ぐなよ」とっさに声をかけてきた。「二人とも来たまえ。ただし、くれぐれも急ぐんじゃないぞ」

客からはまたぞろ笑いがあがりだし、てんでに肩をすくめてルーレット・テーブルに向き直っていった。われわれ三人はその混雑を縫って、さあらぬていで足を運んだ。ルーレット台のひとつが視界の隅にかかり、番号を振った台、それに群がる絹や黒羅紗をまとった男女、きらめく銀軸の回転盤まではっきり見えた。まばゆいシャンデリアの下を一基、二基、三基と通過し——カード室の戸口にたどりついた。そして店主の目にうながされたバンコランが、輪と鷲紋に「警視庁」の文字をあしらった小ぶりな身分証を提示し、グラフェンシュタインと私を従えてドアをくぐった。

室内のありさまがしっかりと脳に届くまで、何秒もかかった。そうしていざ了解すると、おぞましい光景を目がひたすら拒み、背を向けたとたん店主と鉢合わせした……。正方形をした広い室内の壁面は渋い赤の唐革張りだった。壁に骨董品の盾や刀剣類が飾られ、赤銅の照りが赤ランプのよどんだ光をはじいてことさらに禍々《まがまが》しく、刀剣類はいずれも刀身のはしばしまで白い筋が浮くほど刃取られていた。奥の壁際には大きな長椅子。赤いガラス燭台をのせた象嵌テーブルが寄せてあった。長椅子の手前に男が伏せていた、いまにも飛び出さんばかりに両手の指を広げ——赤絨毯について膝立ちでうずくまっていた。だが、男には首がなかった。頭のあるべき場所に血みどろの断面ができて、じかに床に触れていた。

首は直立し、赤絨毯のただなかに置かれていた。にぶい赤光に目をむいて、食いつきそうな形相でこちらをにらんでいる。開けっ放しになった左手の窓から風が入り、命あるもののようにその髪をそよがせた。

3　灯下の生首

店主に向きなおったバンコランは、この上なく冷静沈着だった。

「階下を見張っている部下がふたりいる、声をかけてくれ。とすべてのドアに鍵をかけ、誰も帰すなと言うんだ。できれば、お客らはそのまま遊ばせておくがいい。君の方はこっちへ来て、そのドアに鍵をかけておけ」

さっき青くなってカクテルの盆を落とした従業員を、店主がもつれる舌で呼びつける。「その割れたグラスを片づけろ……。何を聞かれても答えるんじゃないぞ、聞いてるか？」でぶの店主はすっかり臆病風に吹かれ、目もとまではね上げた大仰な豪傑ひげとは裏腹の蛙そっくりな目できょときょとした。あたふたと戸口へ寄るには寄っていったが、そこで突っ立ったまま阿呆面さげて口ひげをひねくるばかりなので、バンコランがペンを取り出し、それを使って鍵穴にささりっぱなしの鍵を回した。

われわれから見ると右手、長椅子の手前に倒れた死体からすれば左手の壁に別のドアがあり、半開きになったそのすきまから、ぎょっとした顔が中の様子をうかがっていた。

「フランソワ！」そうバンコランに呼ばれて、ドアの端から顔だけがのぞいた。「部下のひとりだ……。まったく《ベスト》！　羊みたいにぼさっとするんじゃない、フランソワ！」店主に向いた。「あっちのドアは正面玄関側へ出るのかね、ムッシュウ?」

「はい、さようで」あるじが言う。「あの――その――」

バンコランがそちらへ行き、フランソワなる刑事と暫時やりとりした。「そっちから出た者はない」ドアを閉めながら言った。「フランソワが目を光らせていた。さてと！」

三人で室内を見にかかった。グラフェンシュタインは大きな図体の動きという動きを止め、刈り上げ頭をさしのべて床の上の生首に見入っていた。私は私で、その首に横目を遣われているような気がして、なるべく目に入れないようにつとめた。心なしか、顔に当たる風がやけにうそ寒い。胴体部分に近づいたバンコランはその場にたたずみ、口ひげをなでつつ一心不乱に見ていた。斬られた首のすぐ脇、血みどろのねじれた左手の近くに、影から突き出した堅牢な剣が見えた。どうやら、長椅子の上に飾られた剣の片割れとおぼしい（古色のついた彫り文様をめぐらして盾心に棘を植えた盾の下に、一対になった剣の片方が斜めにかかっていた）。刀身はあらかた血糊で曇っていたが、鍔《つば》近くはまっさらに光っていた。

「玄人はだしだな」バンコランがそう言いながら、小刻みな上下運動で肩をほぐした。「ほら、この剣は研いでからそんなにたってないぞ」赤絨毯にひときわ赤い血だまりを慎重によけ、左手の窓へ近づいた。「おもての路上からは四十フィート……出入りは無理だ」

やがて向き直り、風にあおられるカーテンを背にたたずんだ。奥まった黒い目がらんらんと輝いているさまを見れば、内奥にたぎる自らへの怒りのほど、不安、迷いが読み取れようというものだ。にわかには信じかねる、と音もなく手を打ち合わせてみせ、バンコランはふたたび死体の方へ戻っていくと、長椅子に膝をついて血だまりをよけた。

私はというと長椅子のある壁際へ行った。そこならば、どんより赤い照明を受けた一同の動きを一望のもとに把握できる。顔だけやや斜《はす》に向いたバンコランの猫背も、床の物体に見入るグラフェンシュタインも、いまだに呆《ほう》けた目をして、サロンのドアに背を預けてへたりこんでいる店のおやじも。窓辺に赤いカーテンがはためく。それこそ、生きた人間でないがゆえにいっそうの恐怖をあおる蠟人形館ばりに、不気味な非日常をまとったひとこまだった。やがて、かがんだグラフェンシュタインがやおら生首の髪をつかんで持ち上げた。そして眼鏡をかけ直し、ふむふむと自らの思案にひとり合いの手を入れつつ、例の穏やかな青い目であらゆる角度からとっくり検分した。

「おろしなさい」一瞥したバンコランが命じた。「現場に手をつけては困ります。そらそら、気をつけて。その血をズボンにつけちゃだめでしょう」

おやじに矛先が向く。「こちらへ、ムッシュウ。この剣は元からこの部屋にあったんだね?」

とたんに、おやじが堰《せき》を切ったようにまくしたてた。爆竹の連発もかくやの音節が室内にぼんぼんはじけていく――南仏風《ミディ》にむやみと音を切り詰めるものだから、聞き取りにくいことおびただしい。はい、さいです、この剣はここの飾り物でした。長椅子の上にかかったフランク古王国様式の盾の下に、対になったもう一振りとぶっちがいに飾ってありました。剣の方は真物じゃなく、こしらえに古色をつけた模造品です。

「ほほう、そうなのか」と、バンコラン。「君の店では、重い両手剣を剃刀なみに研ぎすまして壁にかけておくのが普通なんだね。こんなまねをするお客の便宜をはかるためだけに、そこまでするのか?」

おやじがどんと胸を叩いて応じた。

「あたしゃね、凝り性でして! この店はすみずみまで手抜きせずにやりたいんです。うちへご来店の方々が剣をごらんになりゃ、そりゃもうきっちり研ぎ上げたほんまもんですよ」と、大仰なイタリア式の誓いを、派手に腕をふりおろして口にした。「聖母さまの血にかけて! 動かん時計なんぞかけてどうします? 使えもせんような代物なんか――」

「筋は通っている」と、バンコラン。「ゆえに殺傷力のない剣などお呼びでない、と。その凝り性が、柄の滑り止めの真鍮鋲飾りにまで及ばなければよかったのに――な? こんなにでこぼこでは、まともな指紋は採取できまいよ……。ここの部屋だが、ふだんはお客を殺す以外に使い道があるのかね?」

「ありますとも、ムッシュウ。カード室なんですからね! ですが今夜は空室でした。ほれ、あっちの壁に折りたたみ式カード・テーブルが立てかけてありますでしょ。やりたいって方がなかったんですよ。みなさんルーレットばかりで……。いかがです、なんとか表ざたは免れそうですかねえ、ムッシュウ? こちとら商売が……」

「死んだこの男を知っているか?」

「ええ、ムッシュウ。サリニー公爵さまで」

「そうですねえ、この数週間は足しげくおみえでした。あたくしどもがお目に叶いまして」と、自慢した。

「常客だったのか？」

「今夜、この部屋に入るのを見かけたか？」

「いえ、ムッシュウ。最後にお見かけしたのは宵の口でした」

「それはどこだった？」

自称凝り性は口ひげをひねくり、わざとらしい手つきでこめかみに一本指を当てた。「あっ、そうそう！」思い当たって声を上げた。「思い出しました！　ご一行さんおそろいで見えたとき、あたしゃちょうど階下におりましたからね。お祝い申し——」そこで目をむいた。「なん《ディ》てこった《アーブル》！　新婚さんだぞ！　おいたわしや！」

「連れの顔ぶれは？」

「公爵夫人、ムッシュウ・ヴォートレル、あとはキラールご夫妻でした。キラールご夫妻はあいにくのご用ですぐお帰りになりましたが。まったく怖いですなあ！」

「よし、もう結構。部屋を出て、公爵夫人に伝えてあげたまえ。なるべく目立たぬように——取り乱した場合にそなえて、話は廊下に呼んでからのほうがいい。ムッシュウ・ヴォートレルにはここへ来るよう伝えてくれ」

おやじは肉のついた肩をそびやかし、もったいぶって廊下側のドアを出て行った。バンコランがこちらを向く。

「さて、博士、どう思われます？」

「ふむ！……常軌を逸した頭がやらかした殺しとしては、さして突飛な手口でもないね」グラフェンシュタインが深くうなずいて応じる。「ミュンヘンのヴァンドグラフ事件がいい例です。本件ではまず殺害の衝動ありきでして、犯人の頭の中でたまたま目にした鋭利な剣と、血を見たいという思いがぱっと結びついたんですな。で、衝動に負けて公爵を襲った……」

「ちょっとお待ちを！　犯人の心の動きを追うのに気を取られて、現実の行動を追うほうがお留守になっていますよ。こいつは衝動なんかじゃない、あらかじめ意図して周到に仕組まれた犯行です。死体の位置をごらんなさい。何もお気づきになりませんか？」

「どうやら争った形跡がなさそうだ、ということぐらいかな」

「まったく争っていませんね。長椅子に背を向けて立つか、しゃがんだところを背後からやられています。いかれたやつが凶暴化して長椅子の四フィート上へ手を出し――長椅子の上に乗らないと盾には手が届かなかったのではないかな――あの大剣を取り、おとなしくかがんで首をのべていたサリニーをすっぱりやったとでも？　それでもサリニーが気づかないというのは、耳も目も不自由でなくては無理ですな」

「そうはいっても、現にそうして首を斬られておるんだから」

「この長椅子へおいでなさい」バンコランが言う。「ここのクッション、わかりますね。上げますよ――そらね。椅子の座部に細長い痕があるでしょう？　凶器の剣はクッションに埋めてここに隠してあったんですよ。犯人が事前にすませておいた下準備ですな。つまり、やつはサリニーが入ってくる前からこの部屋にいたんです。そうして手ぐすねひいていた。相手が来るはずだと、あらかじめ承知していたんです。やつはサリニーと口がきけた——見ず知らずの人間を恐がっていた人と——そして、疑われもせずにあの下準備をすませたんですよ」バンコランが身ぶりでうながす。「つまり、それは——?」

「ばかな! つまりあなたは、ローランが公爵のとりまきの誰かに化けとるから、そいつをつきとめろとおっしゃる?」

「公爵の顔見知り程度には化けているでしょう。しかも、疑われずにこの部屋へ出入りできた。つまり外部の侵入者でなく常連客……公爵が背を向けたすきに、クッションの下から剣を抜き出せた人物です」

「おいおい、そうはいってもだな、君!——サリニーはお待ちかねと言わんばかりに、ひざまずいて首をのべとるんだぞ!」

「ああ、犯人はそのへんから割り出せそうですな。しかも今この時も、殺したやつは賭博室のどれかにいますよ。うちの連中が居眠りでもしてない限り、誰も帰しはしませんからね」

「廊下側のドアは?」

「フランソワが十一時半からがんばっていました。サリニーの入室は何時だったかわかりますか?」

「わかりますよ」私が口を挟んだ。「カード室へ入っていく背中を夫人が指さしたとき、たまたま時計を見ていたので。はっきり覚えています、十一時半でした」

　バンコランが自分の腕時計を見た。「十二時ちょうどか。アリバイ調べは簡単なはずだ……」と、いらいらと片手で髪をかきむしる。おちくぼんだ眼に妙なとまどいがしつこく居座っていた。「不可解だ」おもむろに周囲を見てつぶやいた――「腑《ふ》に落ちん。確かなのは、まともな頭の持ち主でないというだけだ……。首だけちょっと離して立てておくなんて事実に、それ以外どう説明がつく？」

「それそれ」グラフェンシュタインが顔を輝かせ、「そこを考えていたんですよ。どうもね、ただ転がっただけならあんなふうな位置はありえんと申し上げて構いますまい」

「うーん、もっと不可思議なことだって、これまでいくらもありましたがね。ですが、これはそうではないな。首と胴体の間に血痕がありません。ですから犯人がすえたのですよ」

「なるほどね。やつの頭なら、そんな示威行動もまんざら不自然じゃない。悦に入って、生首をわざわざかかげたがるようなやつだ――」

　バンコランが茫洋たる目を据えて声を低めた。

「ご想像の先を、博士。その調子で犯人の思考の流れをなぞっていただきましょうか」

「まったく、あなたがたときたら」たまりかねて私が言ってやった。「達者な想像力にもほどがあるよ……」

「だが、やらないわけにはいかなくてね」バンコランがぼそっともらして肩をすくめた。そしておもむろにかがみこむと、死者のポケットを調べにかかった。じきに腰を上げて長椅子にこまごました品を山積みにしていく。なにやら妙なふうに笑いながら。

「仕上げをごろうじろ……ポケットは自分の写真でいっぱいだ。ああ、そうとも。ほらね？」と、新聞の切り抜きやボール台紙の写真類をひととおりめくった。「新聞の写真、それにキャビネ仕立てが数枚。どれもこれも自分の写真で、思いつく限りの種類を揃えている。写りのいいの、悪いの……それは乗馬中だね、ゴルフ場のもある……。ふむ。ほかはこれといってないな、紙幣がすこしと懐中時計とライターぐらいか。まったくどういう風の吹き回しだ、こんな写真なんか？　しかも、よりによって夜会服のポケットに？」

「ふん！」博士が応じた。「この手の人物の自己愛は驚くにあたらんよ」

バンコランは長椅子の脇にしゃがんで漫然と切り抜き類をめくっていたが、そこでかぶりを振った。「いやいや、ほかの理由もないとは言い切れません――それこそが、この怪事件全体の山でしょうよ……。どうしても見当たらないものがありますが、お気づきですか？」

グラフェンシュタインはドイツ語で猛烈な悪態をいくつか吐き散らした。それがおさまると、「ポケットに入っておった品物を見抜く手立てがあるとでも？」

「ありますよ」涼しい顔でバンコランが応じた。「申し上げているのはね、鍵のことですよ。こういう事件では、あるべき品の有無に思いを致すよう、つねにお勧めします。車の、家の、酒蔵の――あらゆるものの鍵。どうやら持ち去られたようですな」と、われわれの顔を見まわす。「これから解説いたしましょうか。この場になければいちばんおかしなもの、いちばん説明のつかないものがあるのに、諸君どちらも見落としておられる。ある確固たる存在をずっと失念しておられるんですよ、正気で考えたらこの部屋にあるべきもので、それなのに見当たらないものを」

「犯人への手がかり?」あてずっぽうで博士が口にした。

「犯人そのものです」と、バンコラン。

そこへ、にわかにものを破る音やがたつく気配がして、三人ともぎょっとした。さっきの私服刑事の制止を振り切って廊下側のドアが押し開けられたかと思うと、よたよた入ってきたのは紙の帽子をあみだにかぶり、目の焦点の合わない、肉のだぶついた若造だった。場にそぐわないものというのは、そんな時でもいちいち目につくものだ。星条旗の紙帽子はピンクの紙細工飾り羽根つき。叩き潰した粘土そっくりの顔には朦朧《もうろう》たる酔眼が座り、へべれけの馬鹿面に傾《かし》いだ服装というざまで、ナイトクラブのおまけでもらう木のガラガラをそうぞうしく振っていた。結婚式の祝い酒を過ごした酔漢にありがちな態度で小首をかしげてガラガラを振ってみせ、しまりなく音と笑いを垂れ流した。

「ここのみんなでよう」英語だった。「新郎新婦を新居へ送ってってやろうぜ」ついで、みんなで一杯やろうと水を向け、わが妙案にひとしきり感じ入ったあげく、さきほどから制止している刑事をせっついた。「おい、酒ねえか?」

「ですがムッシュウ《メ・ムッシュウ》、こちらは立ち入り禁止ですので《セ・ドウファンデュ・ダントルール》――」

「蛙語（蛙はフランス人に対する蔑称）をゲロゲロしゃべってんじゃねえよ。ちーっともわかんね。はばかりながらこのおれさまの行く先々じゃ、だれだって英語しゃべってんだよ! ほれ、みんなにがんがん飲ましたれ。勘定なら太っ腹が――おれのことよ――まとめて面倒見てやるぜ、束になってかかってこいや。おい、酒は？」

「ムッシュウ、ですから申し上げたように《ジュ・ヴ・ゼ・ディ》――！」

「いーや聞こえねえ。おめえがずーっとゲロゲロで通す気だってんならはっきり言っとくぜ、おらあ蛙語なんざしゃべんねえからな！　さっきもそう言ってやっただろうが？」ぐらりと頭を倒して返答を待ち構え、ややあって喧嘩腰を和らげた。「まあいいや、言うだきゃ言ったぜ。あのな、そんでな。友達《だち》のラウールを呼んでこい。嫁取りしたやつだよ。やるにことかいて結構な話じゃねえかよ？　ほんに結構こけっこうだぜ、大の男がよう、飛んで火に入る夏の虫ってなもんで祝辞責めにあって立ち往生なんてよう？」と、どんな大演説かというような身ぶり手ぶりでひとしきり慨嘆した。

さらなる熱弁を開陳する矢先に私が駆けつけ、闖入者《ちんにゅう》に英語で声をかけた。

「なあ君、ここを出たほうがいいぞ。見ればわかるだろうけど――」

とたんに、若造はふらつく足でもったいつけて体ごと向き直り、いっそうご機嫌になってじろじろ見てきた。

「おいおいおーい！　ご同胞ときたぜ！」歓声を上げ、目をみはって握手の手をつきだした。

「なあ、酒ねえかい？」

「頼むから！　これだけは聞いてくれ。ここを出ようぜ」

「おれさあ、ずっと飲んでたんだよ」声を落としてそう打ちあけてきた。「でも、ラウールに会いたくなってよう。あいつ嫁もらったって言ったっけ？　あんた、ラウール知ってる？　ままま、一杯やろうや」

そう言って、ドア脇の赤ビロードの椅子にいきなりおみこしを据えてしまった。しばらくは沈思黙考のていで手近な呼鈴の紐を見すえていたが、やがて半ば寝入りながらもガラガラをしつこく鳴らし続けた。耳ざわりにとがった音は、その死の部屋では紙帽子と同じぐらい場違いでばかげていたが、その落差ゆえにいっそうの恐怖をあおった。

「およしなさい、ムッシュウ！」刑事が声をはげました。

「ぶっとばすぞ」闖入者は目を開け、妙に座った目つきで刑事に指をつきつけた。「うせる気ねえってんなら、この手で地べたに沈めてやるぜ、こんちくしょうめ！　おらあ、この椅子でいいんだよ、ほっといてくれよ……」と、またずるずると崩れた。

「こいつは?」私が尋ねると、バンコランは細めた目で酔漢を検分した。

「前に見かけたことがある、公爵と一緒だった」バンコランが肩をすくめて答えた。「ゴルトンとか、そんなような名だ。アメリカ人だよ、当然ながら」

「なんとかしないと――」

またしてもそこで邪魔が入った。女の嘆き声だ。「耐えられないわ！　そんなの耐えられない！」ほかの女の声がくちぐちになだめにかかっている。嘆きはルイーズ夫人の声だった。廊下側のドアが開き、エデュアール・ヴォートレルが入ってきて、私、バンコラン、床へと視線を移した。ほんの刹那、食いしばったあごの内に虫歯のような痛源があるといわんばかりにたじろいで色を失ったが、ほぼ即座に傲岸不遜な平静さを回復した。そして眼鏡をハンカチで拭きながら、冷たく見回した。

「ここまでやるか?」

その後から、店のしなびたばあさん従業員に抱えられてルイーズ夫人が入室した。そして床のありさまを一瞥するや、自らに鞭打って身じろぎせずに直立し、血の気が引いた顔に頬紅だけをことさら赤く燃やした。涙はなく、熱っぽくにらんでいた。死体の前にたたずむ、あの時の彼女ほど超然とした姿にはそうそうお目にかかったためしがない。泣きもせず、動きもせず、ただドレスの肩紐が片方ずり落ち、髪は手ぐしでなでつけたように乱れていた。ばあさんの腕をふりほどき、おもむろに斬首された死体へ近づいてうつむいた。

「かわいそうに、ラウール!」指にけがした子供にでも言うような口調だった。やがてふりむくと、目に涙をためていた。

ちょっと静寂の間があり、窓辺の赤いカーテンのはためきまで聞こえた。そこへ例のアメリカ人ゴルトンがそれまで床へ落としていた酔眼をいきなり上げ、夫人を目にしてしまった。さっそく歓声を上げ、床の死体にまるで気づかずによろよろ立って派手に一礼すると、夫人の手をぎゅっと握った。

「心の底からおめでとうを言わせてもらいますよ、人生の至福に彩られた今日のよき日に——!」

おぞましい瞬間だった。ほかの一同そろって棒立ちの中、ゴルトンだけは紙の提督帽を傾《かし》がせ、握手の手をのばしておじぎしつつ千鳥足でふらついている。酔態に恐怖をあおられたのは、その時が――運動家の死体ころがるこの部屋が、生まれて初めてだった。ゴルトンがヴォートレルに目を向け、こんなふうにおどけてみせた。

「いようエディ、お払い箱とは気の毒に。ま、金ならラウールのほうが持ってるもんな……」

れた。

4　人形芝居の位置決め

ヴォートレルが息巻いた。「こんな酔いどれ、つまみ出せ！」手を出しかけて私服に制止された。

「連れ出せ」バンコランに耳打ちされた。さらに声を殺して、「なんでもいい、引き出せるだけ、情報をとってくるんだ」

同国人のよしみでゴルトンはおとなしくついてきた。それに、その時点で吐き気をもよおしたらしかった。あの刑事に通してもらい、ふたりで廊下へ出た。やけにひっそりしていて、喫煙室や、つきあたりのさびれた屋内ヤシ園や、カード室のドア正面にゆったりひらけた大理石階段の、大時計を配した踊り場から控え目に物音がもれてくるだけだ。大理石の床におきまりの赤絨毯が帯状にずうっとのびているのを見て、いやな記憶が蘇った。笑いさざめいて二階へ上がってくる客があったが、紳士休憩室へとゴルトンを抱きかかえて廊下を行く私のほうを、見るともなく一瞥しただけだった。

鏡張りの休憩室は深く沈みこむ茶革の椅子を並べて、その傍らにはスタンドランプ、中ほどの大きなテーブルに雑誌を積んで居心地よくしてある。それでもこんな場所につきものの、ひっそりと暗く沈んだうらぶれ感が濃かった。ゴルトンはしばしトイレに消え、さえない顔色ながら、だいぶしらふになって出てきた。

「すっかり迷惑かけちまって」と、うなって椅子に沈みこんだ。「もうだめだ、こらえきれなかったんだ。これですっかり楽になったよ」しばらく床をにらんだあと、陰気な目をこちらへ転じて不平がましく、「まったくよう！　気分悪いったらなかったぜ……なら、あんたアメリカ人かい。絶対だよな、アメリカ人だ。どうせ、あんたもそこらの物見遊山のくちだろ……」

ひしゃげ粘土の面つきから察するに、飲み過ぎが祟ってアメリカン・バーでおなじみの惨憺たるありさまになったらしかった。「物見遊山」なる言葉にこめた遺憾と嫌悪の念たるや、旧約聖書のヨブが「腫瘍」と口にしたときもかくやだった。

「せっかくこんなとこまで来たってのによう、どいつもこいつもなっちゃねえな。フランス人てもんをちっともわかってねえんだよ、ありのままのフランス人ってやつを。へっ！」言いながら、どんどんへそを曲げていった。「そこへいくと、こちとらパリの事情通だぜ。なんせ、なじみのフランス人だっているもんな」

「へえ、そうかい？」

「ああ、そうさ。ラウールだよ。あいつも年貢の納め時か」そちらへ思い及んだところで、酔いどれ頭に何やらひらめいたらしい。「おっと、そうだよ！　あれ何の騒ぎだったんだ？　あっちの部屋でさ――そういや、みんなして妙な顔してたような」

そろそろ本題にさしかかってきたぞ。こいつにはほとほと嫌気がさしてきていた。これがほかの場合なら、ただ感じ悪いなで終わるところだったが、いくら耳障りにきしむ歯車でも殺人事件というからくりをなす部品であれば、要《かなめ》となる可能性も捨てがたかった。相手はといえば、ひしゃげたつぶれ粘土からまあまあ並みのご面相へと戻る気配をみせ、ジャズ楽団員ばりにべったりなでつけた薄い髪と肉厚の赤ら顔が次第にはっきりしてきた。そうして朦朧《もうろう》としていた青い目の焦点が合ってくると、迎え酒もなんだかやぶさかではない気分がきざし、しだいに険がとれていった。

「公爵とは長い付き合い？」私が訊ねた。

「いやいや、そうでもないね。たかだか二週間とちょっとだよ。思ったんさ、だれか偉いさんに顔つないどくのもいいんじゃねえかなあって——だってよう、偉いさんのコネがつきゃ、いろんなおこぼれにあずかれるってもんだろ——？」せこい目つきで問いかけてきたので、これまでやつが吐いた中でもとりわけ反吐《へど》の出るようなせりふだったとはいえ、一応うなずいてみせた。あちらはそれで気をよくして続けた。「な、自己紹介さしてもらうぜ。おれ、シド・ゴルトンってんだ……」

私は型通りに挨拶をすませ、さっき出かかったサリニーの話にそれとなく水を向けてみた。

「だな。ほれ、あいつ落馬しただろ、ブローニュの森の鳩猟場近く——クレイ射撃んとこでさ。まあその、無様にどてっと落ちたわけよ。おおかた腹帯の締めが甘かったんじゃねえの。こちとら馬には詳しいんだよ。イエローストーンじゃずっと森林警備隊だったもんでね。で、今言いかけてたんだが、やつは落馬したんだよ、な？」

「ああ、話の流れはなんとか追えてるよ」

「そうかい。でだ、やっこさん、オーストリアの専門医へかかりに行ったわけだよ。手首と背骨をやられちまってさ——横向きに落っこったんだろ。じかに見たわけじゃないぜ、そんときゃおれ、オーストリアにいたんだから。だが、ひどかったたって話だよな……。まあそれで、帰りの列車が一緒だったんさ。あいつの写真なら新聞でさんざん見てた——たいした名騎手だよな、まあ、それを言うならおれもだが。それでちょいと近づいて、こう言ったのさ。「シド・ゴルトンです。ぜひ握手してもらいましょう。いや、マジでね、公爵。あんときおれがついてりゃ、あんた絶対あんな目に遭わずにすんだのにね……」」

「実にうまく取り入ったもんだね」

「ばっちりさ。でだ、やっこさん英語めちゃめちゃうめえんだよ。それで帰りはすっかり意気投合さ。よく笑うやつで、えらく気に入られちまってよう。あのさあ、あんなふうな偉いさんてのはツボさえ押さえりゃ、さほどやりにくい相手でもねえんだよ」と、自慢の鼻をうごめかした。「なんならいつでも力になってやるぜ……。以来、何度も遊びに行ってんだが、やっこさんたまにいなかったりするし、とりまき連中にゃ出会ったためしがねえな。だがまあ、いずれそのうちな。そんで公爵とは知った仲なんだ、あんたなら喜んで紹介してやるぜ——きょうの結婚式にも招いてくれたんだが、お高くとまった腐れ貴族どもめ——!」ゴルトンの顔が悪意でゆがんだが、ことさら陽気な笑いに紛らして続けた。「具合がいまいちだったもんで、例のキラールってやつんちの飲み会にゃ出なかった……。なあおい——あんた、名前なんてんだっけ?――なあおい、行ってラウールに会おうや。なんでみんな騒いでやがったんだ? 覚えてる限りじゃ、どうも――」

と、うつけた顔で、さっきの不可解な場面をひとしきり追っているらしかった。

「ゴルトンさん、残念だけど、サリニー公爵は殺されたんだよ――」

とたんにゴルトンの目がうつろになった。「ふざけてんのか?」と言わんばかりにこちらへ疑いの目を向け、詳細を尋ねようともしなかった。厄介ごとというだけで、やつとしてはもう沢山なのだった。それで椅子から腰を浮かしかけたところへ、グラフェンシュタイン博士とヴォートレルを連れたバンコランが入ってきた。続く数分というもの、すくみあがったゴルトンはみっともなく顔をゆがめてべそをかきながら、ひたすら「事件については一切知らぬ存ぜぬ、出してくれなきゃ困ったことになるよ、具合がよくねえんだから」で押し通した。

「むろんご随意におひきとりを」バンコランが言ってやった。「ですが、ご連絡先は置いていってくださいよ」

よろよろとドアへ向かうゴルトンが、これから行く先はハリーズ・ニューヨーク・バーだと声高に宣言する。連絡先にと置いて行った住所はアンリ・マルタン街三二四番だった。

テーブルをはさんで奥の席へ行ったバンコランが、閉まったドアを見つめて考えこんだ。「どうもねえ」と評した。「アメリカの禁酒法はフランス史上いちばん傍《はた》迷惑な悪法ではないかという気がしてきた……。まあいい。ゴルトンは後回しで構わん」

バンコランは雑誌を脇へ寄せ、向かいに腰をおろすと椅子に身をゆだね、まぶたを伏せた。

「おかけください、ムッシュウ・ヴォートレル。あらかたの事情をぜひともあなたの口からお聞かせ願いたい。君たちもかけてくれたまえ」

茶の革椅子と白黒格子の大理石の床に淡黄色の照明が当たり、母国《くに》の刑事裁判所の判事室をほうふつとさせるたたずまいだった。なんなら商工会議所という表現でもいい。グラフェンシュタインは暖炉に背を向けて立ち、目をしばたたかせてパイプを詰めていた。手前側の椅子にヴォートレルが堅苦しく背筋を立てていた。横顔にもろに灯を受けたのを見れば、黄色い口ひげを中心にきゅっとしわを寄せた仮面のようだった。さっきなんの感情も浮かべていなかった目が冷たく傲岸に問いただす構えをとり、波打つ金髪はもみ上げのあたりが白かった。胸に詰め物こそ入れてはいないが、そのままで仕立屋のマネキンで通りそうなほど決まったポーズと着こなしだった。それでいて、大仰な身ぶりやうさんくささよりも、片時も油断ならない切れ者という印象のほうが先に立つのだった。思うに、こいつがひとたび一軍率いて戦場に向かうとなれば、さぞや人目を奪う行動や強烈な名言で将兵を鼓舞するだろうが、ひとたび檜《ひのき》舞台を外れるや、したたかな打算の目で自己の立ち位置を見直し、冷徹な予防線を張ってかりそめにも危険に陥ったりしないだろう。将軍にも、芸術家にも、場末のぽんびきにもなれる資質の持ち主だ……。

「いくつか質問にお答え願います、ムッシュウ」バンコランが続けた。「やむをえぬ仕儀です、なにぶんあしからず……」（ヴォートレルが会釈で応じた）「今夜、こちらへいつごろお見えになったかお答え願えますか？」

「はっきり覚えていませんが、十時過ぎだったかと」

「その後のできごとをすべてお話しいただけますか」

「そっちはさほどむずかしくありません。私としては特に来たいわけでもなかった」――嫌悪をおもてに出して見回した――「ですが、その前にルイーズ夫人がちょっと嫌な目に遭われたのでね、ラウールのはからいでここの活気――いささかどぎついぐらいのほうが口直しになるだろうと。キラール夫妻もご一緒でしたが、よんどころない用事だとかで早々に引き上げられましたよ」ここまで言うと、とびきりの冗談を思いついたような顔でバンコランを見た――「あとね、どうも公爵はここで誰かと会う約束をしていたはずで……」

「ほう？　「誰か」とおっしゃったが、女性の可能性をほのめかすお口ぶりですな、ムッシュウ・ヴォートレル――」

ヴォートレルは肩をすくめた。バンコランはそしらぬふうを装って聞き流すふりをした。だが、決闘相手のように、両者たがいに油断なく見合っていた。

「本当に知りません。みなで二階へ上がりまして。ルイーズはたちまち女友達に囲まれて連れていかれました。人はまばらでしたよ。ラウールと喫煙室へ一杯やりに行ったら無人でしたからね。そのあと彼は私を置き去りにしてひとりでルーレットの運試しに行ってしまった。「今夜は赤の目にするよ、エデュアール」なんて大声で言いながらね。「今夜のラッキーカラーは赤なんだ……」」

誓ってもいいが、そこでヴォートレルの顔をまたしても皮肉な笑みがかすめた。「そこでラウールは何かを思い出したように振り向きました。「そういえば、前に君が話していたカクテルはなんと言ったかな――アメリカン・バー〝アンバサダー〟特製のやつ？」教えてあげました。特別調合の強烈なカクテルでね、たしかモンキーグランドといいましたよ。「うん、じゃあ、ひとつ君を見込んで頼みがあるんだ。ここのバーテンダーに調合を教えてやってくれ。シェーカーひとつ分作らせといて。今夜はさる男とすこぶる大事な用談があるんだ……私がカード室の呼鈴を鳴らしたら運ばせるように手配しといてくれ。相手は十一時半に来る予定なんだ。頼んだぞ」で、喫煙室を出て行ったんです」

「ちょっとお待ちを」と、さえぎったバンコランがグラフェンシュタインに、「博士、まことに恐れ入りますが、そちらの呼鈴を鳴らしてみていただけませんか。すぐ脇にさがっているその紐です」

博士が言われた通りにし、一同無言で待っていると、さっき殺人現場に踏み込んで盆を取り落とした白ジャケットの従業員が入ってきた。顔色がすぐれず、きまじめに仕事を続けてはいたが気もそぞろで、涙ぐむほどおびえていた。ヴォートレルが振り向いてそちらを見た。

「給仕長」バンコランが手をさしのべた。「死体発見者は君だったな？」

「はい、ムッシュウ。こちらのお客様が」遠慮がちにヴォートレルへうなずいた。「十一時半ごろカード室の方が呼鈴を鳴らされるとおっしゃいましたので、ご注文のカクテルをお持ちしました。そしたら……」目もとをくしゃくしゃにして言いつのった。「あれじゃ、グラスを割ったってしょうがないでしょう、ムッシュウ！　ほんとにしょうがなかったんです！　もしもお口添えいただけるようでしたら、ぜひ――」

「グラスの件は気にするな。なら、呼鈴が聞こえたのか？　いつだった？」

「十一時半でした。たしかです、時計をにらんで待機しておりましたので。サリニーの御前はいつもチップをはずんでくださる――くださった――お客様でしたから」

「その時はどこにいた？」

「バーです、ムッシュウ。バーは喫煙室にありまして、両方ともカード室からいうと表通り側の隣の部屋です」

「呼鈴の紐はどこにある？」

「廊下側のドア脇です」

「呼鈴が聞こえてすぐ行ったのか？」

「すぐじゃないです。バーテンダーがカクテルを作る時間もいりましたし、シャーベット・グラスを洗っとけとうるさく言われまして。呼鈴に応じるまで、どうしたって十分はかかりました」

「どっちのドアから入った？」

「もちろん廊下側ですよ、ムッシュウ。ドアのすぐ外に男が立ってました（おたくの刑事さんですよ、ムッシュウ）。ノックしましたが、返事がありません。どうしようかなと――そりゃそうでしょ！――入っていいものかどうか迷いましたよ。へたすりゃとんだ野暮になりかねませんからね……。で、思いっきり力をこめてノックし直しました。返事がないんですよ！　それでおたくの刑事さんに言ってみました。「どなたかおいでになってます？　入ってもよさそうでしょうかね？」そしたら刑事さんが「なにを言ってる？　中にいったい誰がいることになってるんだ？」それで「サリニーの御前ですが」って言いましたら、あれですから《ヴォワラ》ね！　刑事さんは青くなって「入れ入れ、さもなきゃおれが行く」で、入ったら——」

ボーイがとたんに早口になり、おどおどと右顧左眄《うこさべん》する。「で《アロール》、とにかく入ったんです。とつさには何も目につきませんでした。刑事さんは肩ごしにのぞいてましてね。そうですよ、初めは何も目に入ら——じゃなくって気づかなくて。で《アロール》、とにかくずっと入っていくと——ああ、聖母《メール・ド・デュー》さま！——あやうくつまずくところでしたよ、あの首に！　大声出しましたよ、サロンのドアめがけてまっしぐら、お盆なんかもう持ってるどころじゃありません！　それだけです、ムッシュウ、誓ってほんとです——！」

恐怖に目を凍りつかせ、ひとしきりこみいった身ぶりをしたのち、やがて戸口までさがってぜいぜい肩で息をした。

バンコランは椅子にもたれてしばし天井の片隅をにらみ、ひげ面をゆがめて考えこんだ。それから身ぶりで給仕長をさがらせ、重荷をしょい直すようにやおら大きく息をつくと、ヴォートレルに声をかけた。

「お話の続きを願います、ムッシュウ。サリニーはひとりで喫煙室を出て行ったんですね。それは何時でした？」

ヴォートレルの面白半分の笑みがよけいに大きくなった。「さてねえ、君、今夜の行動を時間ごとに逐一言えるかどうか。十一時やや手前ってとこでしょうよ。もしかすると五分ぐらい前かな」と、穏便に予防線を張りながらも、目つきは油断なくじっとゆるがなかった。「ですからね」と肩をすくめ、「本当にわからないんです。そうやって揚げ足をとるおつもりか知りませんが……」

「で、あなたのほうはずっと喫煙室に？」

「ええ。ブース席のひとつにいましたよ。公爵も私も、こんなところにさしたる知人もいませんし。ふん！　どうにも気のきかない社交サロンだ」と、顔をしかめてくさした。「しかもルーレットとはね！――あのね、ムッシュウ。偶然頼みの勝負なんぞ興ざめもいいところですよ、やってられんね。知力の戦いなど皆無だよ。ポオいうところの「対戦相手の力量を計る」ところがない……。いやもう、あそこでゆっくりさせてもらいましたよ。誰ぞの置き忘れていった本を読んでね。また、これがすこぶるつきに面白い本だったんです、英語でね、『不思議の国のアリス』とかいう」

「いやはや！」バンコランは捨て鉢な声を上げ、テーブルをどんと叩いた。「諸君、運命の女神らは酔って前後不覚のありさまだ。パイ投げ合戦だね、まるで。さぞや天界で腹を抱えていることだろうよ、なにしろ床へ移植ゴテを落としていくやつあり、カジノに『不思議の国のアリス』を忘れていくやつあり、さらには隣室で血みどろ殺人の仕込みにかかるのをしりめに、しれっとその本を読むやつまで出る有様だからな。そんな一幕にもどこかしら正気はあるはずだ、このできごとのどれにも意味がないとすれば、世に意味あることなど皆無だよ……」ぞっとするような変化が、その顔にあらわれた。指を鳴らすほどの刹那、ついに大天使ミカエルの鎧にすきを見てとったサタンばりの凄みを帯び、急所へ一閃する槍さながら眼光がひらめいた。やがてその表情を消して、てきぱきと、

「結構です、よくわかりました……。さて、恐縮ですが時間について再度伺いますよ、ムッシュウ・ヴォートレル。喫煙室と階段の大時計をさっき見ました。両方とも私の時計と合っていましたが、今は——お手もとの時計では何時でしょうか？」

ヴォートレルは手にした薄型の銀時計を返し、ことさらためつすがめつした上で明言した。

「十二時二十五分〇秒です」

「私のもです、秒単位まで同じですね」私に向いた。「君は——？」

「秒まで言うと、二十四分三十秒だね」

バンコランは顔をしかめた。「よくわかった。では、ムッシュウ・ヴォートレル。サリニー公爵がカード室へ入られた十一時半に、あなたがおられた場所はおわかりになりますか？」

「わかりますよ、数秒の誤差で」ヴォートレルは言いよどんだかと思うと、やぶからぼうに笑いだしてどぎもをぬいた。「廊下の端にがんばっていた、おたくの刑事と話してましたからね。八分ほど一緒だったかな、そうしてずっと見られながらサロンに入り、あなたにお引き合わせいただいたというわけです」

バンコランは癇癪《かんしゃく》寸前となった。しばし黙りこくったのちにまた呼鈴を鳴らすと、フランソワ私服刑事が大きな鼻をこすりながら勿体ぶって歩いてきた。

「そうですとも、ムッシュウ。この方と一緒におりました」というのが答えだった。「持ち場についたのがその五分前で、喫煙室のドアの前で椅子にかけてましたらこの方がおいでになり、煙草をすすめてくださって、『正確な時間がわかります？　私の時計はどうも遅れているようでね』と言われました。それで、『わかりますよ。私の時計はちゃんと合わせてありますんでね――十一時半だ――でも、いちおう階段の時計を見ておきましょうか』と申し上げたんです」

そこでフランソワはわれわれ一座をうかがい、あらためて元気づいた。「で、ご一緒にカード室の向かいの階段口へ行って確認したら、やっぱり合ってました。それでこの方が時計を直しがてら、その場で立ち話を――」

「つまりだな」バンコランがさえぎった。「ムッシュウ・ド・サリニーがサロン側からカード室へ入ったその時に、君たちは廊下側の入口のまん前にいたというのか？」

「そうです。その人は――ムッシュウ・ヴォートレルですよ――私と一緒に五分以上いてから、廊下を歩いてサロンへ入っていきました。私は階段口に残って、ひきつづき……」

「廊下側のドアからは、片時たりと目を離さなかったのだな？」

「ずっと意識していたわけじゃないです、ムッシュウ。ですが見張ってはいました。階段には背を向けてましたから」

「ならば、そこからの出入りはなかったんだな？」

「はあ、ないですね……。あの給仕がカクテル盆を運んできた時も居合わせましたので――おそらく本人の口からお聞きになってるでしょう――入室するすぐ後ろにいました。それで、やつと同時に死体を見ました。そして、予審判事がもう一方のドアからおいでになるまで、こっちのドアから離れずにおりました。それはご記憶の通りです。ずっと見張ってたんです。誰ひとり通しやしませんでしたよ！」

「よし、もういいぞ」

バンコランは腰をおろし、テーブルに頬杖をついた。ヴォートレルのほうはこのやりとりでしだいに落ち着きをなくし、椅子の腕を片眼鏡でとんとんやったり、じれったげに身じろぎし、あの深いしわが細い口ひげとすきっ歯をとりまいてさざなみだち、せせら笑いを形づくった。長い鼻孔がひくひく動く。うんざりしたのか、さもなくば安堵したのか、かすかな悪意がその目にともった。小声で、

「大時計をいじったとお考えになるのは、むろん勝手ですがね」

「どちらも人手を加えた形跡はない、友人のも私の時計もしかりです。その点は間違いありません」

「では、もう放免していただいてよろしいか？　こういってはなんですが、公爵夫人をひとりきりで放ってはおけませんよ、私でよければお宅までお送り――」

「今、マダムはどちらです？」

「婦人休憩室でしょう。ここの者が誰かつきそっているはずです」

「まさかとは思いますが」バンコランが意地の悪い笑いをまじえて、「お送り先はよもやド・サリニー邸ではないでしょうな？」

ヴォートレルはこの問いを真に受けたように片眼鏡をかけて応じた。「違うに決まってるじゃないですか。結婚前のお住まいだったデュボワ街のアパルトマンのほうですよ。私の連絡先がおいりようになった場合にそなえて」——と、名刺入れを出した——「こちらが名刺です。いつでも同じものを喜んで進呈しますよ」いかにも慇懃に、「こののち今夜のような非礼を働くおつもりなら、いつなりとお相手しましょう」

と、居丈高に構えて口の片端を上げ、さあどうだ、これには一言もなかろうとばかりに片眼鏡で大見栄を切った。まるで、身を乗り出してまっこうからバンコランの面をちょいちょいと手袋ではたいてやったぞという態度だった。私が見ていると、相当な危険信号をあらわす薄絹の膜がバンコランの目にかかり、思案するようにもらった名刺を裏返しつつ、額に小じわを寄せて顔を上げた。

「いやあ、もしかするとねえ」いやが上にも柔らかい物言いだった。「ムッシュウをまごつかせてしまうかもしれませんな。もしかするとね、これまでのご経験からいって思いもよらぬことでしょうが、あいにくと決闘の掟では、剣を持たせてもらえるのはなにもムッシュウひとりの特権ではないのでね——?」礼を失しない程度に意外さをおもてに出し、表情をまったく拭《ぬぐ》い去った目で、小ゆるぎもせずにヴォートレルを見すえた。

そんな一触即発の状態で、ほんの一瞬にらみ合った。まるで、両者の神経という神経がテーブルごしに組み打ちしているようだった。グラフェンシュタインが取り落としたパイプが炉床で割れるかすかな気配に目をやると、博士も驚き顔で双方を見比べている。そして、何はさておきエデュアール・ヴォートレルで忘れがたいのは——忘れがたいひそかな理由があるのだが——そこはかとなくライラックの香水を漂わせ、ポケットチーフを控えめにあしらった垢抜けたいでたちで身構えたあの姿だろう。刹那にやつのしわだらけな口もとがひきつり、片眼鏡が震えたのは、私の見るところ、バンコランに犯人と疑われたせいではなく、またしても自らの臆病ぶりを見透かされたことを徐々に悟り、不快になったためだろう。

言うまでもなく、やつは巧妙にうわべをつくろった。たちまち冷静で快活しごくに豹変したものの、上から下まですきなく磨きたてた姿からは、完膚なきまでに連戦連敗を喫してきた負け犬ぶりがにじみ出ていた。

そこでヴォートレルは笑いながら、ひとを煙に巻くようなことを言いだした。

「で、私に目星をつけておられる?」

「いえいえ」バンコランが応じる。「現時点ではまったく。人殺しなら誰でもなれますがね、魔法使いとなるとなかなかそうは……」あくまでお尋ねしているだけです」それを証明するように、いささか突飛な質問を放った。「教えていただきたい、ムッシュウ・ヴォートレル。ド・サリニー公爵は英語のたしなみがおありでしたか?」

「ラウールが? これはまた随分と笑えることを。ラウールは根っからスポーツ派で、それをとったら何も残りませんでしたよ。剣もできればテニスも達者——サーブにかけてはラコスト顔負けで——断郊障害では右に出る者なしの名騎手でした。そりゃね」したり顔で、「派手な落馬をやらかして、あと一歩で手首と背骨を粉みじんにするところまでいき、おかげで外国の専門医を訪ねるはめにはなりましたがね。ご記憶の通り、あやうく婚儀に支障が出るところでしたよ。ま、そうはいっても身体能力には秀でていました。本のほうは開く折さえ稀《まれ》というありさまでしたが。いやはや！　言うに事欠いて、ラウールが英語《ティアン》ですって！　なけなしの語彙といったら「ゲームセット」が関の山だったでしょうよ」

そこへ従業員がヴォートレルの外套を出してきた。黒っぽい長丈に派手な黒貂衿《くろてん》と銀鎖をあしらい、舞台用とまごう衣裳だった。ヴォートレルは黒ソフト帽をしっかりかぶってひさしの陰に片眼鏡を光らせると、象牙の長いシガレットホルダーを出して煙草をさした。そして芝居がかって戸口にたたずみ、口のはたでシガレットホルダーをくわえて笑いかけた。

「さきほどの名刺、くれぐれもお忘れになられぬように、ムッシュウ・バンコラン」

「そうまでおっしゃると」バンコランが肩をすくめた。「行き掛かり上、ぜひパスポートを拝見いたしましょうかという流れになりますなあ、ムッシュウ」

ヴォートレルがシガレットホルダーを口からはずした。

「つまり、私がフランス人ではないと？」

「ロシアの方でしょう」

「まさしくご炯眼《けいがん》。パリに参ったのは十年前です。帰化の手続きはその折にすませました」

「そうでしたか！　ちなみに前のご身分は？」

「陸軍少佐です。ロシア帝国陸軍コサック第九騎兵連隊フェイドルフ大隊であります」

ヴォートレルはわざと軍人流にかちりと踵《かかと》を合わせ、腰を折って最敬礼して出て行った。

5 『不思議の国のアリス』

バンコランはこちらへ目をやり、両眉を上げてみせた。

「アリバイか、厄介だな！」私は言った。「どこいらへんから揺さぶりをかけたものかな、バンコラン」

「今のところはそこまでしなくていい。さて、問題だ。やたらと血の気の多いこの人物は、サリニーのような億万長者と遊びまわるだけの収入をどこで工面していたのか」ここで眉をひそめて、「なにがあいにくだといって、今夜ここに二人を知る者がほとんど居合わせなかった点だな……。フランソワ！」

さきほどの刑事があたふたと入室してきた。

「フランソワ、ここに居合わせた連中が帰るさいは片っ端から尾行をつけるよう、手はずを整えてあるんだろうな？」

「それはもう、ムッシュウ」

「よしよし。ロタールをやって、ルーレット・テーブルや喫煙室でサリニーの姿を見かけた覚えのある連中をつきとめさせろ。バーテンに当たって、ヴォートレルを喫煙室で見かけたかどうか裏もとれ。喫煙室へ行ったらブース席を調べて、『不思議の国のアリス』という本の有無を確かめるように。できれば誰が置いて行ったのかもつきとめろ。以上だ……。待て！　店主を呼んでこい」

　フランソワが行ってしまうと、今度はこちらへ向いた。

「さっき口にした、ヴォートレルの収入源についての疑問に、自分で答えを出せる自信はない。だが、どうも公爵夫人に麻薬を調達していたのでは、という気がする」

「そうか《アッハ》！」グラフェンシュタインが激しく反応した。「そういうことだったか。見極めがつくまで所見は出せんが、思うに――」

「そうですな。今夜、夫人が近づいてきた時にわかりましたが、麻薬のせいでぼうっとしておられたようでした。掛け値なしの事実です。私が灰皿にあった吸い殻を拾ったのは、見ておられたでしょう？」と、バンコランはジレのポケットからさっきの吸い殻を出した。「製造元の名はないはずだ。お近くへどうぞ、博士。巻きがゆるい、刻みも粗い、巻紙の端がめくれているでしょう？　嗅いでごらんなさい。煙草にまじって茶色い乾燥させた葉がありますね？　ハシーシュかマリファナでしょう、うちの化学班に分析させるまで確たることは申しかねますが。エジプトでは大麻の青葉を食べるそうですが、これはさらに強いメキシコ大麻です。売人が何者であれ、相当に手広いな……。症状は、博士？」

「瞳孔が収縮し、動くと呼吸困難になり、青白くじっとりした肌、粘膜が充血し、幻覚を催す。さっきも言わなかったか？　あの女は狂人のたわごとめいた話を――」

「ですが、今ぶつかっている事態ほどではありませんよ。さっきの話だってまんざら幻覚とは限りません。あげておられる症状は大麻精製品の多量服用時ですが、今回は少量ですし、名高いインド砂糖の錠剤が見せる夢の楽園とはわけが違う。興奮剤ですよ。夫人は常用者ですね、さもなければひとたまりもなく体調を崩していたはずです。とてもじゃないが、これっぽっちでは常用者をけだるい天国へ誘うには足りない。ですが、やり続けたら五年もたたずに本物のあの世行きですよ。何者かがやっきになって夫人を消しにかかっている」

それきり黙ってテーブルを鉛筆でこつこつ叩いていた。グラフェンシュタインのほうは後ろ手に組んで数歩ほどどすどすやり、眼鏡をはずして拭き、バンコランをつくづく眺めた。眼鏡をはずすと顔の印象がまるで別ものになり、奥目ぎみの目鼻立ちがぼやけてしまう。大きな口ひげの陰でうなり声を上げた。

「一本取られましたな。ここでは精神分析医なんぞ無用と思っておったが……。とんでもない《ドンネルヴェッテル》！　うちの病院のほうが、まだしもまともなぐらいだ」と、大きな拳を振りたてた。

そして、まだ足音荒く歩き回っているところへ来合わせた店主はぐりぐりと目玉をむき、犬の垂れ耳をほうふつとさせる大きなひげを鼻下にたくわえていた。

「ムッシュウ」せり出した太鼓腹が他に先んじてドアをくぐるより早く、声高に訴えた。「後生です、お客さまの足止めだけはご勘弁くださいな！　帰ろうとした方が幾人かおられたのに、刑事さんたちに止められまして。おまけにありとあらゆる質問を雨あられと浴びせて。あたしの口からみなさんには自殺だってことにしてありますんで――」

「おかけなさい、どうぞ。自殺なら、おたくの評判は右肩上がりでしょう。先行きなら心配いりませんよ」

相手はわらをもすがる思いで、浅ましくその言葉に飛びついた。「そうでしょうか、ムッシュウ？　ですが、記者どもが――」

「では、さっそくかぎつけたか！　検視官は？」

「ちょうどおいでになったとこで」

「よろしい。さて……今夜はあらかじめ、君関連のファイルを調べてきたんだが――」

「そんなの、嘘っぱちに決まってるでしょうが！」

「それはそうだ」バンコランはしれっとうなずいた。「特に聞きたいのは、今夜、見慣れない客がいたかどうかだよ」

「いいえ、全然。招待状がなきゃ入れませんし、そっちはあたしが全部あらためましたんで。むろん、警察のだんな方は別ですよ。お返しをいただけりゃありがたいんですがね」と、いかにも体面を傷つけられたというふうに居住まいを正したが、それはあたかも洗濯物の袋を金の積荷に見せかけようとするかのようだった。

バンコランは規則正しくテーブルをこつこつやっていた。

「名前はルイージ・フェネリというそうだな。普通のフランス姓ではない。数年前、有閑客層に〝百愁の門〟をくぐらせる趣向の館がシニョール・ムッソリーニの逆鱗に触れたというのは本当かね？　早い話がムッシュウ、阿片売買で捕まったのか、どうなんだ？」

フェネリは天めがけて両手をさしのべ、そんな非難は言語道断です、聖母の御血や聖ルカの御尊顔、血染めの使徒らのおみ足にかけて誓いますと言った。

「ずいぶんな自信だな」バンコランは考えこんだ。「とはいえ、知りたい点はまだある。例えばの話、ここの三階へ上がるにもやはり特別な招待状が要るのか？　さもなくば、カクテルと一緒に、店のおごりで痛みどめの罌粟《けし》でも出しているのか？」

怒号寸前まで張り上げた相手の声を、バンコランはすっと片手で押しとどめた。

「静かにしたまえ！　情報なら事前に仕入れてきたんだ。十二時間の猶予をやるから、阿片やハシーシュ類の在庫一切はセーヌへ捨てたまえ。今回ばかりは条件つきで目こぼししてあげよう。私の質問に答えさえすれば、という条件でね」

「かの名将ガリバルディとてやむなく折れた時があったとか。さっきのお説は濡れ衣ですがね、善良な市民としましては、手持ちの情報はなんなりと差し出して警察へご協力しないわけにはいきませんや」

「サリニー公爵はいつから阿片を覚えた？　しらを切るんじゃない！　ここへ通っていたのはとうにお見通しだぞ」

フェネリは珍妙な表情をいっぱいに広げてべそをかいた。合間にしたり顔のしっぽをちょろりとのぞかせたかと思うと、一転してしゃくりあげ、「そんなことしちゃいません――！」そこでまたしても笑いを出してしまい、もろ手をあげて降参した。「まあね、ひと月足らずですよ、ムッシュウ。ひとさまの苦痛を払うのは見上げた行いですぜ」と殊勝らしく口説きにかかる。「サリニーの御前はそりゃもうお辛いけがをなさってねえ。がっくりきておいでででした。へたすりゃもう二度と馬に乗れんかもしれんってね。はたから見ても胸が痛みましたとも、あんなご立派な若殿様がそんな……」

「ふむふむ、無理からぬ話だ。で、夫人になられたあの女性《にょしょう》も、ここでやはりなにか憂いを払うたしなみがおありだったのか?」

「おふたりとも」と、偉そうに説明する。「そりゃもうお相手の身になって、万が一にもけどられまいと気配りしておられましたよ。まあそのう、ご婦人のほうがお長かったんじゃないですかねえ」

「そうだろう。さて——できれば余分な自己弁護はこのさい抜きにしてくれたまえよ、単刀直入に答えてもらおうか——今夜、夫人に大麻煙草をあてがったのか?」

フェネリは大汗をかきだした。「こ——ことによると、そうだったかも」

「ちゃんと答えろ! やったのか?」

この一喝にフェネリはちぢみ上がった。

「早い話が——はい、ムッシュウ。あのね、あの方、もうなくちゃいられないお体なんで。誓って申しますが、病みつきになっちゃってるんですよ。そこまでいったお人がねえ、いきなりおやめになったらかえってお体に毒ってもんざんしょ。ご一行さんでお見えになって間もなくでしたね。ご婦人がた同士連れだっておられたのが、ひとりですうっと出てこられて、あたしんとこへね、そいで何本かちょうだいって。それで三階の、そのう——あたしの事務室へご案内しました。えらく気が昂《たかぶ》っておられて、お式の興奮が後を引きでもしたんでしょうかねえ。やれ浴室がどうの移植ゴテがどうのと後から後からまくしたて……。そりゃまあ、なんてったって本日なりたての新妻さんですからねえ！」でれっとやにさがり、寒気を催すようなざまになった。

バンコランは訊問をいったん止めてグラフェンシュタインを見やった。

「おわかりですか、博士？　お説の「幻覚」なるものは大麻煙草の前からなんですよ……。ところでフェネリ、夫人と別れたのはいつだった？」

「ああ、十一時ごろでしたかね。後生ですからよしてくださいよ、あたしゃ何も――」

「おまえさんはそれから？」

「ずっと三階でした。ぶっ通しで帳簿を見てましたんで。降りてきたのは十一時半の手前ごろでしたかね……ムッシュウ、これだけお答えすりゃもうたくさんでしょ！　お役には立ったでしょうに？　これでもう洗いざらい吐きましたからね、たとえ痛めつけられたってね！」

「そんな心配はいらんよ。まあとにかく悪いことは言わんから、三階はとっとと模様替えしてバーとかトルコ式浴場なんぞの人畜無害なものに直すがいい……。話はそれだけだ、フェネリ」

フェネリが行ってしまうと私は言った。「隠し玉の備蓄はあとどれだけか聞いてもいいかい、バンコラン？　寝耳に水だよ、こんな展開――サリニーが麻薬にふけってただなんて」

「ああ。だがね、まるきり違う筋の話だったんだよ。はたして事件に絡んでくるかどうかも言い切れなかった。これで事実がはっきりしたわけだ」

「三階にフェネリの私室があるなんて、どうやって知った？」

「サリニー本人に聞いた」

「サリニー本人の口からだって？――まさか、自分で言ったりしないだろ？」

「それが言ったのさ。例の手紙を持ってきたとき、聞きもしないのにしゃべったんだよ。不可解な話だが――事実なんだ。さて、じきに野次馬どもが押しかけてくるぞ――おもてにわめき声やら制止の声がしているからな――だが、まずはいささかの事件談義といこうじゃないか」

バンコランは椅子に腰を落ち着け、組んだ手を後頭部にあてがった。「諸君はどんな印象を受けたかな？　何か手がかりや、辻褄の合わない点でも？」

「ぼくの考えでは」と、私。「明らかな矛盾が最低ひとつはあるという気が――」

そこをグラフェンシュタインがぶんぶん手を振ってさえぎった。

「まあ待て待て！　ぜひともこれは承っておきたい。バンコラン、さっきおっしゃったな、ローランが今夜われわれが会った誰かに化けていると？」

「ああ。会った人とは限りませんよ、会ったという線のほうがうんと濃厚ですが。身分証明書のたぐいはわけなく捏造《ねつぞう》できます、なんならこのパリでだって。さっき申し上げたのはね、ローランがサリニー公爵のよく知る誰かに化けている、ということです」

「なるほど。ならば」――グラフェンシュタインは顔をくしゃくしゃにして、一ダースのこと を同時に考えようとしているみたいだった。「サリニー殺しはローランだと見極めをつけておられるのだね？」

バンコランは風変わりな笑みで顔をゆがめた。「それはたしかですよ」

博士は片意地にうなずいた。そして、しゃべりながら太い指で要点を数え上げた。

「ならばだ！　十一時半にはあの部屋に入っていったのはわかっておる。よし！　カクテルを注文した。十一時半にサリニーが人と約束していたのはわかっておる。よし——」

「直後に呼鈴が鳴りましたよ。それをお忘れなく」

「呼鈴が鳴った、そういやそうだ」グラフェンシュタインがそれをあっさり流した。バンコランは悪態をつきかけたが、ただ苦笑を浮かべるにとどめた。博士はなおも続ける。「その時点で犯人はすでに室内におったわけだよ。クッションの下に剣を仕込んだのはその前だからな」

「そうですな。やつがカード室へ入ったのはどっちのドアでしたか？」

「どっちだってかまわん。つとに潜伏しておったんだから」

「そうですね。では、お尋ねしますが」——バンコランがにわかにテーブルの向かいから身を乗り出してきた——「出て行ったのは、どっち側でしたか？」

張りつめた長い沈黙のうちに、グラフェンシュタインの太い首がどんどん赤く染まっていき、雀蜂に刺されたようにも、蛇に魅入られたようにも見えた。八方ふさがりの窮状まちがいなしだった。私が弱々しく、

「博士、だからさっき注意しようとしたのに——」

「だが待て！　待ちなさいったら！」ふいごのように息を荒らげ、グラフェンシュタインが頭ごなしに決めつけた。そして一歩もひかない構えでおもむろに、「犯人は廊下側から出たわけ

ではなかった」

「なぜかというと」バンコランが補足した。「サロン側からサリニーが入室して数秒以内にうちの刑事が廊下側のまん前に陣取り、殺害が発覚した後もその場を離れなかったからです」

「しかも、犯人はサロン側から出て行かなかった——」

「サリニー入室後はこの私が見張り、われわれが入室するまで片時も目を離さなかったのですから！　一秒たりと目をそらさなかったのに、出てきた者は皆無……。この状況の含みが、おわかりになりますかな？　ご了解までどれほどかかるかと思っておりましたよ」

ふたりとも二の句が継げないでいると、予審判事《ジュージュ・ダンストラクシオン》どのは子供の相手でもするように、根気よく説明を続けた。「ドアはふたところにあり、どっちも見張りがついていました。片方には私が、もう片方にはいちばん腕ききの刑事がずっとね。ふたりとも宣誓つきで、それぞれのドアから出た者はないと申し上げられますし、フランソワならこの私と同じくらいあてになります。ご記憶の通り、窓は入室してすぐ調べました。下の通りからは四十フィート、数ヤード圏内にほかの窓はなく、外壁はなめらかな石材です。人間には不可能です——猿でも無理ですな——あれをつたって出入りするのは。それに窓枠や窓敷居や張り出し外壁も調べましたが、厚いほこりが手つかずで積もっていました。なのに室内に隠れていた者はなかった。ちゃんと確認しましたからね……。早い話が、犯人はサリニー公爵夫人の目の前から消えたのと同様に、跡形なく消え失せてしまったというわけです。博士、ことここに及んでも〝幻覚〟に違いないとおっしゃる？」

「ああ、まったく信じられんよ!」グラフェンシュタインが鼻嵐を吹かせた。「犯人は絶対どこかにいたはずだ! きっとどこかに身をひそめて——それで……。絶対にフランソワの手落ちか、嘘をついとるんだよ……。壁に仕掛けは?」

バンコランはかぶりをふった。

「いや、犯人は隠れてはいませんでしたよ。この目で確かめましたからね。フランソワの手落ちや嘘という線もありません。壁に仕掛けの余地もありませんよ、どっちのドアでもいい、隣室をへだてる仕切り壁全体を調べてもいいですよ。床や天井をめくったところで、上下の部屋の床や天井にぶつかるのが関の山です——この家の構造をつぶさに見れば誰の目にも明らかな話ですよ」一息入れて、苦々しくしめくくった。「つまり、隠し戸などなかった。犯人は室内に隠れていたわけでもないし、窓から出てもいない。私が見張っていたサロン側へも出ていなかったし、フランソワが番をしていた廊下側でもない——ですが、やつの手によって現に首をはねられて殺された者が出てしまった。本件で何をさておいても、死んだ男が自殺でないのはわかりきっています」

そして、のちのできごとにより、バンコランの話に寸分の狂いもなかったことが判明したのだ。その当座はヴェールの背後で恐ろしいものが動いているのを感じて、混乱と当惑をおぼえるばかりだった。こうして琥珀《こはく》色の照明に黒白格子にあしらった大理石床の室内に連れふたりといるのが、にわかに現実離れして思え、まるでひとりぼっちでいるみたいだった。この建物のどこかに、感情も理性もない殺人機械と化した男がいて、何食わぬ顔で見慣れた人物の面をかぶり、誰にも気づかれずに横行しているということ以外はきれいさっぱり念頭から消えてしまった。そいつが手を伸ばし、のっぺらぼうの顔に笑みを浮かべているさまが目に見えるようだった。この恐ろしい人造人間が『不思議の国のアリス』を小脇に抱えて廊下を歩きまわる姿までまざまざと浮かんできた。その行動はおよそ理屈の通らぬもので、やつが自在に姿を消すことができると危うく信じこみそうになるほどだった。夫人が浴室のドアを開け、稲光の下、突っ立っていたやつににらまれた時の気持ちがいまではよくわかった。

グラフェンシュタインの声で現実に引き戻された。博士はもはや異議をはさもうともせず、暗い顔で、体裁も何もなくどすんと椅子にへたりこんでこう言ったのだ。「こんりんざい信じるもんか」

知的で頑固一徹の研究者が、専門分野の精神病理学で夢にも思わぬ事態を見せつけられているさまはいっそ哀れを催すほどだった。私はたがの外れた笑いの衝動にかられそうになった。だって、キリスト教進化論を唱えたウィリアム・ジェニングス・ブライアンがダーウィンを読みふける図と妙に酷似していたものだから。紙束と本一冊を手にしたフランソワが入室してくると、博士はようやく顔を上げた。

「こっちに、聞き込みでとった証言すべてをメモしてあります」フランソワが説明した。「すでにお調べの事実と照合してください。ぜひとも身柄拘束を要する者はどうやらなさそうですので、従業員を含めて居合わせた全員の住所氏名を聞きとりにかかっております。さきほどご要望の本はこちらです。バーテンに尋ねましたが、誰が忘れていったか心当たりはないそうで。

バーごしにじゃ、高いブースの背もたれにさえぎられて客席の中までいちいち見えやしませんよと言われました。ですが今夜の開店時に本なんかなかったのは確かだそうです……。すぐおいでになると、検視官に伝えましょうか？」

「ちょっと待て、フランソワ。ここにいてくれ、まだ用があるかもしれん」

そう言われたフランソワがメモの束と緑表紙の本を卓上に置いた。

「ふむ！」と、バンコラン。「そんな布装では指紋はとれまい。しかも、この本と今回の犯罪を結びつける手がかりはみごとになし——一見まったくの無価値だ。それでも、場所が場所だけにいかにも異彩を放っている！　フランソワ、いちおうの手順までに、お客の帰り際にこの本のことを尋ねてみてくれ」

「それならもうやりました、ムッシュウ。持ち主だと名乗り出た者はひとりもいません」

「ほほう！《ティアン》　面白いな。どれどれ……。アメリカ版か。紙がけばだつほど、見返しの署名に消しゴムをかけている。その件はしばらく棚上げにするとして……。さ、博士」バンコランがひやかし顔をグラフェンシュタインに向け、その本をほうってよこした。「英語がお読みになればこれは面白いでしょうよ。精神分析なさったらよろしい、海亀もどきや、やまねを……。さてと」と本腰入れてメモ束に向かいながら、「おまえの聞き込みメモを整理するまで待っていてくれ、フランソワ。ごめんをこうむって暫時読ませていただくよ、諸君」

そうしてすぐさま、防音壁をめぐらしたようにわき目もふらずに読みふけった。それにつれて肉の薄い顔がこわばり、目を細め、ときどき自分の手帳にちょこちょこっと書きつけた。双角巻きの黒髪の下で、カードをさばく手品師顔負けにめまぐるしく頭脳が回転し、いろんな考えを整理にかかっている……。しばし寂とした室内に、廊下を行きかう人のざわめきだけが洩れてくるのだった。ふと目をやると、グラフェンシュタインは角形眼鏡の具合を直して『不思議の国のアリス』にとりかかり、ひげを動かしながら太い指でとつとつと拾い読みしていった。そうしてだんだんと驚きに毒気をぬかれた顔になっていき、わが目を疑うようにページを後戻りしては確かめていった。ややあって頭をぶんぶん振って雑念を払うや、またしても本に突撃した。あたかも、九カウントで立ち上がるプロボクサーもかくやの猛攻ぶりだった。

バンコランがメモ束を脇へよけ、「フランソワ」と、指示した。「一隊をさいて、今夜居合わせた全員の前歴をしらみつぶしに洗え。本庁《シュルテ》へすぐ電話だ……。それと、最重要の指示を出しておく。張り込みをサリニー邸につけろ。屋敷に入ろうとする者は誰であれ――誰であれひとり残らずだ、いいな――身柄を押さえろ。

さて諸君、これまでにわかったことを要約してみたよ。時間ごとの項目をきちんと検証するために、おさらいしてみよう」自分の手控えを読み上げた。

午後一〇時一五分　サリニー、夫人、ヴォートレル、キラール夫妻到着。（証人　フェネリ、オーケストラの指揮者G・H・ビュイッソン）

一〇時二〇分　キラール夫妻出発。（証人　フェネリ、ビュイッソン、ヴォートレル）

一〇時二五分～五五分　喫煙室にヴォートレルとサリニー。（証人　バーテン、従業員）

一〇時三〇分　三階でサリニー夫人がフェネリとやりとり。（証人　フェネリ）
一〇時五〇分～一一時二五分　フェネリひとり三階に居残る。（証人　同右）
一〇時五五分　サリニーが喫煙室を出る。（証人　バーテン、ヴォートレル）
一〇時五五分～一一時三〇分　ヴォートレル喫煙室に居残る。（証人　ヴォートレル
　註：注文の飲み物を運んだ従業員に記憶あり――およその時間――一一時一五分）
一一時一八分　サロンにいたわれわれに夫人が合流。（証人　われわれ自身）
一一時三〇分　カード室にサリニー入室。（証人　われわれ、夫人）
一一時三〇分　ヴォートレルが刑事に話しかけて時間を訊ねる。（証人　フランソワ・デ
　イルサール刑事）同刑事は配置についたばかりだった。
一一時三〇分～一一時三六分　カード室のドア正面でヴォートレルが同刑事と話す。（証
　人　同刑事）
一一時三七分　ヴォートレルがアルコーヴのわれわれと合流。（証人　われわれ）
一一時四〇分　従業員とフランソワ刑事による死体発見。
注意事項：ここに出てくる関係者を一〇時二〇分から一一時三〇分までに廊下で見かけた
　覚えのある人は皆無、一時間以上の空白がある。
　喫煙室でヴォートレルと別れた一〇時五五分から、カード室に入る一一時三〇分ま
　でのサリニーを見かけた覚えがあるという人もなし。
　デ・ゾー街に出る路地裏口から何者かが侵入した可能性は大いにある。犯行時刻以

前はこの戸口に見張りはなかった。

「とびとびの空白期間が」バンコランが評した。「いろいろと物語ってくれる記録だね。私に講釈されるまでもなく、その含みをご理解願いたいものだ。ですからね、博士、あとはご思案に委ねるとしましょう」私に向くと、「一緒に来てくれ。検視官の言い分を聞こうじゃないか」

6　個室の闇

　バンコランと私は、再びゆっくりと廊下をたどった。あたりがおのずと現実味を帯びるにつれて個々の人間がはっきりしてきたし、周囲の人声や感情の動きも現実のこととして頭に届くようになった。さきに極限の興奮を味わったおかげで、頭がクリスタルのようにすっきり冴えていた。

　大勢が廊下に出てきてあちこちに人だかりを作り、興奮してわれがちにしゃべっていた。カード室のドアの前にはひときわ異彩を放つ黒帽の群れが待ち受け、独特の辛気臭さを漂わせて両手をポケットにつっこんでいた。中のひとりは折り畳み式カメラを構え、階段の手すり柱にもたれてものうく煙草をふかしている。そうしながらも、血の臭いをとらえる猟犬と化した新《ぶ》聞《ん》記《や》者特有のしつこさが如実に見てとれた。

　カード室に入れば入ったで、さらに大勢が死体の位置関係を検分していた。吐き気を催す血だまりを踏み荒らさないように、やや離れたところによけて群がっていた。ひときわあたりを払うのは太った頬ひげ——こいつが検視官にちがいない——で、目を眇《すが》めて風景写生にいそしむ画家ばりに小首をかしげ、死体を見ながらメモを取っていた。そして、すらすらと走らせていたペンを止めると、手招きで部下をふたり呼びよせた。

　ふたりのうち片方がカメラを据え付けてしばし調整にかかり、もう片方は平皿に何かの粉末を出していた。そしてじきに目つぶしのフラッシュがひらめき、煙とフラッシュ粉の臭いが鈍い灯下にひろがった。そして撮影準備を仕切り直すふたり組をよそに、こちらはこちらで場の光景をしっかり頭に焼きつけておこうとした。

　首をはねられた死体は死後硬直を起こし、さきほどの妙な跪いた姿勢で固まっていた。やや背中を丸め前のめりの状態で首の切り口を床につけている。片脚を折り曲げ、もう片脚を横ざまにつき出し、肘で曲げた両腕をスフィンクスのように前向きにそろえて、鉤爪に曲げた手の指を絨毯に食い込ませていた。全体の印象として、こいつは首なしでいつでも前へ飛び出す構えをとっているという感じだった。礼服の背中は濡れそぼり、シャツの胸前全体が朱に染まり、両腕にはねかかった血しぶきが手の甲にまで及んでいた。バンコランは胴体から三フィートほど離れた初めの位置に首を据え直していた……。動きを止めた一同にまたもフラッシュ粉のきつい閃光が浴びせられ、視界がきかなくなった。この世をおさらばする恐ろしい瞬間もかくやだ。

　群れからひとり進みでて、仕立屋がスーツの裁断に使うような大きなチョーク片で死体の輪郭をなぞった。それがすむと検視官が肩ごしに親指をドアへ向け、疲れた声で、「ようし、もういいぞ」

　別の二人が死体を持ち上げ——硬直がきて着衣の大型石膏像と化していた——外へ出した。

われわれの傍らを通りすぎようとしたところで、バンコランが物思いからさめ、このお荷物を運ぶ二人を呼びとめた。口ひげを引っぱりながらしばし見おろしている。こわばった拳の片方を開けて、かがみこむ。指爪の先から採取したのは、最初はよくわからなかったが、何色ともつかずほとんど目に見えないほどの微細な糸くずだった。それを封筒にしまうと、手まねで死体運搬役二名をうながして先へ行かせた。

事務的な声が「ようし、もういいぞ」と言い、出口を親指で示す――かくて、この紳士は墓場送りとあいなった……。それは非情で、奇妙に哀れを誘う情景だった。レクイエムを奏でるのはジャズバンドだ。

検視官が手帳を手にバンコランに声をかけた。

「私の仕事は終わりましたよ、予審判事。あの死体はどうします？　近親者に――」

「身内はない。どうやら親しかった友人もいなさそうだ。解剖に回して――報告を出してくれたまえ――顧問弁護士に連絡をとるんだね。友達がなくたって、葬儀屋の手配ならそっちで間に合うよ」――バンコランは邪悪な笑みを浮かべた――「くれぐれもよろしく。では――」

まあ、ここにはあまり友人はいないようだった。私はバンコランたちの話が聞こえない場所へ移動した。妙な死にざまもあったものだ、ここまで非業の最期を遂げたというのに、およそ尊厳というものが抜け落ちている。照り返しのきつい白昼のテニスコートで、あの力強い体全体を伸ばして白球をスマッシュしていた姿を思うにつけても、生前のサリニーならば絶対にもっと凜《りん》としていたはずなのだ。在りし日の彼は、想像通りの野放図で誰彼なしに気さくな八方美人だったのか？——嫉妬にも情にも弱いダルタニャン気取りだったか？　その生首が転がっていた、豊かなブロンドに牡牛をほうふつとさせる温和な茶色い目をむき、見事な歯並びの口を開けて。こうして、べっとり血にまみれて。ああ、そうだよ、ラウール。こんなことになるくらいなら、もっとましな頭の使いようがあっただろうに。太っちょのおしゃべりどもに囲まれ、どこぞの普段ばきのブーツにうっかり蹴りとばされたりするんじゃなくてさ……。

　窓辺へ行ってみた。まだ開いていて、赤いカーテンがそよいでいた。窓から身を乗り出して周囲に目を凝らせば、中天の月がさして灰色の外壁いちめんを照らし、筋向いに並んだ暗い窓に光をはじいていた。真下はデ・ゾー街の舗道から目隠し塀でさえぎられた小庭だった。筋向いに立ち並ぶアパルトマンの壁のかなたに、エッフェル塔の電飾が夜空を背に、ひとり生きているもののように燦然ときらめいていた。なべてうそ寒く、動かない……。首をうんと伸ばしてみた。バンコランの言った通りだ。

　窓から出るのは——のちのできごとに照らしてもその通りだし、そこから出た者はないと裏づけがあり——不可能だった。真上の階のこっち側には窓がひとつもなく、高さ二十数フィートのなめらかな石壁に、指のとっかかりも綱をかけるでっぱりもない屋根びさしがせりだすばかりだった。横の窓は左右とも二十フィート離れ、言わずもがなだが、窓内のサロンや喫煙室には二十人以上の人がいたのだ。下の階に並んだ窓にはすべて鉄格子がびしっとはまっていた。押し込み用のしゃれた防御策だ……。しかも見たところ、この窓はほぼ全部がほこりにまみれていた。窓敷居の内外くまなく厚くつもり——なんの痕もなかった。どんなに小柄だろうと体の一部なりとくぐれば、ほこりのどこかに痕を残さずにはすまなかったはずだ。いつもは閉めきっていたらしい。では、今夜に限って開けたのはなぜだ？

　室内へ振り向いてみると、バンコランがさっきの一隊を指揮していた。今度は指紋検出作業にかかり、てんでに拡大鏡やらブラシやら小さなブリキの粉ふるいらしきものを扱っていた。だが、壁に立てかけた折り畳み式カード・テーブルにいたるまで調べても、いかんせん表面に指紋の残りそうなところはほぼ皆無だった。写真もひきつづき撮っていて、室内の臭気はただごとではなかった。中のふたりほどがバンコランの指示で長椅子カバーをはいで鞄形に畳むと、クッションもろとも運び出していった。もうひとり、絨毯をがりがり梳《す》いているのは、なにやら灰のたぐいを収集にかかっているらしい……。それから窓周辺に群がると、この裁きの庭をあさる鶏どもは、窓ガラスの指紋を発見しては子供じみた歓声を上げていた。

　かなりたって、ようやくわれわれと検視官だけになった。廊下のやかましい足音もおおむねおさまり、おもてで刑事たちが帰り際の人からいちいち名前を聞きとりにかかって、いよいよ大きな歯車同士が嚙み合って動き出した感があった。殺人現場の室内にはわれわれだけだった。バンコランは所在ない目でサロン側のドアによりかかり、上下の歯のはざまから口笛もどきの吐息を洩らしていた。検視官はシルクハットを斜めにかぶり、しかめっ面で中央に立って、不如意なペンでむやみに手帳をつついている。その手前には、絨毯と血の赤にひときわ白いチョークの輪郭があった。

　しんとしたなか、バンコランが小声で言いだした。「四方の壁、縦横二十フィート——いずれも赤の唐革張りの壁面。長椅子脇のテーブルに赤いガラスのランプ。赤いビロードの椅子六脚、壁際にカード・テーブル三つ。都合それだけだな、死体と消えた犯人ひとりを別にすれば――」

「なんですと?」そう声を上げた検視官がペンを耳の後ろにはさんだ。

頭の中で状況を整理するようにゆっくりした口調で、バンコランが説明にかかった。

検視官が手帳をばしんと閉じた。

「まったく、らちもない!」ましかくな部屋をゆっくりと見回した。

「だが、それが起きたんだ」バンコランは廊下側のドアへ行って開けた。「フランソワ!」と声をかけた。「さっきの持ち場についてみろ!」

この窓辺からも廊下や階段や、下の踊り場にある大時計の上端が見えた。その隅にフランソワの頭がひょっこりのぞいた。ドアから五フィートばかり離れた位置で、私の位置からは真正面に当たっていた。ついでバンコランが無人のサロンへのドアを開けた。

「あそこの」と説明する。「ずっと向こうのアルコーヴにわれわれがいたわけですよ。その間ずっとこのドアから目を離さず、サリニー入室後は出入り皆無だった。フランソワが固めていたあのドアから逃げた者もない……。ですが、われわれが入ったとき、ここには誰もいなかった」

しばらく間をおいて、検視官が力を込めて帽子のつばを引きおろした。「だが、ばかげてますよ! 筋が通らんじゃないですか!」と、しぐさつきで訴えかけた。「じゃあ、隠れてたんだろ！」

「そうですか？　どこに？　見落としそうな場所を教えてもらえますか？」

検視官は頬ひげを撫して周囲を目で探り、勝ち誇ったように言いだした。「そこの窓――」

だが、窓から顔を出すや、しおしおと引き下がった。

「ま、悪魔の名にかけてこいつはあんたの仕事だ、私のじゃない！　隠れていた者がないのはたしかだと言われるんなら――」

「たしかです。サリニーは十一時半に入室したと調べがついています。だいたいその直後に呼鈴を鳴らした……」と、廊下側のドアの脇に垂れた呼鈴の赤紐に顔をしかめた。「サリニーでしょうか？　とにかく誰かが鳴らしたわけです。およそ十二時十五分前に、あの給仕長が盆を運んできて廊下側から入った。するとそのチョーク線のところに、首を斬られたサリニーが倒れていた」

床を指さした格好でバンコランの立ち姿は動かなかった。出ていく客のざわめきや、おもての路上でがたごとと車を発進させる気配がした。

「ふたつのドアはずっと見張られていたのに、犯人の姿はない」バンコランは自らの側頭部を拳でこづいて顔をしかめ、身ぶりをまじえて続けた。「とにかく、呼鈴が鳴ったのはなぜか？　ここが問題なんですよ。なぜ鳴ったのか？」

「呼鈴を鳴らすといえば、店の者を呼ぶためでしょうが？」検視官がちょっといらだつように尋ねた。

「すると、給仕長がいつなんどき入ってきても構わなかったわけですか？」

「むろんでしょう」

「ということはだね、犯人はいつなんどき給仕長が来てもおかしくないと百も承知で、サリニーの斬首を続行したというんですか。いったい何が目当てで？——誰かに目撃してほしかったのか？　かりに呼鈴の紐を引いたのがサリニーだったとして、犯人はそのあとすぐに凶行に及んだのか？　犯人自身が呼鈴を鳴らした上で凶行に及んだとしても同じ疑問が残る」

「そんなこと気にする必要もなかったんでしょうよ」と、検視官。「犯人がお説通りの透明人間だったんならね。姿を消してどちらかのドアを出たか、さもなきゃ空気より軽くなってあっちの窓からふわふわ飛んでいったか。それに比べりゃ呼鈴を鳴らす方がまだしもまともです。そいつは厳重に監視された精神病院の患者だったのか、さもなきゃ、あんたら全員病院送りにされてしかるべきですよ」

　バンコランは顔をくしゃくしゃにして思案しながら頰をかいていた。そこでいきなり、「代案ならもうひとつある」

「というと？」

「つまり、サリニーも犯人も呼鈴を鳴らさなかった」

「じゃあ、給仕長は呼鈴の音を聞いていなかった、と？」

「いや、あの給仕長はまったく無関係と見極めがついているし、呼鈴を聞いたのも確実だ。ひねりもなにもなく、言葉通りの意味だよ」

検視官がわめきたてた。「三人めがいるとでも？　消えたやつが他にもいるんですか？」

「違う。部屋に入りもしなかった者が呼鈴を鳴らしたのかもしれんと言ったんだ」

検視官が怒ってまくしたてかけたが、ぐいぐい力をこめて手袋をはめながら、憤懣をおさえつけた。バンコランをにらむと平静な声で、「そんな代案は、ムッシュウ、ちょっといただけませんな。思いますに理不尽のひとことですよ……。ほんとうに確かなんですか、あのフランソワ・ディルサール刑事はあてになる人で、証言に嘘はないというのは？」

「なんなら私の命を賭けてもいいよ」

「そして、ご自分の証言も同じだと？」

「ああ」

検視官はもう二の句が継げず、悲劇の登場人物ばりの身ぶりを置き土産に退室したその足で、階段口のフランソワのところへ行って、やりとりする姿が目に入った。議論に目のないガリア民族のつねで、双方さかんに手を振り回して激しくやり合っていた。バンコランが廊下側のドアを閉めた。

「隠し戸の可能性など」床を足踏みしながら評した。「論外だよ。さっきも言ったように、この壁の継ぎ目はすべて調べたんだ。とはいえ万が一ということのないよう、建築家を呼んでこさせる前にわれわれで床と天井を調べよう。私はこの絨毯をめくってみる。君はその間に上にあがって、真上の部屋を探し当ててくれ。二人で床を調べて、測量調査みたいなことができるだろう。ま、結果はわかっているのだが」

バンコランはおもむろにかぶりを振った。

「人や事物のどれをとっても、おさまりの悪い箇所がどこかしらある。どのできごともよくもここまでというほどちぐはぐなやり口だ。だが、いかんせんその数が多すぎて、こちらの目をくらましている。とにかく不自然なことがたて続けにありすぎるので、狂人のしわざと信じる気にもなれんよ」

と、部屋のまん中でじっと立ちつくしているので、こっちはごめんをこうむってお先に部屋を出た。遠ざかるフランソワ刑事と検視官の声が、吹き抜け階段のつくる井戸の底に尾を引いてこだましていた。同じ階の部屋からは人がきれいにいなくなっていた。廊下はほの暗い行き止まりに椅子数脚が置き捨てられ、ヤシ鉢のひとつが倒れ、大理石にのべた赤絨毯には吸い殻が散乱していた。おやじの姿はどこにもなかったが、モップとバケツをさげた仏頂面の掃除婦が姿を見せ、サロンではグラス類をがちゃがちゃ回収する気配がして、誰かがこっそり吹いている〝ハレルヤ〟の口笛にあわせて、忍び足で喫煙室を歩き回る音がした。

大理石にブロンズの手すりのこの階段は、上階へ折れる踊り場で光が届かなくなっていた。おまけに――この先は一般客禁止なのだから、察しがついてもよさそうなものだったが――階段口は閉めてあった。で、おっかなびっくりドアノブを回したところ、鍵はかかっていなかった。

内側からの二重かんぬきだった、フェネリのやつが万全を期したというわけだ。私はいったん足を止めて廊下を見渡した。すぐ下の階そっくりとはいえ、内装はこっちの方が上等だった。

灰色と緑の基調が渋い壁掛け《タピスリー》に灰色の絨毯。それが、淡い色ガラスをはめたブロンズのヴェネツィア風ランタンが投げる月光に揺らめいていた。いったんドアを閉めてしまえば音ひとつせず、防音壁をめぐらしたかと疑うほどに静かだった。階段口の向かい側にはレストランの個室のように番号をふったドアが四つ、階段側にもう三つ並んでいた。ドアの番号はくすんだ色の地に緑がかった光で浮き上がっている。警備も、物音もなかった。

カード室の真上はどうも三号室らしかった。こんな中では、おのずと幽霊の足どりに倣《なら》ってしまう。ドアノブに手をかければ、油がきいているとみえてなめらかに回り、ちょうつがいもよく手入れされていて、すっと音もなく開き、あたかも不思議な夢の中のように、ぱっくりと開いて深淵をみせた……。天窓を通して、不動の星を燦然とちりばめた紺青の夜空が、闇のはるか上にひらけていた。細かい飾り穴をあしらったランプの薄明りを頼りに、闇にうごめく怪しい気配と、その手前のゆるやかな煙も見分けられた。

〝薫香〟が脳に与える暗示はご存じだろう。それは周囲を一変させる、閉ざした戸の内で密やかに焚かれる隠微な薬、夢の国への入口をおのずと生じる霧のもとだった。軽やかでいて強い酩酊が鼻孔に、頭に届き、心臓にびりりと響く……そして、現にその場がそうだったように、埋もれた都市の薫り、花々や官能の神殿の香りで、部屋の静寂をひそかに満たしているのだった。

恐怖と甘美におののく心を抱え、私はその場に立ちつくした。足元の絨毯が抜けて底なしに沈んでいきそうで、ドアノブの冷ややかな手触りだけで辛うじて現実とつながっていた。頭の中のひそやかな声が、「龍涎香《りゅうぜんこう》だよ」とささやき、別の声がゆるやかな鐘のように同じ節回しばかりをいつまでも、いつまでも低く歌うのだった。「お熱い仲に龍涎香……」

われに返ってとっさにやったのは、意のままにならぬ指でとっさに電気スイッチを求めて左手の壁を探ったことだった。まったくそれらしきものに当たらなくて、井戸端で手探りしているような気がした。やがて闇の奥から低い呻き声が聞こえてきて、とまどった私は棒立ちとなった……。その呻きは闇の中でふたたび繰り返されずに終わった。私は片手をあげて攻撃にそなえ、ひたすらじっと固まっていた。

7　蛆虫との先約

そういえば、ポケットにマッチがあったぞ。そっちに……いや、こっちだ、あった。箱が小さいので手こずったが、しゅっと火がついた。驚くばかりだ、たかがマッチ一本の火が水面に波紋を広げるごとく、どれだけ目がつぶれるほどのまばゆい光を闇に広げたことか！　信じがたい話だが、そうして目にしたものにはさしたる驚きを覚えなかった。息を呑むほどの眺めが、滅んだ都や龍涎香の幻によく似合っていたからだ。

　マッチの火を頼りに、じっと見上げる美女の顔を拝むなんて、引き続き夢の中にいるようだった。琥珀から茶へ移ろう瞳がすくみあがり、白い顔にはまっていた。いぶし金の髪にウェーヴと分け目をつけて肩先に垂らしている。一方の肩口にキモノをひっかけた以外は裸で、呼吸を忘れるほどの謎と翳《かげ》りを宿す肉体が、重ねたクッションを敷いて、かそけき灯のもとに浮かんでいた。片手を口に押しつけてふさぎ、その上の黒いまつ毛にふちどられた目が恐怖に見開かれる……。口から手をずらして、女がしゃくりあげた。マッチがふっと消えた。

　あ、そうか。合点がいった私は肩をすくめ、笑い声をたてそうになった。そうか、ただの密会か。フェネリもずいぶんあの手この手で荒稼ぎしてるもんだな。この部屋にはどこといって怪しいふしも不明な点もないぞ。あにはからんや、そこで低い声の英語にひどいけんつくを浴びせられてぎくりとした。

「んまあ！」かすれ声で、「なんなの、いったい？」

なんだかご無体ななりゆきだが、理不尽とはいえ腰が引けた。わけもない恐れが身を貫き、まるで何物かに「ただではすまんぞ……」と、耳打ちでもされたようだった。

せいぜい声を保ってゆとりある口調を心がけ、「お取り込み中に恐縮です。階下で、こちらの——床を調べてくるようにと言われました」（だって、ほかにどう言えってんだ、こん畜生？）

「どなたかしら？」

「目下のところは警視総監の名代ですね。ですから——」

女が喉の奥をきしませ、めばえかけた認識やら実感を実体あるものに見立てて必死で払いのけるようにした。「なんなの、どういうこと？」とっさに、「あの方、亡くなったの？」

すごい直観力だな！　だが落ち着け、落ち着くんだ。顔に出すなよ……。なにかつかめそうだぞ。

「亡くなったって、誰がです？」

「ラウールよ。ラウール・ド・サリニー」

よどみなく言い切った。もはや恐怖も涙も通り越して憑かれたような声だ。英国風のアクセントは軽くて聞きとりにくい。

「ご明察です。その件でいくつか質問にお答え願いたい。まことにお手数ですが、照明をつけていただけませんか？」

腹立ち任せの動きにつれて、ソファとおぼしきスプリングがきしみ——闇でも感じとれるほど険悪な目を向けられた。珍妙な聞き込みもあればあったもので、お預けを食らった女のほうはとんだばかを見せられ、おしとやかに構えてもいられなくなった。かりにも女が待ちぼうけなんて不面目もいいところだったのだろう。しばし黙りこくった末に、八つ当たりのお鉢をこちらへ回してきた。

「何を考えているか、お見通しよ。こうでしょ。ひと山——いくらの安娼婦だろうって」英国上流子女ならではの迫力で、有無を言わさずきめつけた。「ええ、違いますとも。もうわかったでしょ。だから、そんな目で見ることない——」

「あのね、君の素姓はこのさいどうでもいいんだ。違うかい？　それでだ、恥じらいの気持ちがあるのなら、暗い中でも服くらい着られるでしょう。でなければ、服を着るまで紳士らしく目はつぶっておいてあげるけど、このまま出て行かれるのはまずいんだよ。だけど、後生だから、暗がりでこんなばかげた押し問答をするのはこのへんでやめにしないか」

「着るわ」女はいまや泣き声になっていた。

女が闇でひとしきりきぬずれをたて、またしてもソファのスプリングをぎしぎしいわせて手探りでサッシュを結ぶと、星明りの紺青の下にほっそりした人影があらわれた。私はというと冷たさが言うに言えない痛みと化したのを、しいて笑い飛ばしてきれぎれのハミングを始めた。

しかし、さきほどのさむけが再び襲ってきた。龍涎香の薫りに和らげられてはいたが。お熱い仲に龍涎香、ロマンスには星明り、階下の闇にはにたりと笑って転がる生首……。今度こそ冷たさと痛みがまともにぶつかってきた。と、人工の光がひそやかに点灯し、ランタンの部分照明が室内をほんのり照らして、長いソファの重ねたクッションを暖かい赤紫に彩った。そのソファにさんざん泣きはらした顔の女が腰かけ、シュミーズ姿でストッキングの片方を上げていた。なだらかな両肩にほんのり陰翳がまつわり、ランタンの光に映えてまっさらの象牙のようだ。濃い影が胸もとにたゆたい、うつむく濃色の金髪にまとわりつき、豊満な唇へと続いている。そうして上げた顔は、黒いまつげと琥珀の目に反抗心を宿していた。

「気にしないわ」やはり早口の英国言葉で、「へっちゃらよ」引き続きゆっくりストッキングをはきながら、「見たところ、警察の人らしくないのね」少し間をおいて考えこむと、思い出すように、「そこへ横になって夢を見ていたの、いい気持ちで……。ちょっとお酒が過ぎたのかも」心外そうに両手でこめかみを押さえ、ひとり合点する。「あなただってそうなったはずよ、わたくしほどの量を飲んだら」かたなしの宿酔のざまで身震いした。

なるほど、よくある誤解という陳腐な手できたか。その先の筋書は見当がつくし、そうはしないでもらいたいと思った。

「今夜の話をしてもらおうか」と水を向けてみた。

「ええ、してあげますとも」女は無頓着を装った。「しいてそうしなきゃならない理由に心当たりはないけど、話すぶんには喜んで。では、ラウールは亡くなったのね」

ひび割れた小声はしっかりしてはいるが自己憐憫に満ち、ふてくされた目で居直ってこちらを見すえてきた。その表情は進退きわまった放蕩娘のそれで、尊大に構えようとする反面、われとわが身を投げ出して慈悲にすがりたいという気持ちとの板ばさみになっているらしかった。静かに、「殺されたのね、そうでしょう？」

「殺されたんだよ。どうしてわかった？」

「そんな気がしたの……。すっかり話すわ。そうでもしないと、おかしくなってしまう。だってラウールを愛していたのよ、さもなければ自分ではそうだと思っていたわ。どうなのかしらね……。泣き顔をみっともなくゆがめて——」「そうでもしないと」ぼそりとつぶやいて唇を噛み、

ヴェールごしのような底知れないまなざしになった。
亡くなったと聞かされても、さほどにこたえなかったみたい」

「あの方がお変わりになったのはつい最近のことよ。それまではわたくしになんか見向きもなさらなかった。こちらは愛されたい一心で、懸命に落としにかかっていたのに。でも、あのおけががよっぽどお辛かったのね。めっきり沈んでおしまいになって、オーストリアから帰国遊ばしたときなどは、一生そのお体ですよと引導を渡されてらしたんだわ、と思ったほどだった。それまではまるで——まるで、本に出てくるおばかさんそっくり」と辛辣に切って捨てる。「口を開けばやれ名誉がどうとか、これから結婚する相手の女はどうとか。それなのに帰国遊ばしたら、あの方のほうからいらして——そんな仲に……。パリっておかしな街よ」しみじみ述懐した。「孤独なはずなどないのに、ひとりぼっちで淋しい。だから空恐ろしいほど人恋し

くなるの、ほかのどんな場所にいるよりもずっと。でも、愛してくれる方はいくらもあるはずなのに、ひとりもなくてね……」

満身創痍《そうい》に力尽きた声が、そのまま地べたに落ちた。

「あの方のものになったわ。ここで逢っていたのは、婚約者に見られでもしたら大変っておっしゃったからよ。だけどよくよく変わった方だったわね、ラウールって。お怪我のあとに出てきたようなご性質がいろいろおありだったわ。それ以上よね——何とも言えないけれど——とにかく謎だった。わたくしとはいつもフランス語だったの——通じますのでね——前はフランス語なんか聞くのもいやで、神経を逆なでされたものだったのに、あの方にかかると音楽みたいになって。いつも星明りをお顔に受けるそちらへおかけになって、『悪の華』のすばらしい詩句のお話をしてくださったのよ。詩歌の絶唱ね。一度なんて、かろうじて聞こえるかどうかまでお声を落として、いきなり別な詩人の作品を英語で引用遊ばしたの。それは——心臓が止まるかと。もうびっくり。てっきり聖歌が聞こえたのかしらと……」ランプに照らされ、おののく声を漂わせた。「〝春の犬や冬を狩りたて、十二なる月らの母は赴く、牧へ、原へと……〟」

とりどりに星冠をいただく幽魂や影法師がランタンの灯を受けて座す姿が見えた。いぶし金の髪に縁どられた現身《うつしみ》のほの白い顔が、目を閉じてかすかに唇を動かすところも。

「今日はね、これっきりのお名残にぜひ逢いたいとおっしゃって。でも、お顔がどことなく変だったわ、まるで——狂いかけていらしたみたいな。『いつもの場所で今夜逢おう、十一時ごろ行く。話があるんだ、君なら洒落の妙味をわかってくれるよ』そんなふうにおっしゃったのよ。

それで十一時前に入って、夢心地でここに寝ていたの。だけど――あなた、虫の知らせって覚えはおありかしら――たとえば――恐ろしい死神が――心の内から忍び出てくるのよ――冷たい鉤の手を構えてね。今夜がそのようだった。悪魔が出てきたの。はっきり悟ったわ、ただではすまないと。階下の方から聞こえてくるにぎやかな音楽やさんざめきをよそに、わたくしひとりどこかへ迷いこんでしまい、手近には誰もいないと考えていたのよ。階下で誰か亡くなったとはっきりわかっていたから、さっき伺うまでもなかった。

そしたら――何時ごろだったかしらね――あなたがお見えになるしばらく前でした――そのドアがそろそろと開きだしたの」

さきの恐怖が戻ってきて、魅入られたように女の目がすわった。

「どうしてそんなに怖かったのかしらね、自分でもわからないの。だってラウールがおいで遊ばしたかと思っておりましたからね、十一時はだいぶ回っていたはずだけど。でも、見るともなく見ているうちにドアが――そろそろと開いて、男の人影が逆光の戸口にあらわれたの。絶対にラウールではなかったわ。いつまでも動きもしないで、ぬうっと突っ立ったなりですのよ。わたくし――めまいがするほど怖かった。そいつが音ひとつ立てずにゆっくり歩いてきて、のしかかるように立つ気配がしたの。そうしていきなり、こちらの手首をむんずとつかんできました。

悲鳴を上げたかもしれない。そうしたところで階下へは洩れっこないけれど。その男がどすをきかせた声で、「マドモワゼル、どうもラウールは今夜あらわれそうにないよ。あいつには逢引の先約があるんだよ、蛆虫どもと」って。

それだけよ。でも、わたくし気絶はしなかったのね。手首をつかまれ、じっと見おろされていたのがわかっていたんですもの。そのうちに相手はくるりと背を向けて出て行き、ドアをそっと閉めたわ……でも、手首が、つかまれていたところが嫌な感じに濡れていて……。気が狂いそうだった。マッチをすってみたら……。ああ、なんてこと！　つかまれた手首のあたりに血糊の手跡がべったり！」

おもむろに緊張がほぐれるにつれ、いったんはひっこんだ先刻の悪夢がどっとぶり返したらしい。ふと、私の脳裏でノックの音がした。夜ふけの城門を叩く兵どものノック――ゆっくりと念入りに。「消えておしまい、いやなしみ！　ええい、消えてしまえと申すに！――ひとつ、ふたつ。あら、もうそんな時間なの、やらなくてはね。地獄は暗い！――お気をしっかり遊ばして、殿、気丈になされませ！　かりにも武人が臆したなどと？……それにしても、あんな老人にかほど血の気があろうとは……。まだ血なまぐさい。アラビアのありとあらゆる香料をもってしても、この小さな手の臭いは消せますまいよ」

ノックがやみ、束の間の恐怖は去った。あとは両手に顔をうずめて懸命に正気を保とうとする怯えきった若い女がいるばかりだった。それで、そっと声をかけてみた。

「そいつの見分けはついた？」

「いいえ。わたくし――誰だったかはわからない。一瞬見えただけだし、あちらは声を殺していたんですもの」

「でも、あいつじゃないかなという見当ぐらいは——？」

「わからないって言ったでしょ！　まるっきり見当もつかないわ！」

「あのね、聞いてくれよ！　こちらじゃラウールを殺したやつが誰だかわからないんだ。手口さえわからない。大事なことなんだ、思い出してみてくれ」

「無理よ……！」

「やりそうなやつに心当たりは？」

「ないわ！」ヒステリーの絶叫寸前だった。それまでおおっていた手をおろして、ぼんやりと顔を上げる。「たとえあったとしても——あなたに教えたりしないわ」

自分でも驚くような語気で言いつのった。「おい、いいかい。むやみに怖がらなくていいんだ。誰であれ、君には指一本ふれさせやしないから……」

そうしてかがみこむ私を、彼女はつくづく眺めた。

「お願いよ、このまま帰してくださらない？　またあらためて一からお尋ねになっても結構よ。いまは、とてもじゃないけど口をきく気分ではないの。わたくし……出直してきますから。シャロン・グレイと申します、住まいはヴェルサイユですの。あとはお調べになってね……。行かせてくだされば、誰の目にも触れずに裏口から出られます。そうすれば、こんな……ざまをひとさまに知られずにすみますでしょ」

会話の流れとしては極めて自然で、おかしなところはないようだった。女はすっかり気を許し、理路整然としゃべっていた。世間的な常識が日の光のように射しこんでくるのを見るのはちょっとした驚きだった。なぜか私はそれを恐れていた。壊れたロマンスの水差しにあわせて、茶碗まで割ってしまうような気がしたのだ。私は何も考えずに言ってしまっていた。「いいですよ、お帰りなさい。裏口があるなら、人目につかないように出てくださいよ」そこでふと、怒りにも似た理不尽な衝動につきあげられた。「ですがこれで終わりというわけではないので、そこをくれぐれもお忘れなく！　いずれ警察があなたにお尋ねするでしょう」

「もちろんよ」思案しいしい応じる。「警察ねえ」場にそぐわぬ表情で片眉など上げてみせ、

「お名前がまだですわよ」

へえぇ——この期《ご》に及んでもまだ社交のしきたりを割りこませようって？　ふだんならお笑いぐさだが、この場合はもどかしいったらなかった。教えてやると、今度はこうきた。「あらまあ、じゃあ、フランスの方ではなかったの……」

「違います！」言い捨てて戸口へ向かった。そんな一場の夢まぼろしから、おいそれと日常へ移れるものか。ドアを閉ざすと、星明りにランタンの明り、いぶし金の髪に、はかない美しさをたたえてゆるがぬ琥珀の瞳はかなたの夜闇に押し戻された。そして、われながら捜査にはまったく不向きだとほろ苦く思い知らされた。

灰色の壁掛け《タピスリー》をめぐらした廊下を歩きながら苦笑をもらすと、いちだんと大きな笑いで応じるものがあった。目をみはって足を止めると、バンコランが壁にもたれてからかうような笑いを浮かべていた。小鬼そこのけに神出鬼没なところは昔からだ。おとぎ話のいたずら小鬼が黒

ひげをたくわえ、墓石に座りこんでいるみたいだった。

「なあ、ジェフ君」ごくかすかに非難をこめて、「一対一になるとのぼせてしまって、趣向を凝らしたこの場所に送りこまれた理由をきれいに失念したとみえる」

そう言って、やれやれと頭をかいた。

「しかしだね」動じないこの仁は溜息まじりに続けた。「それはまあいい。君がいささか悠長に羽根を伸ばしているのをよそに、階下ではずっと仕事していたんだ。どうやらあの部屋をめちゃめちゃにしてしまったようだが、おかげで少なくとも床や天井に落とし戸や隠し通路などないことだけははっきりした。案の定《ヴォワラ》だよ」

階段を降りにかかりながら、私と腕を組んできた。

「カード室は作業が完了し、戸口に封印をしてきたばかりだ。さてと、おもてへ出て、さしつかえなければひとしきり物思いにふけるとしようか……。ときに、あの英国令嬢とのきわめて耳目をひくご高話なら勝手に拝聴したよ。言わせてもらえば、君の態度は慎重でじつに見上げたものだった。さてさて――」

私は食ってかかった。「ふうん、じゃあ、帰してやったのは知ってるだろう。ばかな小細工をしたのは認めるよ。こっちとしては――」

異なことを承るとばかりに、バンコランが両眉を上げた。

「ばか、だって？　ほかに手はないよ。君だからこそ、私よりもいろいろ聞き出せたのではないかな。女性が服を脱いだら、わきまえも一緒に脱ぎ捨ててしまうからね。当然ながら、ほかの客同様、あの女性にも尾行はここからついているよ。だが、君に住所氏名を告げただけあって、言い分に嘘はまったくない。あの英国令嬢をよく存じ上げているわけではないが、素姓ぐらいなら知っているよ」

「へえ！　じゃあ、ぼくは誰知らぬ者のない著名人にたまたまぶつかったってわけ？」

「いや、そこまでは。資産はある、しかるべき爵位を持つ家の出だったはずだ。だが、超一流の名士ではないな。なにせ、あのヴォートレル君の愛人をやっているぐらいだから」

8 「ポオの話が出ました」

おもてに出て、しっとり雨をふくんだ暖かい大気の匂いにほっとした。萌えいずる緑の香が闇ゆえにいっそう濃密にたちこめ、あたり一面を包んでいた。三人で河岸沿いに車を走らせ、大きく蛇行してアルマ広場へ出たら、どこもかしこも白い光であふれていた。シェ・フランシスの屋外テーブルのまばゆい黄色い灯に誘われ、軽く飲みに立ち寄ると、店内はフランス人いうところの「シャールストン」など演目に入れない高尚な劇場から出てきた一流人士に古参記者連中もまじって、蜂の巣をつつく賑わいだった。そこへバンコランが入っていくと水を打ったようになった――当然ながら、情報が先回りしていたのだ――いちおう記者の何人かに会釈してみせたものの、ほっとしたことに、寄ってたかって質問攻めにされるのは免れた。連中は愛想のよい顔を向けるにとどめ、あとはめいめい手もとのヴェルモットやポーカーダイス勝負に戻っていってくれたからだ。質問攻めは業務時間に、というわけだった。われわれは革張りのブースのひとつにおさまり、今回の事件談義に三時まで花を咲かせた。というか、しゃべったのはグラフェンシュタインと私だ。バンコランは影のごとく黙りこくり、とうに火の消えた葉巻をかまえ、ブランデーのおかわりを命じるときだけ片手を動かすのだった。

ようやくわれわれは紫煙の幕を抜け、春宵の巷《ちまた》へと踏み出した。人影のないテーブル席のただなかに立ち、グラフェンシュタインはビールの話を、私はスウィンバーンの話をてんでにしていたが、なんでそんなことに熱くなっているのか自分でもよくわからなかった。

お開きになると――バンコランはその角を曲がってすぐ先にあるジョルジュ五《サン》世《ク》街の自宅アパルトマンへ、グラフェンシュタインはシャンゼリゼの宿泊ホテルへ――私のほうはなんだか酔いがぶり返してきて、ロンポワンをぐるっと回ってモンテーニュ街の自宅アパルトマンへ戻った。ものを考えるのは無理だった。灯もつけずに居間の背の高い窓の前にたたずんでさんざんパイプをふかしたが、どぎつく怪しい絵がとりとめもなく夜闇に湧き出てよけい変な気分になり、予想外に落ち込んだ。

そうして目覚めてみれば、どこまでもうららかな青空がひらけ、起き抜けから幸せ気分に包まれて歌でも歌いながら、誰かの背をどやしつけたくなるような春の朝を迎えた。窓の高みにはどれもこれも陽光が躍り、片隅にそれぞれ白い雲を映していた。さながら、灰色のパリの屋根の上にかかげられた天使の洗濯物だった。一夜のうちにさみどりに芽吹いた木立はゆるやかな葉ずれの音でアパルトマンを満たし、陽光をとらえて揺らす。早い話が、前夜書き記した厭世的な一節など一笑に付す春のひと時というわけだった。目を覚ました私が、けだるい手足をうんと張って伸びをしていると、バスルームに湯を張る音とともに、ぽこぽこ沸いたパーコレーターからコーヒーの香りがたってきた。トマス――あの得がたい従僕の話はもうしたかな？――がいつものようにその日のお召し物選びの懊悩をひっさげてあたふた入ってくると、うららかな好天を目にして、昔かたぎな英国人なりに心の底からにっこりした。

　窓辺で朝食を取っているさなか、トマスが来客をとりついだ。バンコランだった。シルクハットに午前第一礼装のモーニングと、フランス人にしては少々やりすぎではないかと思うほどのいでたちだった。ひげは床屋に行きたて、顔つきは陽気で茶目っけたっぷりだった。だが、目の下の深いしわを見れば、昨夜から一睡もしていないとわかった。朝食のテーブルの向かいに腰をおろし、両手をステッキに預けて思案のていになった。

「コーヒー?」私は尋ねた。

「ブランデーを」バンコランは上の空で所望した。それも、アプリコット・ブランデーのさる極上稀少銘柄だったので、トマスがいささか渋い顔でデカンタを捧げてきた。小さなアヴェンチュリン・グラスを陽にかざして、まばゆい陽光が酒にとろけこむのをじっと見守っていたが、目は底なしの黒クリスタルのようで、いったいこの人は一晩中飲んでいたのだろうかと思わせた。一気にグラスを干し、物思いにふけりながら押しやった。「朝刊の論調はどれもこれも芳しくないね。明日にはこの件に区切りをつけてしまおう……。

　前にお父上と約束したのだが」

　一拍置いて続けた。「パリに君をよこしたあかつきには、当然のこととして身の安全は私じきじきに計らうよ、とね。思うに、そこには今回の一連のできごとにこうして関わる場合も含まれるだろうよ。そうはいってもなあ――あまりにも父上似だね――ふたりともアイルランド気質が強すぎる。それでも、まさにその点ゆえに君は役立ってくれそうだ」

あたかも私がある役にはまるかどうかと品定めする目つきだった。というか、言うなればもっぱら兵数地勢を鑑みる将軍としては、総司令部の下っぱ兵卒など眼中にないといった風情で、あごひげの陰にボルジア家風のほの笑いをにじませた。

「鑑識の報告が上がってきたので、名の挙がった連中の裏をとりにこの午後回るつもりだ。その前に別な用事がある。朝食をすませたまえ、これからキラール弁護士を訪問するぞ」

「いいね！　博士はどこだい？」

「ホテルに寄って拾っていこう。自分の車で来たんだが、君は君で車を出してくれ……。あの博士はすこぶる役に立ってくれるだろうよ。犯人逮捕後に、その思考回路を説明してもらうのが今から楽しみだね」

「バンコラン」私はゆっくり言った。「君自身の目以外はどれもこれも節穴だと信じこんでいるのかなと思っていたんだ」

「ああ、その話になったか！　じゃあ本件についてご意見を承ろうじゃないか」

「多くをわかったなんて言う気はないけどね。でもグラフェンシュタインを見くびっちゃだめだよ。あれは馬鹿じゃない。ゆうべやつは何かに気づいた。それに動揺してほとんど何も考えられなくなっていたんだ。役立たずの腑抜けになっていたのはそのせいだ」

「で、何に気づいたんだと思うね？」

「わからない。だけど、まったく話に出なかったことじゃないかとは思うね。口にするにはあまりにも信じがたいと思ったんだろう。それに、おもてに出なかったことは、ほかにまだいくらもあったし……」

「例えばどんな？」

「二人、つまりわれらが酔いどれゴルトン君と、三階にいたあの英国令嬢は、サリニーと英語で話したと言っていた。そして――頭の中に何があったかはさておき――君もまさに同じ点をヴォートレルに質《ただ》していたよね。あいつの話では、サリニーには英語の心得がこれっぽっちもなかった。つまり誰かがとんでもない大嘘をついているんだ」

バンコランがくすりと笑った。「腕をあげたな、わが友よ。こうして明白な事実がちゃんと見えるようになったんだから。さて今度は、誰かが嘘をついている、その理由を教えてもらえるかな？」

「いや、それはあまり重要ではなさそうだな――実際、そんなことで嘘をつくのは変な話だ。ぼくとしては〝誰が得《キ》す《・》る《ボ》か《ノ》〟という原則を当てはめるまでだね」

「で、誰になる？」

「どうやらヴォートレルだね。あの『アリス』の本の件があるし――」

バンコランがそれまでのものうさをかなぐり捨て、わが意を得たりとステッキの握りを叩いた。「よくできた！　うまい点をついたぞ、続けたまえ」

「仮説があるんだ。ゆうべのあの喫煙室は無人も同然だった。出て行くサリニーにバーテンが気づいたぐらいだから。そうなると、あそこに『不思議の国のアリス』を残していけた人間がさほどいるわけがなし、さらに言うと、忘れたと名乗り出た者もない。そこへいくとヴォートレルとサリニーはずっとあそこにいた。ブース席に半時間ほども陣取っていたし、ヴォートレルはその後さらに半時間以上いたわけだ……。だからぼくが思うに、あの本をうっかり忘れていったのはサリニーじゃないか。三階のご婦人に持ってってやるつもりだったんだろうな。どうも、その――本の趣味が合ったようだし」知らず知らずのうちに、最後のくだりに思いっきり皮肉を込めてしまったが、とにかく続けた。「何にせよ、本を忘れたのはサリニーだと、ヴォートレルが言わなかったのはなぜだろうね？」

「君がいま口にしているのは、自分の仮説に対する最上の反論だよ、わが友よ。つまり、それはこういうことかな。ヴォートレルはしかるべき理由があって、サリニーが英語を話さないとわれわれに信じ込ませようとしているのだ」

「かりに本を忘れていったのがサリニーならヴォートレルは気づいていたはずだ。しかし、われわれには言わなかった。もうひとつの可能性は、置き忘れたのがあいつ自身だと――」

「そうとも……他の誰かが忘れていったのではないという前提を認めれば、そうなる。まあ、ヴォートレルのやつなら、サリニーがブースに忘れていったのに気づかなかっただけだと言いつくろうかも知れんね。それだって十分にありえる話だからな」

「どうもぼくには」おのずときつい物言いになった。「サリニーが一晩の約束をとんでもなく詰め込み過ぎたって感があるよ。三階のご婦人に自分を殺したやつだろ。結婚式の初夜にしては異例な過密ぶりじゃないか、花嫁なんかまるっきりお構いなしだ。それから――ローランとサリニーの情人ミス・グレイのつながりはどこにあるんだろう。謎めいたこのローランって男はミス・グレイのところへ行って手首に血をつけたあげく、サリニーはもうこんりんざい約束を守れないぞとわざわざ教えていく……。ローランは、この事件の女性全員の保護者きどりなのかねえ？」

「そのへんにしたまえ！」とバンコランは笑って、「事件の謎ときに励むのはいいが、君を見ているとこっちまで頭が痛くなりそうだ。公爵は事件に関係した女すべてに食指を動かしていたのかと聞きかねない勢いじゃないか。いやはや《ティアン》！　サリニーとはたいした男だな！　考えれば考えるほど、ひとかどのスポーツマンとしての人柄がわかりにくくなる。そのひたむきな一途さで逢引の手はずをつけ、自らの新婚初夜に親友の情人を相手にするときた。君のお説によると、片時も手持ち無沙汰にならぬようにとぬかりなく『不思議の国のアリス』まで携えるほど気が回ったというんだからね。なんともはや《ディアーブル》！　稀代の気配り屋じゃないか！　アメリカならばさしずめロータリークラブ会員とでも称されるところだね」

……トマスに言いつけて、電話で車を出させている間に、バンコランの足は悠然と居間へ向かった。そして、名手を自負する者ならではの大胆な崩し弾きでさりげなくピアノを叩くのが聞こえてきた。私としては先輩ぶってよしよし聞いてあげようというさきほどの態度に内心あまりいい気はしなかったものの、それでも居間へ入っていくと、顔を上げた彼から、それとわかるほどの苦笑を向けられた。

「あのな、君。もしかすると君の言うとおりかもしれない、と言ったら悪い気はしないだろう」肩をすくめ、鍵盤の端をタ、タタタタ――タタと続けざまに叩いてやおら腰を上げた。

おもてには車庫係の手で私の車を出してあった。バンコランのヴォワザンに先導されて大通りを行く。途中、ホテルへ寄ってグラフェンシュタインをバンコランの車に乗せ、彼らの後を追ってシャンゼリゼを抜け、コンコルド広場を越え、セーヌを渡って曲がり道を抜けてサン・ジェルマン通りへ出た。そうして、この通りの第二の名所となっている例の有名レストランからさほど遠くないところに建つ、古ぼけた灰色の建物正面で止まった。牢獄めいた巨大なドアの付いたアーチからトンネルへ入りこみ、陰鬱な灰色の壁にさえぎられて日陰になった雑草だらけの中庭へ出ると、悪鬼面《トロール》の門番《コンシェルジュ》が胡乱そうに顔だけ出してのぞいてきた。キラール事務所を探し当て、無愛想な事務員の案内で細長い待合室に招じ入れられたら、窓には鉄格子をはめ、その名も高きギロチン博士の肖像を飾るという、なんとも結構なご趣味だった。やがて三人一緒に弁護士の部屋へ通された。

　熱の入ったユピテル神のごときたたずまいからすると、おおかた弁論陳述のおさらいか、事務員をどなりつけてでもいたのだろう。今にも倒れそうなやせっぽちだが、禿げ上がったおでこに鷲鼻、薄いまぶたの奥に冷たい光を宿していた。くすんだ肌に、白目だけが不釣り合いなほどきれいだった。黒い法服姿で、書棚をめぐらした室内にすえた大机の前に立ち、入ってきた私たちを尊大な礼で迎えた。

「ああ、サリニーの件ですか。まことに悲しい事件でしたな、あれは。どうぞおかけください」

　まるで、歯医者が鉗子を取ろうとするようなそっけなさだった。みなで椅子をぎしぎしいわせて腰かけたが、ひときわ派手な音を立てたのはキラールで、物問いたげに一行を見渡した。

「ご心配いりませんよ、キラールさん」バンコランが口を切った。「二、三の質問にお答えいただいても、ご職務の守秘義務には抵触いたしません……。当然ながら、サリニーさんのことはよくご存じだったんでしょうな？」

弁護士は首をかしげて考えた。

「いや、そこまでは。顧客ではありましたが、懇意にしていたのはお父上のほうです。ご尊父にお目にかかったのは一八九二年の春――いや、九三年でしたな。正確にいえば一八九三年四月七日でした。曇りときどきにわか雨のその日、私は空巣ジュール・レフェの弁護人として出廷いたしておりました」こほんと咳払いして、「さあどうだ、一八九三年四月七日にどこでどうしていたか、陪審員の前で申し述べよ」とでも言わんばかりに見栄を切った。「たしかにラウールの生まれたときから顧問弁護士を致しておるという仕事での付き合いはありましたが、会うことはめったにありませんでした。なにぶん財政面に気の回る若者ではなくてね。不渡りを出さないかぎり一向に構いつけなかったでしょうよ」

「ですが、昨日はおもてなしをなさったのでしょう？」

「ええ、ええ。おわかりでしょうが、立場上この結婚の祝福と助力の意思表示をしたまでですよ。それに、あれはうちの家内の発案でした……。こう申してはなんですが」――どうでもよさそうに薄いまぶたをはたはたさせて天井の片隅を見上げた――「婚儀が迫ってからは数度ほど話す機会がありまして、あの若いのをずいぶん見直しましてな、それまでの認識を改めましたよ。ええ、ほんとに」

「じゃあ、ご相談があったと?」

「当然でしょう、ムッシュウ! 懸念を持っておられましたし、事情が事情です。サリニー様は、このさき万が一に備えておきたいとのご意向でしたよ」と、いきなりこちらへ白眼がちな目を向け、黒衣の下で肩を怒らせた。

「では、遺言状を?」

「ええ。それに現金で百万フラン手配するようにとも言われました」

沈黙があり、バンコランがこうつぶやいた。「なんともはや《ティアン》! それで? ちょっと常道を外れてはいませんか?」

「常道を踏む以外に取り柄がないのなら、ムッシュウ、この職業には向きません。サリニー様のご要望は現金百万フランだったのですし、お手持ちの証券と私のコネで、少なくとも銀行には変な顔をされませんでしたよ」にわかに話を変えて、「事情をお話し申し上げておいたほうがよろしいかな。ご自邸でひっそりハネムーンというのは見せかけだったんですよ。世間の目を欺くため、新聞各紙にそう言わせておこうというだけでね……。しじゅう監視している悪意の輩《やから》の鼻を明かそうというわけでした。奥方とともに本日お出かけになる予定でして、行先は伏せておられまして、その後どこへも連絡せずとも困らないだけの現金を持って、警察がその……犯人を挙げるまでは雲隠れするおつもりでした(言うまでもなく、法律用語で犯人という言葉を申し上げているわけではございませんよ)。それに百万あったって、はたしてそれだけの間のお手持ちに足りるもんでしょうかねえ……」

四面楚歌もいいところだった！　出くわす人という人が鉤爪をむきだし、たくみに本音を避けてばかりいた。それでも、このひからびた黒衣の老いぼれ禿鷲さえも悩まされるような漠たる疑惑がほかにあるのだった。それまでの動きを話してくれたのも、正直に打ちあけたくてというより、こっちの出方を読もうという魂胆なのは察しがついた。そうして前のめりにした禿頭で窓からの光をはじき、机に片肘ついて長い指で鋼鉄のペーパーナイフをいじりながら出方をうかがっていたわけだった。

あとは長い沈黙となり、窓から吹きこむ風に書類がかさこそするのも、中庭をとびはねてさえずる小鳥の声も聞こえるほどになった。太陽のおもてに雲がかかり、張りつめたキラールの上に影がおもむろにかかった。バンコランが尋ねて、

「よろしいですかな、ムッシュウ・キラール。もしやご存じないでしょうか、おたくの奥方が浴室の薬戸棚で移植ゴテを見つけたというふうなお話を？」

ここでその質問の及ぼした効果は相当に滑稽だった。キラールがぎくりとして、ペーパーナイフを下に置いたのだ。

「はて、ムッシュウは何が面白くてそんなことをおっしゃるのやら。コテですか、コテとね！……」繰り返しながらも両目をくわっと見開き、ガラガラ蛇の奇襲態勢そっくりに鎌首を立てた。「なんでまた、そんなところにコテがあったんでしょうな？」

「で、そうおっしゃるということは？」

「そうですよ。コテの話は初耳ではありません」

よもや昨夜の恐怖にまた襲われようとは思案のほかだったが、本だらけのほこりっぽい室内をよぎっていった長い雲の影まで、心なしかまたしてもローランの影がおおいかぶさってきたというふうに見えた。キラールがしぶしぶ続けて、

「その話をいたしましょうかな。ずっと気がかりでしたので……。

さよう」――法服の袖をひるがえして――「おとといの四月二十二日、木曜の晩でした。サリニー様がお邸で独身お名残りパーティを開かれまして。それが、いつもの略式とは趣が違っておりましてね。家内によると、ひところは格式もなにもなく、どんちゃん騒ぎの無礼講と申してもいいぐらいでしょうかな、ぽっと出のプロ連中、やれ競馬騎手やら剣術使いやボクサーまで手当たり次第に招く始末でね」さも苦々しげに、「そんなものを、はえぬきのフランス貴族と同列に扱ったりして……」

と、痩せさらばえた体の背筋をしゃっきり立てた姿には思わず息を呑んでしまった。今度はその目に不思議なほどの鋭い矜持がうかがえた、ずたずたになった軍旗の行進を見送りでもするように。二目と見られぬありさまではためき落ちた鷲章旗にさえ、もろ手を挙げて「皇帝陛下万歳！」と叫んだそのかみの近衛兵のように。

「われわれは絶えゆく昔人間の部類なのでね……。凱旋門を臨むブローニュの森にあの灰色の居館を構え、お歴々のみを出入りさせておられたご先代のころが思い出されますなあ。とにかく人物でねえ、指折りの……」繰り言にふけっていたキラールが、やぶからぼうに、「あなたがたには断じてうかがい知れず、おわかりにもなりますまい。櫛の歯を引くように、本物の貴

族が一人また一人と世を去ってゆくのが、われわれのような人間にとってどういうことなのか。城館《シャトー》の蠟燭が一本ずつ吹き消され、やがて火の気が絶えてしまうようなものです。ああ、神よ！　肺腑をえぐられる！　こうして浮世に取り残されてしまうとは！……あの館では、先代の御臨終に立ち会いまして。あれからというもの、どうもあそこの広い部屋のどれにも薬と死の匂いがまつわっておるようで……」

痙攣したように絶えず片手を開閉させ、あたかも家の梁材がほこりを舞い上げてがらがらと崩れ落ち、長らく封じ込めていたものを白日の下にさらけだす折の響きに相通じる語調になった。さきほどまでの味気ない几帳面さは消えうせていた。いよいよ、この男から何か引き出せそうだ！——迷いをおもてに出してこちらの顔色をうかがいつつ、なにやら言うに言えぬ疑念を伝えたくてたまらないのだった。

「ですが、あの晩ばかりは昔に戻ったようでした。烏合《うごう》の衆でなく、先代の知己でご当代とはろくにつきあいもない名鑑《アルマナック》記載人士だけが招かれまして。近来まれなほど端正に行き届いた饗応となり、しかも法律家にして食通のブリア・サヴァランをフランスの偉人のうちに数えるほど素養ある顔ぶれとご一緒にいただいたのですから、昨今では驚きですよ。きょうびの連中はシャンベルタンとソーテルヌの区別もつかんとくる。コルク栓がやわになった気抜けシャンパンでも平気で飲むし、ポートの澱《おり》も引かずに水なんぞのようにどぼどぼデカンタージュしおって。ろくでもない、冒瀆行為ですよ！　牡蠣《かき》以外に見境なくシャブリを合わせたり、よろしいですかな諸君、ジビエにブルゴーニュじゃなくメドックを合わせるが如き輩は容赦なく撃ち殺しちま――いや、これは失礼を！　ついつい、話があらぬほうへそれてしまいましたな。

そうそう、大テーブルに花を飾ったりっぱな晩餐会でしたよ。ですがねえ、一向に盛り上がらぬ冷え込んだ席でしたな。いやあ――正直申してね――少々過ごしたぐらいのほうが座が盛り上がっていいんですよ。なにも無礼講にしろとは申しません。ですがシャツの烏賊胸なみに判で押したような面ばかりが雁首揃えて、灯のともった長テーブルに棺を囲む蠟燭よろしく居並ぶようじゃあね。おめでたい席のはずなのに、浮かれ気分がこれっぽっちもないんですからなあ。

ようやくお開きになると、みなみな測ったような辞儀と祝辞を呈して引き上げていきましたが、私らの時代のように身についた育ちのよさが出た礼儀とはわけが違う……。とにかく、最後に残ったのは二人きりでした。ヴォートレルとかいう仁――ご存じでしょうな？――と私です。みなで長テーブルにつきましてね、薬と死の臭うやんごとないお邸で、薔薇の花陰に両肘ついて……。

小さな菱形窓がたくさん半開きになって、蠟燭の灯影をおぼろに映していました。窓のおもては一つ星をいただく茄子紺の夜空です。一陣の夜風が丈高い草むらを騒がせ、枝先という枝先にこぼれるほど花をつけた暗い木立にざわめきを起こしてゆきました。高蠟燭にともした炎は小揺るぎもせずに燃え続けて白いテーブルのすぐ上にまで丈を縮め、色あせた椅子の張り地をほんのり照らし、やがて目に触れる品々がどれもこれもゆらめく中で、テーブルを囲む一座の顔と、ワイングラスのステムをつかんだ指だけはそよぎもしませんでした。そこへ影がまたひとつ炎をかすめたように、うそ寒い気配がすっと訪れ、それを待ちかねたようにわれわれは披瀝にかかりました——世に名だたる殺人事件の話を」

それまでの無愛想をかなぐり捨てたキラールは、ある種の暗い詩情をもって、気も狂わんばかりに長らく心騒がせた鬱屈を持つ男と化した……。

「世に名だたる殺人事件ですぞ！　卓上を飾った薔薇の盛り花を見て、ヴォートレルは愛しい人のために部屋を飾りつけたランドリューを思い出しましてな。あとはトロップマンですとかバッソン、ヴァシェル、クリッペン、ばね足ジャック、皮下注射の針を使ったアームストロング少佐、ブリキの浴槽のスミス、ダラント、ハールマン、ラ・ポムレー、クリーム、サーテル、ハントでしょう、毒使いでしたらホーク、ウェインライト、そして虫も殺さぬ顔をしたコンスタンス・ケント……。一座はその手の話にのめりこむ時ならではの狂気じみた反発を感じながらも席を立たず、そのうちにヴォートレルが〝芝居の如くに仕組まれた犯罪の芸術性〟を言いだして笑っておりましたな……。ラウールは震える手で赤ワインを飲んでおりましたよ、蠟燭の炎と闇にとりまかれて……」

キラールのくすんだ肌から血の気が失せて、てらりと大理石の光沢を帯び、こめかみに青筋があらわれた。黒衣がこすれて音を立て、薄いまぶたの目はどろんと座っていた。

「そこから歴史や小説の話題になりました。悪夢でしたよ……。ヴォートレルはほろ酔いどころではなく酒が入ってはおりましたが、みな声を抑えて話すだけのわきまえは保っており、ラウールは胸前に危なっかしくグラスをかかげて座席に身を預け、目ばかりをなんともいえずらんらんと光らせておりました。そこへヴォートレルが例のなめらかな口ぶりで、「ぼくにとっちゃ、全文学に冠たる技巧を凝らした名場面といえばポオだね……。ポオぐらい知ってるだろう、ラウール？」――と、笑いかけ……「アモンティリャード酒の話にね、モントレッソールがフォルチュナトをカタコンベに誘い込んで壁に塗りこめ、石材と人骨でふさいで未来永劫封じてしまうというくだりがあるんだよ……。その話ならようく知ってるだろ、おなじみだよね、ラウール？……破滅が待ち受けるとは知るよしもないフォルチュナトが、連れにメーソンかい？　と訊ねる。モントレッソールはそうだと答え、〝合図を！〟と声高に求められる。するとモントレッソールは彼一流の陰惨な洒落心をのぞかせて、服の下に隠し持っていた品を出すんだ――移植ゴテだよ。だからさっき言っただろ、〝ようく知ってるだろ、おなじみだよね、ラウール？〟って」そして、酔いに任せて傍若無人な高笑いを放ちました……。

　ああ、神かけて！　ラウールの形相ときたら！――不安と驚きをないまぜに――にわかに信じられぬが如き疑念が湧いたふうで、穴があくほどヴォートレルの顔を見ていました。そして千鳥足でテーブルにつかまり立ちする拍子にワイングラスを倒し、薔薇の盛り花の間へごろごろ転がしてしまい、肘で燭台をひっかけて倒したものですから、こっちも大声を上げましたよ。〝気をつけたまえ、火事になるぞ！〟執事を呼びたてながら身を乗り出して素手で叩き消そうとしたので、熱い蠟が手に触れましたよ……。ですが、あのふたりときたら互いににらみ合ったままでして。ラウールは髪が顔にかぶさるのもお構いなし、ヴォートレルは悪魔がウィンクする時のように、両目をせわしなくまばたいておりました」

キラールがわれに返り、その光景は消えうせた。そして、本と鼠の臭う殺風景な部屋の殺風景な住人に戻ってしまった。

「以上です、みなさん。むろん火事にはなりませんでした。蠟燭の火はたいへんな値打ち物のテーブルクロスを一枚だめにしただけですみました」

9　犯人の影

キラールの話に出てきた居館の庭園に立つまでに、午後の半ばが過ぎてしまった。

あの弁護士からはそれ以上何も聞き出せなかった。とても協力的ですこぶるまじめに答えてくれたのだが、事件に新たな光を当てる材料は何ひとつ出てこなかった。そして鄭重《ていちょう》に見送られて事務所を辞去するころには、義務とみなしたことをすませたという安堵が先方の心にしっかり居着くさまが伝わってきた。バンコランにもそれ以上のやりとりをするそぶりはなく、さっそく憶測に勇み立つグラフェンシュタインをこんな風にさえぎった。「後生です、博士、やめてください。この際ですから一言申し上げておきますが、一足飛びに結論へ飛びつかないように。なにも明白なことを信じるなとお願いしているわけではありません。ただ、何が明白かを見極めてからにしてください、と促しているだけです。それに、そのほうがいいでしょう。めいめい誰を疑っているかはさておき、事実が一通り出そろわないうちから議論しようとしても、いたずらに事態を混乱させるばかりですよ」これで話はついた。昼食はフォワイヨの店でおおむね黙ってすませ、それがすむとブローニュの森へ出かけた……。

この森まで来ると、パリの喧噪も遠いこだまに過ぎなくなった――路面電車の轟音はかなたへ遠ざかり、自動車のクラクションのやりとりは消え入りそうな呟きとなる。せせらぎの音やそこはかとない小鳥のさえずりや気配とともに木立がざわめいていた……。

　われわれは車を置き、ぬかるんだ小道をたどった。右手に敷地の境界を示す鉄柵があった。やがて木立が開け、眼前に灰色の迫持《せりもち》をあしらった荒涼たる屋敷があらわれ、黒っぽい屋根の下から仮面ごしにうかがい見るように傲然とわれわれを見下ろした。背の高い灰色の館で、窓という窓に斜めに差しこむにぶい陽射しが当たっていた。背後には細いポプラ並木が揺れ、かたくなに居竦《いすく》まって空へ煙突をつきたてた館とは好対照をなしている……。パリの賑わいがまず届かないこの静寂のうちには、死者を悼む気が満ちていた。〝ディジョンの光輝〟や〝ラ・フランス〟などの大輪品種が咲き乱れる薔薇花壇を通っていくと、あでやかに揺れる花々にひきかえ、灰色の館のまなざしがひときわ空虚にうつった。

　けたたましい呼鈴に応じてすぐさま玄関が開けられ、細面の両脇へ垂らし前髪《トゥーペ》を振り分けた無表情な召使が高い白衿の黒ずくめで出てきて、バンコランが身分証を見せるとちょっと迷った末に広壮な玄関へ通した。そこから金紙みたいに安っぽい箔押しに青ビロードをあしらい、鎧戸を締め切ったルイ十五世様式の天井高い室内へと通された。白い日除けをおろした窓がずらりと並んでいると、こちらの声もおのずと抑えがちになった。

「棺はこれからそちらへ安置いたします」と召使が指さす。「ただいまは諸事手配中でございまして……」

「君がここを任されているのか?」バンコランが尋ねた。「おかしいな、前も来たんだが――

見覚えがない顔だ――」

「はい、残念ながらお見知りおき願う折がございませんで！　ジェルソーと申します。サリニーの御前の従僕をつとめておりました。お召抱えとなりましてようやく数週間でございますので」

「他の者はどうした？」

「使用人一同のことでございますか、ムッシュウ？　みな出て行きました。サリニーの御前からおといお暇《ひま》を頂戴しまして……。御前と奥方は、こちらへお住まいになるおつもりがないとのことで」

「そうだったか！　では君は、公爵の身辺にはいろいろ詳しいのだな？」

「おかげさまでたいそうご信任にあずかっておりました、はい。手前としても及ばずながら力の限りお仕えいたしました。さしあたって、競走馬の厩舎係と門番以外の者は、もれなくお暇を出されまして。かく申す手前は昨夜お屋敷をさがるはずでございました。御前と花嫁のために冷たいお夜食の支度をすませ、少し片付けものをいたしました後にでございますが」と、幽鬼じみた笑みを漂わせた。「手前といたしましては、よき召使としてご夫妻をお迎えする所存でございました」一呼吸置いて声をひそめ、「お亡くなりになったなんて、いまだに信じられません……」

「では、ゆうべもここに？」

「はい、さようで。一人で部屋から部屋へ回っておりますと、あまり気分のいい場所ではございません……。ごめんくださいませ、ムッシュウ、余分なことを申し上げました。二時ちょうどに知らせのお電話を頂戴しまして。異なことを申すようですが」と、さきほどの微笑を浮かべてぽつりともらすと、肩をすくめた。「もう少し早い時刻に、サリニーの御前のお鍵が玄関先で音を立てたのを確かに聞いたはずなのです。ですが、空耳でございました。お祝いの花輪を自腹で用意いたしましたのに、持って出たらどなたもおいでになりませんで」

薄暗がりでグラフェンシュタインを透かし見ると、博士も大頭をうなずき返してきた。従僕ジェルソーは両手を組み聖人像をほうふつとさせる格好で立っていた。かつらの巻き毛は眉のあたりまで垂れている。そうやって、バンコランが先を続けるのを恐縮した低姿勢で辛抱強く待っていた。

「鍵音が玄関で?」バンコランが鸚鵡《おうむ》返しに、「では、公爵は鍵束を持ち歩いておられたのだな?」

「それはもう、ムッシュウ!」

「そして、むろん昨日の結婚式にお出かけの際も持って出られたわけだな?」

「さようです。お支度を手伝いました。そのとき出してあったお鍵束を、御前がポケットにしまわれた記憶がございます」

「どこの鍵だ?」

「いやあ、それは——お決まりのもので」従僕は額にしわを寄せて答えた。「お玄関でございましょう、裏口、御前のお車、厩舎用の数本、事務机、地下酒蔵、耐火金庫——」

「今、耐火金庫があると言ったか？」

「はい、ムッシュウ、たしかに存じております。と申しますのも、御前がお手を痛められてから は手前が文書を扱っておりましたもので。ですから金庫に出し入れなさったところも拝見しております。ですが、特にめぼしいものはなかったかと。多額の現金がお手元にあったためしは一度もございませんでしたし」

「例えばの話、ゆうべもか？」

「ええ――もちろんです、ムッシュウ。なぜそんなことを？　いえ、失礼しました。つまり、手前は存じません」

「ふむ！……サリニーの御前は来客が多かったか？」

「いえ、ほとんど、ムッシュウ。何やら恐れておられましたようで」

「それで、鍵音がしたと思ったのはゆうべのいつごろだ？」

「はっきりとは申せませんが、一時は回っておりましたかと」

バンコランはいきなりくるりと振り返った。「金庫とやらを見せてもらおうか、ジェルソー……」

ジェルソーが音もなく体を揺らして歩むさまは、あたかも宙に浮かんでいるようだった。ぶつくさ言うバンコランのつぶやきが聞こえてきた。「うちの部下どもときたら、馬鹿しかおらんのか？　おかげでいつも後手に回ってばかりだ」束の間だが、ここでジェルソーが肩ごしに一瞥し、「ああ、そうとも……」とばかりに長い上唇をくいと上げた気がした。

鎧戸を閉ざした別の廊下をたどって二階へ行った。聞こえるものといえば、グラフェンシュタインのぜいぜいいう息遣いだけだった。私や同行した三名のおぼろな人影が、閉ざされたドアの前に立つ……。そこで緊張が走った。ジェルソーの細面の顔が高衿の上でくるりと横ざまに回り、わずかに顎を落とすと、指先をだらりと伸ばした手でドアを指した。

「お書斎はこちらです。お鍵がさしっぱなしになっております」

鍵束に他の鍵がじゃらじゃらさがっており、一本だけ鍵穴にささっていた。無人のはずの部屋のドアに鍵がささっているのは、誰かいるようで薄気味悪いことこの上ない。錠も下りていなかった。

「おまえが入ってくる音を聞いたのは、もちろん」バンコランは静かに言った。「犯人だったんだよ……」それからさっとドアを押し開けた。

ここだけは邸内のほかと違って鎧戸が上がっていたものの、室内にわだかまる空気は蒸してかびくさかった。明るい窓ガラスで蠅が羽音をたてていた。かなり広い室内はオークの鏡板に黄色い麦わらの敷物を合わせてあり、黒ずんだ銀の表彰カップが壁の棚にひしめき合い、石造りの大きなマントルピースにも所狭しと並んでいた。とりどりの額装写真で壁面のおおかたは埋まっていた。椅子は籐製で、煙草の焼けこげのついた籐のテーブルには、飲みさしのウィスキーグラスが三つ残っていた。片隅に乗馬靴が放りだされ、汚れたシャツが椅子にかけてあった。まるでこの部屋の主は大慌てで着替え、口笛吹きつつ出かけてしまったとでもいうように……。

「お見苦しくてご勘弁を。なにしろ、片づけるひまがございませんで」

「ここで飲んだ顔ぶれは？」バンコランがグラスをさして訊ねた。

「キラールさまとヴォートレルさまでございます。独身お名残り会のあくる朝、おそろいでお迎えにみえまして」

「あちらは？」バンコランが右手のドアを指さした。

「浴室を通ってご寝室へ出ます」

　単調な蝿の羽音以外は静まり返った室内をバンコランが動き回り、窓下に並んだ物入れの蓋をステッキでめくっては、誰に言うともなくつぶやいていた。

「デビス杯のラケット一式……ゆがみがきている。ケースにも入れず放ったらかしか、いやは《ティア》や《ン》！」ガットを叩くと、びよーんという音が一同に聞こえた。「だいぶ長いこと使ってないな……。ん、これは？　ライフルか。どれもこれもケースから出しっ放し、遊底も動かん――油切れか――なんたるざまか《ディアーブル》！　雑な扱いにもほどがある」別の蓋をばたんと閉じた。小さな書棚の上に飾られた豹頭の剝製を見て、「スマトラ豹だ。公爵は一撃でああいうのを倒す名手でもあった」ぱっと振り向いた肩ごしに豹の牙がのぞいた。「諸君、シャルコーが出した『猛獣狩猟家列伝』のあの逸話をご記憶かな？　山刀一本でピューマを迎え撃つのは、知る限りでは二人しかいないというくだりがあった。ひとりはアメリカの故ルーズヴェルト氏、もうひとりがこのサリニーの若公爵だという……」壁の写真へ向いた。「勝鞍を挙げた、持ち牝馬だ。今年のオートゥイユ競馬へ向けて調教中だった……。そら、ご当人だ。昨年のウィンブルドン決勝トーナメント出場中のひとこまだな……」

グラフェンシュタイン博士が異議をはさんだ。「面白いことは面白いですが、われわれの目当ては耐火金庫でしょう」

バンコランは窓下の物入れに腰かけ、額を窓ガラスにつけてしばらくじっと外の木々をにらんでいた。午後たけた日光が忍び入って薄ぼこりをすかしてカーペットをなで、バンコランのかたくつかんだシルクハットとステッキの銀の握りを輝かせた。やがて、疲れたように小さな身ぶりをして手の力をゆるめた……。暑い西日を受けて影がわだかまると、あらためて目をひいたのは不帰の人となった男にまつわる陰鬱な置き土産のすべて――ぞんざいに椅子の背にかけたシャツと、卓上に置き去りにされた三つのグラスだった。

ジェルソーがそっと入ってきて、小声で、「金庫をお出しいたします」と、ドアから抜いた鍵束をがちゃつかせた。

「ああ――そうだ」バンコランが見るともなく目を上げた。「どこにあるんだ？　あの寝室側の壁際にある、あの机か？」

「はい、ムッシュウ。お机の鍵はこちらです。あれには御前が書類を入れておいでだったとみえて、手前には少しもお見せになりませんでした」意気込んだ細面から血の気が引いて目がうるみ、かつらがわずかにかしいでいた。いまこいつと握手したら、さだめしガマの如くぬらりと冷たかろうなどと、あらぬことを考えてしまうほどだった。心なしか、歩くにつれてがさごそ音を立てていた。

「よし、わかった――ただし何ひとつ手をふれるな。鍵をさして上蓋を手前に倒すだけにしろ。くれぐれも指で触れるんじゃないぞ」

みなで高机のまわりに集まった。机の蓋はばたんと外へ開くしかけになっていた。ジェルソーがそっと蓋を開ける。中は空だった。

「やはりでございますね、ムッシュウ。何者かがここへ来ております」従僕が言った。「その机には書類がございました。そちらの引出しや、整理小棚にもつめこんでありましたのに」

「当たり前だ」バンコランが一蹴した。「さて、それでは」――片隅に押し込まれていた頑丈な金庫を指さして――「あれを開けてもらおうか」

……ひっとジェルソーが息を呑んだ。金庫のふちまで紙幣がぎゅうぎゅうに詰め込まれ、いちばん上にのっていた紙幣の額面は二千フランだ。沈黙を破ったのは、バンコランの苦い笑い声だった。

「泥棒氏ときたら、サリニーの書類をあるだけかっさらって行きながら、現金百万フランを見逃すとはな……。ここにあった書類の内容は知らないんだな、ジェルソー？」

「存じません、ムッシュウ。手前は――こちらのお部屋で仕事したことはございませんので。御前の手紙の口述はいつも階下のタイプライターでいたしておりました。百万フランでございますか――！」

「机を閉じてくれ。ここはすんだ。電話をかけさせてもらうぞ、ジェルソー。二階には？」

「寝室にございます、ムッシュウ」

「よしよし」こちらへ向いた。「付近をもっと調べるので、君らはその間、なんなら外で待っていてくれ。ときにジェルソー、紛失した鍵がないか教えてくれないか？」

従僕は鍵束にひと通り目を通して考えこんだ。「はいはい、確かに！　地下酒蔵の鍵がなくなっております！」

「地下酒蔵？　それならきっと執事が持っているのだろう？」

「いえいえ、そんなはずは。晩餐のご酒は御前がじかに采配なさっておりましたので。おひとりの晩餐ではめったにご酒をあがりませんし、お鍵はつねにご自分で持っておられました。なんでも酒蔵に入り浸りすぎて、やむなくお払い箱になさった執事がいたとやら承っております。ふん、まったく！　今のやつにしたって――」ジェルソーは両手を広げ、長い唇を嫌悪にゆがめてみせた。

ふたりを残してグラフェンシュタインと私は出て行った。出がけに見ると、バンコランは暖炉の前へ近づき、そこにのべてあったライオンの敷皮を検分にかかっていた……。

われわれはというと大階段をどたどた降りていきながら、あたかも過去の声が湧きあがる薄暗い深淵へと降りてゆくような気分だった。白い薄明りの壁に居並ぶ肖像画がつくりものの腕をのばし、ブロケードの衣裳がきぬずれの音をたてる。あたかもあの銀の燭台にさした蠟燭に鬼火がふたたびともり、百年前に散り果てた花が絨毯に忍び入ったかのようだった……。私としてはこの館中をさまよい歩き、長年にわたりこの場所に憑いているにちがいない記憶の片鱗を感じてみたいという念やみがたかった。それで、どすどす玄関を出て行くグラフェンシュタインをしりめに、ひとりできびすを返した。

　きなり色の羽目板でまとめた薄暗くいかめしい部屋がいくつも続き、寄木の床に足音が響くと、はるか高い天井にさがったシャンデリアの切子ガラスがあえかに鳴った。無人の部屋部屋からは、時計の音さえ聞こえてくるほどだった。閉じた鎧戸ごしに細い光の筋が水平に折り重なって射しこみ、おぼろに指し示すのは大理石のマントルピース、過去を映した鏡、手にした杖に青リボンを結び、永遠に変わらぬ作り笑いと宮廷風のおじぎをした羊飼いの少女を繊細に彩った壁画だった。あの歌はなんといったかな？——「雨が降るよ《イル・プルー》、雨が降るよ《イル・プルー》、羊飼い娘さ《ベルジェー》ん、羊を連れてお帰りよ《ル・ラムネ・ヴォ・ムートン》……」十八世紀のスイス製オルゴールがちりんちりん歌うのが聞こえ、白いかつらの頭を下げてメヌエットを踊る小さな磁器人形が目に浮かんでくるほどだった。そうそう、さきのキラールの話に出た食堂のはずれに小さな音楽室があって、スピネットが置いてあった。その入口から、サリニーと花嫁のために支度され、ついに手つかずのままとなった夜食用の純白のテーブルセットが見てとれた。スピネットの上から見おろしている大きな肖像画が見えた……。あの銘板にはなんとあったかな？「ジュールダン・ド・サリニー、一八五八年五月三十日—一九一四年八月二十一日」片手を上着の胸もとにさし入れた白髪の貴族だった。ラウールの父だ。そぞろ不気味にもキラール弁護士の声が耳朶に蘇り、しなびた薔薇の葉のすえた臭い漂う薄闇をついて、あの味もそっけもない語調が館中に響いた。——「先代の御臨終に立ち会いまして」ややあってスピネットの鍵盤に触れてみると、かすれたような耳ざわりな音がしたのであらためて顔を上げると、乏しい光の中でいきなり、いくつもの詩歌にうたわれたこの家門の歴史をこめて、寒気がするほど不気味な威厳あるひとにらみを肖像画の顔から浴びせられた。ありし日には指使い正しくこの鍵盤を弾き、挙措正しく蠟燭のもとで衣裳をあらため、サテンの服や半ズボンの上下を身につけてビーバー毛皮帽をかぶり、胴間声をはり上げて、百年以上前にはやったばかばかしい恋の小唄のあれこれを歌っていたのだ。しかしながら、仏頂面のこの老貴族亡きあとは、永遠に果てなき時計の合唱団のメドレーが、永遠に果てなき木立の梢音のメドレーが、永遠に果てなき高らかなオルゴールの音が、「雨が降るよ《イル・プルー》、雨が降るよ《イル・プルー》、羊飼い娘《ベルジェール》さん、羊を連れてお帰りよ《ラムネ・ヴォ・ムートン》」……それは凄まじい進軍歌のリズム、今生の別れに心も砕けよと合わせるグラス音の荒々しさだった。「愛しマドロンよ《カン・マドロン》、いつの日にか《ビアン・ヌ・》あいまみえ《セルヴィ・》、美酒を汲みかわ《ア・ボワール》そうぞ！」（第一次大戦時の流行歌、愛国歌として名高い）……。

　そうやってずいぶん長いことスピネットの前に座り、耳に届くものといえばそんな過去のこだまばかり、さもなくば昨夜のジャズバンドが最後の曲をがんがん鳴らしていたのかもしれない。こんな醜悪で理不尽な成り行きに、狂人とそのお手軽なテロ行為に無性な怒りを覚えたが、そんな自分の怒りさえおそろしい皮肉になろうとは、その時は知るよしもなかったのだった。

　やがてぶらぶら食堂を抜け、きしむドアをくぐって配膳室と厨房へ行ってみた。見れば、厨房奥のドアが半開きになっていて、どうやらその先は地下酒蔵らしく、奥に漆喰壁が見えた。それからリノリウムの床をつっきって勝手口のポーチへ行こうとする途中でバンコランとばったり出くわした。地下酒蔵のドアからいきなり現われたのだ。窓のカーテンが降り、ろくな明りがないために私に気づかないらしかった。うつろな目に、勝ち誇った悪魔の笑いを顔に浮かべている。そして幽霊のようにひとこともなく脇を通り過ぎ、館の表側へ出るドアをくぐって姿を消した。

ああそうかい、どうせぼくは部外者ですよ！　たぶん勝手口から裏庭へ出るのだって部外者お断りの部類なんだろうけど、そこにもこの現実離れした感覚を払拭してくれるものはなかった。裏庭をとりまくポプラ林の梢を透かして、没しかけた日がひっそりと砂利道に落ち……まさにその場のベンチに腰かけていた、ミス・シャロン・グレイの姿が目に入った。

いかつさのかけらもない容姿には不似合いなほど男っぽい灰色のツイードらしきものを着こなし、輝く髪に小ぶりな灰色の帽子をかぶっている。ベンチにかけて頬杖をつき、ダンス用の軽い靴――ブローグシューズというのかな――で足もとの砂利をかいていた。私ときたら間抜けなことに、いわばまつ毛の一本まではっきり見える近さまで来て驚いたというわけだった。きびすを返そうとしたが（無用にばつの悪い思いをさせてどうする？）、彼女のほうでポーチから降りてくる足音をいち早くとらえて顔を上げた。

誓って申し上げるが、あの娘を虚心に判断するのは無理な相談だった。琥珀の目が物思いからさめ、私の姿を見分けて口もとに見慣れぬいろを浮かべた。こちらとしてはほかに手がなくて、近づいていった。そうしてまたしても彼女の前に立ちはだかる格好になりながら、頭の中は完璧に空っぽ、音も考えも湧いてこなかった。やがて女の刺すような冷たい目に気づいて、われながら意外なほどびっくりした。

「あなたなら約束をお守りになるかと思っておりましたのよ」のっけからきつい口調で、やぶからぼうに言い出した。「でも、そうじゃなかった。守らなかったのね。出て行くところを誰にも見られないようにするっておっしゃっておきながら、警察に尾行させたでしょ。わたくし、ちゃあんと見たんですからね」

「あのねえ」こっちもおのずと熱がこもった。「ぼくじゃありませんよ。バンコランのしわざです。その件については、まったくなにひとつ知りませんよ！　そんなのがつくなんて、ついぞ知らなかった——」

「実《じつ》もなければ」と、追い打ちをかけてきた。「話し方もなってないわね。まったくたちが悪いわわ、あれ以来ずっとじゃないの——初めてあそこへ入ってきて——そして——その——」いぶし金の髪は左右の頰にふんわり垂らしていたが、怒ってそっぽを向いてハンカチをよじったはずみに、きらりと陽をはじくのが見えた。

かっとなった私は、内心、「いいとも、勝手にしろ。じゃあ地獄へでも行っちまえ！」と思いながら言ってやった。「それより、そもそもあんなところにいなければ——」

「んまああ、おっしゃいますわね、上等じゃないの！」彼女はかっと目をむいて、大声で言い返してきた。「お話を伺っていると、まるで——まるで、わたくしの身を気遣わんばかりのお口ぶりですことね——」

険を帯びた目にあるのは驚きではなく、喧嘩腰の敵意だった。そのやりとりの前にすべてが——木々も花も陽光も色あせた。ふたりとも白熱してかっかと言葉をぶつけあい——やがて、啞然として双方ともやめた。長い沈黙をへて徐々に現実に戻り、ふと気がつくと私は、見知らぬ人の当惑した目をのぞきこんでいたのだった。

やがて二人とも笑いだした。さっきまでの緊迫が去り、心の重荷がひょいと外れたようだった。そして温かい波のように音と香りが、リラの湿った香り、蜂の黄色い輝き、砂利道を這う暑い西日がいっせいに戻ってきた。あの庭で、われわれはやれ助かったと言わんばかりに声を合わせて笑った。それから彼女が握手の手を出して、「ごきげんいかが?」こちらはばかみたいに、「おかげさまで!」と応じ、さきほどのベンチへ並んで腰をおろした。

話していると、眼前のこの娘以外は何も目に入らなくなってしまう。その美貌やしぐさ、黒く長いまつげが上下する奥で、素晴らしい目がこちらへ向けられ、射抜く——胸苦しくなるほどの甘さをそなえた一突き——かと思うとあらぬ方へそむけられ、頬を朱に染めると、声を落として聞きとりにくい早口になり、夢想の力とでも呼ぶしかないもので人の頭の働きを呪縛するのだった。話題はいたって月並みで、実を言うと、何の話をしたのかも今となっては思い出せない。その流れもともすればとだえ、口には出さねど双方たがいに相手の障壁のありかを手探りで瀬踏みし合い、すぐにも破れそうな障壁だったのだが、どちらもそうできかねていた。

すると、いきなり彼女がこう言った。

「こちらへは午後に来ましたの——誰しもひとりになりたい時はありますでしょ——あちらで」と曖昧に頭を振ってみせて、「さんざん嫌な思いをしたもので。だから、この館に何かを感じるか試してみたくなって。うまく言えないのですけど、ただここに座って、なんなら花でも摘みながら——でなければ、お亡くなりになった今、ご生前のあの方に魅かれるものがあったかどうかを見極めてみようかしらって……。あなたにはおわかりにならないでしょうけど、きれいに空っぽだったのよ、なんにもなかった」

そこで言葉を選ぶように間を置いた。

「つまりね、誰かが死ぬと、その人の気配はきれいに消えてしまうの。とてもあそこに」と館を指さして「本当に生きていたとは思えないわ。まるで初めからいなかった人みたいよ、そうじゃありませんこと？　だって、もう現実にはいないんですもの。面影を思い出そうとしても、はっきり思い浮かべることさえできないわ、いくらがんばっても——なんというか、幻燈で壁に映し出した影絵みたいなものしか出てこないの。わたくしが人としてどこかおかしいのかしらね？　もう、あの方のことはどうでもよくなってしまって……」

またしても自身を責めさいなもうとする女性特有の一本調子になったが、長続きしなかった。ある箇所にさしかかるとことさら力を込めた早口になり、琥珀の目に深い屈託をのぞかせて——愕《おどろ》きの念というか、ヴェールをへだてて、見えぬものと交信中かとまがうような風情であった。やがて何かを探すように私を見て、目の奥に何かがちらりと動いた。

まさにそのとき館の正面から聞こえてきたのは、やつぎばやの鋭い破裂音、自動車のバックファイア、砂利道をきしるタイヤ、声高にまくしたてる複数のやりとりだった。その物音が灰色の館にこだまし、驚いた鳥の群れが雲となって夕陽さして飛び立った。私たちは立って見に行った。その物音には空恐ろしいほど問答無用の響きがあったのだ。

じめじめした塀際の日陰を回りこんで館の角を折れると、西日をまともに受けた。黒いヴァンがバックで大きな玄関先に寄せにかかっていた。運転手が窓から首を出し、あいているほうの手で指図している。男ふたりが車の後ろをあけた。排気煙が色あせた薔薇の上にただよい、男らの足もとで砂利が音を立てた。誰かがこれ見よがしに「そらよ《ヴォワラ》!」と声を上げ、閂《かんぬき》のきしむ音、うんうん気合をかける声とともに、黒っぽい覆いのかかった長担架が取り出されて男らの手におさまった。「そら、静かにやれ。ぶつけるな——ゆっくりやれ! 貴様らときたら《メザンファン》!」制服憲兵がどなった。「畜生《ディアーブル》! 受領証が! そうっとやれったら! うわっ!」

日は木々のかなたに没しかけ、残照がにわかに翳ってきた。潮のごとき闇が寄せきたって館の周囲をひそやかに包み、水のごとくにしみいり——徐々にかさを増しておもむろにこの傲然たる館を沈めてゆき、窓という窓を溺れる者の目と化した。しかし、すべての煙突、すべての窓、すべての黒い石は、その冷然たる死を迎えても屈することなく、傲然たる構えを崩さなかった。「そら、のぼりだぞ……。ムッシュウ、こちらにご署名願えますか?」視界の端にかかったのは石段の上に立つジェルソーと、黒い荷がよたよた敷居を越えるのをよそに、小さな手帳をつきだした憲兵の姿だった。ジェルソーのほうは棺に向くと、最後のお迎えでございますとでもいうように、妙にかしこまって最敬礼したのだった。

いさおしの物語はかくて終わり、あるじは帰館を果たしたのだ。

10　バンコラン策を弄す

　シャロンはツイードスカートのポケットに両手をつっこみ、さっそうと顔を上げた。うんと深呼吸して曰く、

「型通りのお悔やみなんか、さようなら。すんでしまったことですもの。煙草はお持ち？」

「あのね――ちょっとお芝居っけが過ぎてやしませんか？」

「おおかたの人はそうよ。火は？　ありがとう」思案顔でふうっと煙を吐いた。「おおかたはそうよ。だって、しょうがないじゃないの。映画の悪しき影響ね。ヴィクトリア朝小説にとってかわる行動規範を見つけなくてはならないものだから……」

「ヴィクトリア朝」なんて台詞が出てしまったからには、以後の会話の流れはいきおいわざとらしくなり、口にした当人には率直に話をするつもりなどないとみるのが自然というものだ。

だが、ともに裏庭へ引き返す途中で、彼女は私の腕に手をかけた。

「違うの。だって本当はね――今度の一件すべての背後にあるのはそれなのよ。けさの各紙に目を通してきましたから、事情はひととおり存じていますのよ。おわかりにならない？　一から十まで芝居っけたっぷり、巧みに演出されているでしょ。世上に取りざたされるこの犯人と

やらは、こと舞台にかけては何でも屋の芸達者ね。そこに弱点があるんだけど」

彼女はさっきのベンチに腰かけ、上の空で煙草の先端を眺めた。「フランス人ってそこがどうしてもわからないのね、お芝居がかったことが大好きで、日常に分かちがたく結びついているから。問題は、本気でのめりこむ人はまずないというところかしら……。外国人なんかもうたくさん。怖いわ」ぞっと身ぶるいした。その目は庭の片隅をじっと見ている。「ああ、なんてこと！　ゆうべ、わたくし——」

「しっかりなさい、気を確かに！」

「それに今日は今日で、また身震いするような目に遭ったのよ。ぞっとしたわ」

「つまり、やつがまたあらわれた、と——」

「そんな！　違うわ、そんなのじゃないの。うまく説明できないんだけど……でもいいわ、やってみます。そうねえ」——挑むような目を私に向け、「ちょっと行って、ルイーズがこの件をどう受け止めているか確かめてみようと思ったの。それはわたくしだって怖かったわ、でも——まあ野蛮なのでしょうね、んもう、われながらちっとも傷ついてないの。だからこそ、彼女《あのひと》はどうだか確かめたくて……。こんな言い方をすると、われながらすごく嫌な女みたいね、でも、しょうがないでしょ！　あのひととは面識がありますの、知り合うきっかけでしたのでね——ラウールと」

しばし煙草の端を嚙み、初めて見るもののようにつくづく見直すと、ぽいと捨てた。「それで午後から出てきましたのよ。あのひとの住まいはここからさほど遠くないの。ボワ街です。

フランス人は感情的だというお話ですわね。その通りだわ、かりにキャビアを見なれないやり方で出されたりした場合はね。でも、こういった……誰かを亡くしたような時は空恐ろしいほど静かに悲しむのよ。まだ小さかったころ、見たことがありますの。大戦が始まったときに、こちらにおりましたのでね。郵便屋があの滑稽な自転車で回ってきてはこう言うの。「お気の毒です、奥さん」それでどこかの女の人に手紙を渡すのね——「お気の毒です、奥さん。息子さんは戦死なさいました」日焼けした大柄な女よ、まるで自由の女神像みたいにどっしりした。それが「お気の毒です、奥さん」と、頭を下げられると——ふっと生気が抜けて妙な足どりで歩き出し、口がきけたとしても、こんなつぶやきがせいぜいでしょう。「やだやだ《ティアン》！　戦争ってもんは——！」

ルイーズがちょうどそうでしたわ。自室に座っていて、たまに笑ってみせるの。なにしろきれいな方ですものね。励まそうとはしてみたのですけど、なんだか——どこまでいっても偽善者のおためごかしね、でも本気でしたのよ！　あのひと、ただ座って膝の上の猫をなでながら、まったくの無表情で。そしたら、ぞっとするようなのがどたどた入ってきましてね、お追従とお悔やみを述べたて、入りがけにはがさつにドアを開けたてして——ゴルトンとかいうアメリカ人よ。

あんなのがどうして入ってきたのかしら。でも、すぐさまお悔やみをずらずら並べ始めて、ラウールとはしんから親しいつきあいでした。一番の親友の一人でした。ルイーズさんにお引き合わせいただく栄にはまだ浴しておりませんでしたが、この際ぜひ心からお悔やみを述べさせていただきたい……もしも夜のお出かけをお望みでしたら、いつなりとお連れいたしましょうですって。吐き気がしたわ！」頭をのけぞらせて、ヒステリーすれすれの辛辣な笑いを放った。「それだけでもぞっとしますわよね。その間にもひっきりなしにブーツをごそごそやって、帽子は落とすわ、声ときたらとんでもなくがさつな大声、しかも早口なの。ルイーズは仕方なくわたくしを紹介したわ。名前を聞いたとたんにあの男、訳知りにウィンクしてにたにたするんですのよ、それで——どこからそんな噂を聞きつけたのやらわかりませんけど、何もかも承知といわんばかりで……やはり内心わたくしをけしからんと思っていたのね。まあ、ヴォートレルみたいな男の愛人をやっていたのでは、ねえ」

そこで言葉を切り、食いつくように私を見た。私としてはこんな思いも寄らぬ伏兵が出てきて、どっと疲れを覚えつつも鄭重に尋ねた。

「本当に？　それはぞっとするだろうね……」

「どうやら驚いてはいらっしゃらないようね」

「まあね、それではまずいのかい？」

彼女が息を吞んですっくと立ち、満面に朱を注ぎ、険悪な目にやり場のない怒りをつのらせた。けだるさと激情がせめぎあって燃えたった美貌には、心臓がひとたまりもなく押し流されてしまいそうだった。表情すべてがこう物語っていた。「あなたなんか！」だが、何かがその唇をわななかせた。

「では、おわかりにならないのね」せわしなく息を荒らげた。「わたくしの味方なんかどこにもいないのよ」身振りで、「誰もかれもお説教しようとして――」

「あのねえ、君、いったい誰がお説教してるって？　ぼくはしないよ。結構じゃないか――」

女はかっとした。「なら、どうしてそうなさらないの？」

またしても堂々巡り、果てしないこの口論を続けるのはひたすらばかげているばかりか、意味も要点もあったものではない！　だが、二人ともわけもなく意地になって互いに言いつのった。その言い分では理が通らないと私は指摘したのだが、彼女にはわからず、ますますむきになって言いつのってきた。偽らざる本音では、その長たらしい議論のさなかに相手の首根っこをとらえてぎゅうの目にあわせ、力ずくで私の言い分に理があることを認めさせてやろうかと思ったほどだ。だが、荒れ狂う一時の感情がおさまると、風変わりな親近感がこの老樹亭々たる並木道に降ってきた。

「あの人はどうも好きになれないわ、前からそうだったの。それに、これだけは申し上げておきますけど、援助は一銭も受けていません。自立しておりますもの」気位高く言い放った。「ヴェルサイユに持ち家がありますの……あの」ためらって、「一度おいで遊ばせよ、今夜、お食事でもご一緒にいかが？」

それをどちらも本気でいい案だと思わなかったため、しばし押し問答になった。それでも、会うだけ会ってみて損はなかろうということでようやく折り合った。そこで、もう遅いから帰らなくてはと彼女が言い出し、こちらはこちらでにわかに思い出した、ここへきたのは怖い探偵役をつとめるためだったことを……。

「住所を申し上げますわね」と彼女に言われた。「ですけど、お願いだから書きとめたりなさらないで。それではまるで――いえ、お気になさらず。いいえ、送っていただくまでもないわ。ルイーズのアパルトマンのそばに車を置いてきましたの。そこまで歩けば……」立ちあがって行きかけたところで振り向き、なんともいえぬふうにちょっと笑って手を差し出した。「それじゃ！　わたくしたち、すてきにウマが合いますのね、そうではなくて？」

　屋敷の方向さして、茂みのかなたに消えゆく姿をじっと見送った。行ってしまうとさまざまな考えが頭の中でせめぎ合い――心に刺さった。尋ね忘れたあれこれ、聞き出さねばならなかった情報をまたしても失念していた。それは話のさなかに横槍が入ってだめになったくだりを後から反芻《はんすう》するのにも似て、虚しく、相当に神経を逆なでされた。そこで昨夜のことを思い出したところへ、冷ややかな笑いが背後からさらなる追い打ちをかけた……。

　生垣にだらりともたれたバンコランが怠惰に葉巻をくゆらしていた。眉をつりあげ、指を一本を大げさに立てると、たったの一言、「おやおや！」

「たぶん、今度のやりとりも聞いてたんだね？」

　バンコランは同意のしるしに視線を返して肩をすくめた。「われわれが〝甘ちゃん〟と呼ぶ駈けだし未満の青二才にしてはまずまずの立ち回りだよ。まあね！　この仕事でさらなる栄誉を得るためなら、わが身を犠牲にして内証話を聞くのも厭《いと》わんよ。さ、仕事だぞ……」

「バンコラン、あのね！　まさか、こんなふうにお膳立てしたのはあなたの――？」

「なあ、お若いの」バンコランはさも心外そうな目を私に向けると、こう言い聞かせた。「私は司直だ、逢引宿《メゾン・ド・トラランス》の亭主ではないぞ。それに――言ってはなんだが――この午後、君たちがしたような嘴《くちばし》の黄色い喋々喃々《なんなん》から、はたして得るものがあるとでも？　人間の真情があれほど愚にもつかぬとは、なんともあいにくではないかね？……ともあれ、もう行かなくては。用はすんだ」

「何か見つかった？」

「手書きのものが何かないか探したんだがね、あいにくすべて持ち去られていた。まったく《ティアン》！　抜け目ない相手だ！――だが、紙一枚と鉛筆一本を探し当てた――ゾディアック四番鉛筆というやつだ」満足そうに胸ポケットを叩いてみせた。「これで気分よく引き上げられるというものだ。グラフェンシュタイン博士は客間でぐっすりお休みとみえる……」

上体を起こしながら私の肩に手をかけ、肩がつぶれるほどに指先に力をこめた。さきほどのからかい口調はどこへやらという声で、

「ミス・グレイは気を許した君相手に、われわれフランス人についての意見を二、三述べていたな。事のついでに、私のほうでも君たち英米人についてひとつぐらいは言わせてもらおうか。情欲の炎はあっさり燃えついてあっけなく消えるというのを、君らは口ではたやすく否定する。言っておくがね、燃えさかるうちにそのぬくもりを楽しみ、われわれが悟っているように、それがほんの束の間のものだとよく心得ておくことだよ。哲学的に認めたらどうだね、長続きしないからこそ味わい一入《ひとしお》なのだと？――意固地になって、本心に反してなお炎を燃やし続けようとするのは大いに危ういい。そうだとも《パルデュー》！　毎晩同じ料理ばかり出されたら、いいかげんにう

んざりしてこないか？」

ひょいと肩をすくめ、手を放した。「夜伽《よとぎ》の美女は朝がくるごとに日替わりにしたまえ、そのほうが機嫌よくいられる。さもなければ傷つくか飽きがくるだけだよ。いや、どうも話しているうちに」——鄭重に会釈してみせた。——「父親ぶってしまった。さて、行ってグラフェンシュタインを拾ってこようじゃないか」

さきにバンコランに聞いた通り、博士は客間で眠りこけていた。靴を片方脱いでルイ十五世様式の長椅子に寝そべり、口ひげの端から派手な大いびきをとどろかせている。薄暗い室内の奥のテーブルにはサリニーの遺体が黒いローブをかけられて担架ごと安置され、葬儀屋を待っていた。バンコランは思案顔で両者をひきくらべて見たあげく、グラフェンシュタインを起こした。ふたたび出てきたジェルソーがわれわれ一同を玄関先へ見送って出ると、こう請け合った。「はい、ムッシュウ。すべて手前が手配いたします。おっつけ葬儀屋も参りましょうから、花や告別通知などもしかるべく取りはからいます。お任せを、ムッシュウ……」

「検視はすんだ」車をさして小道を行く途中でバンコランが言った。「お待ちかねの報告書はじき届くよ。その間にサリニー夫人を訪れたほうがよさそうだ。ミス・グレイと君のやりとりはたいそう参考になったよ」

「ですが、落としどころがさっぱり見えてきませんなあ」あくびまじりの辛気臭い顔をした博士がぶつくさこぼした。「どうにもこうにもしゃっきりせん。証拠が要る——手がかりが」曖昧にそう言うと、バンコランの車に乗りこむや居眠りを再開した。

ボワ街にある夫人のアパルトマンまではそう遠くなかった。名刺を通じたときは茜《あかね》色の夕映えが屋根のいただきを染めかけていたものの、玄関口にも廊下にもまだ灯の気配はなかった。きしんで揺れる自動エレベーターに運ばれていった先はひっそり病室めいた薄暗さだった。「……女中の案内で廊下に入るとすぐ、開け放した客間のガラス戸から胴間声が聞こえてきた。だから言ってやったんだよ、言ってやったさ、「よう、あんちゃん。おめえさんよう、どんな軍隊総がかりでおれをここからつまみ出そうってんでえ？　よう、いいか」って言ってやったんだよ、「こちとら、金払ったお客さまさまなんだぜ、そうだろうが――？」ってさあ」

ずらりと並んだ長窓にさしこむ茜の残照がさまざまな影を投げかける室内で、サリニー夫人は窓を背にして、ティーテーブルの奥でウィングチェアにおさまっていた。さしむかいの長椅子の端にシド・ゴルトン氏が腰かけ、片手でポートワインのグラスをひねくりながら、残る片手をさかんに振り回していた。そっとあらぬ方を見た夫人が、瀟洒な白い横顔とたそがれの光に揺れる漆黒の髪をこちらへ向けた。目にはほとほとうんざりという色がのぞいており、適当に間をおいて、お義理の笑顔を客人へ向けていた。われわれを認めて、あからさまにほっとした顔で挨拶してきたが、ゴルトンは露骨な迷惑顔になった。ポートの残りを一気にがぶ飲みし、座ったままで睨みつけてきた。

「……しばしお邪魔いたしまして、心苦しい限りでございますが」と、バンコラン（ゴルトンを無視してフランス語でしゃべっていた）。「とは申せ、本件の犯人追及にはご関心がおありのはずと存じますので」

「当然ですとも。どうぞ、おかけになって。お茶かポートはいかが？」

「いいえ、どちらも結構です。長居できませんので」ステッキの頭に両手を重ねて立つバンコランの姿を夕陽が不気味に彩っていたが、声は異様なほど優しかった。「ムッシュウ・ヴォートレルという人物についてどれほどご存じなのか、ただちょっとお聞きしたかっただけですので」

その瞬間、夫人はずぶりとやられたように身震いした。ゴルトンは酔いどれ声で聞こえよがしに囁《ささや》いた。「こいつら、なあにをゲロゲロ言ってやがんです？」椅子の奥の方で、夫人の腕輪がかすかに鳴った。

「悪魔です、あの男は」きつく抑えた声だった。「よくよく知っておりますの、ですからそう申し上げておきます」

「ご主人のサリニー様とはお親しかったのでは？」

「利用する目的で――そうでした。自作の戯曲の財政支援をラウールにさせようという気まんまんでしたわ」

「あのお二人は、知りあってどれくらいですか？」

夫人は眠りのさなかかと見紛うほど、はかない笑みをふっともらした。

「いいえ――お考えになっていることはわかりますけど。私だってそう考えましたもの。違います……ローランではないわ。あの男は性悪ですけど、ローランではないわね。だってラウールと知り合ったのはローランの拘禁中ですもの」そこで椅子の深みにおさまって目をみはったところは、奇妙にも水中であがく姿を思わせた。声がどんどん尻すぼみになって、「でも、ローランはどこかにいます。気配を感じとれるんです……だまされるもんですか……あの人の気配なら感じとれるのよ……」

こんな思いがふときざした、「この女は狂ってる！」相槌を打つのは、不吉に鳴る夫人の腕輪の音ばかりだった。「いや」と、また思い直した。「狂気じゃない。寒気がするほど正気だ」物陰にローランが立ってやしないかと半ば思いながら、私はあたりを見回した。

間をおいて、ゴルトンが聞こえよがしな大声で言った。「もうね、だーれも構ってくれねってんなら、おいら、ここらでおさらばしちまったほうがいいよな――！」長椅子からぐずぐずおみこしを上げた。誰ひとり見向きもしなかった。われわれ三名はわざと知らん顔、夫人はといえば、やつがいたことさえ、どうやらそれまで失念していたようだ。――廊下に出ていったやつはひとしきり女中を呼びたてて帽子を出させ、呼び戻してくれないかなというふうに玄関で未練がましくしていたが、われわれ三人で夫人の椅子をとりまいてじっとたたずむうち、じきに部屋の窓をびりびり言わせるほど手荒にドアを閉める音がした。

夫人の黒い瞳は、まだこちらの顔を探り見ていた。

「みなさんの前では隠さずお話しします」と続けた。「ゆうべも……ゆうべも……よっぽど自分から申し上げようかと思ったぐらいですのよ……。

ムッシュウ・ヴォートレルには金づるがありますの。それにたぶん誰かと契約してますわ、ゆうべ行った店の主人とね。ご存じでしょ、あの道化者の小男よ」気どったしぐさで、「そこだけは確かです。自称芸術家と言い張ってやまない、あの滑稽な小男よ」

その目が窓外の木立へと、あてどなくさまよった。

「ヴォートレルさんはふだんの午後にはご在宅でしょうか?」バンコランが訊ねた。「ご住所は存じておりますので、なんでしたら、こちらから――?」

「午後の居所でしたらいつでも決まっていますわ、だって負傷前のラウールといつも連れだって通ってましたもの。あの人たち、エトワールのすぐ先にあるテルラン先生の剣術稽古場でお稽古してたんですのよ。ラウールは、それはもう大――」言いさしてやめた。

「そうでしょう、そうでしょう……。マダム、ミス・シャロン・グレイはたぶんご存じでしょうな?」

「シャロン?」おざなりにうなずいた。「シャロンはすこぶる親しくおつきあいしている、さる英国の方たちの身寄りに当たりますの……。人はとてもいいのよ、でも――肉体《からだ》しかないような方。どうして?」

「サリニー様とはお知り合いだったんでしょうな?」

ここで初めて夫人はにっこりしたが、苦しみはぬぐい切れていなかった。

「あの人ったら、男とみれば放っとけないんだから。ええ、知り合いでした。ふとしたことからわかったんですけど、あの人すっかりラウールにお熱だったのよ、それまでたった二度ほど顔を合わせただけだったというのに……」

「ははあ!」と、バンコランが身じろぎしてさりげなく私の腕をこづいた。「なるほどね、わかります」

「……しかも、ひっきりなしにラウールへ付け文なんかして。ウィーン滞在中にまで。ここだけの話、私は歯牙にもかけませんでした。ラウールはそんな人ではなかったので。いつも、こんなのが来たよって見せてくれてたほどですもの」

そう得々として口にしたのは、本気で信じていたからだろう。なんとなく――理不尽だが――ミス・グレイをつまみ食いした公爵のほうがよほど間抜けという気がしてきた。バンコランが話題を変えた。

「ご不快な話題でしたら誠に恐縮です、マダム。ですが、ただいまは犯人捜査中ということでご納得いただけるかと。それ相応の根拠あってのことですが――ご前夫は誰かに偽装しており、その誰かとはサリニー様と面識があったのはほぼ確実で、あなた様ともお知り合いという可能性が極めて濃いのです……」

夫人はがばと両手に顔をうずめた。「そんな！」

「……それに、ご前夫については誰よりもあなた様がお詳しいのです。そんなことができるとお思いになりますか？」

「そんなことって、どんなこと？」

じっとバンコランをにらんでいたが、彼がこう答えるや、また元通り椅子に沈みこんだ。

「つまりですね――たとえば、そうですね――まったく別個の人格になりすますことができるか――もしかすると外国人とか？」

「器用な役者なのは間違いありません」険しい声だった。「自分が……狂人ではないと、うまく私をだましおおせたほどですもの。いいえ、いちいち斟酌なんかなさらないで、ムッシュウ・バンコラン。お願いよ。よくわかっているんですから。ええ、あの人には物まねの才があったわ。外国語の達人にはよくある特技のひとつですわよね、しかもそれが趣味でしたの。たまにおどけてみせてましたわ、息抜きにはなによりだって。息抜きですって！」声を上げて笑った。「誰かれなしにまねするところを見てきましたわ、しかもいろんな国の人をね。ドイツ人を三十分も観察すれば——憧れていたヒンデンブルク元帥の物まねを見たことがあります——本物のドイツ人がしゃべっていると信じてしまうほどのできばえで——身ぶり手ぶりでしょ、わざとらしさとか、何から何まで……でも、そうしている間もずっとあの恐ろしいふたつの目に見張られているかと思うと……」

一拍置いて、魅入られたように、意志に反して無理に語り続けた。

「いつも書斎に座って、あの人一流の〝洒落〟なるものをたくらんでいたの！　当時はわかっていなかったんだわ、私。絹みたいな頬ひげを生やして、かなりひょうきんな人だと思っていたの。よく私の喉をなでてはくわっと目をむいていたけれど……私にはなんのことやらだったし。眼鏡を外せばすっかり様変わりして……。体重も自在に変えられたの。だからまるで……なぜだかわからないけど、惹かれる人でした——嫌悪と紙一重でね……。疲れたわ」だしぬけにそう言った。「もう疲れてしまった」

沈みゆく赤い夕日を頬杖ついて見入る夫人を残して一同辞去した。各階の暗がりを抜けるエレベーターの音をまたひとしきり耳にし、うっそうたる木々を擁するボワ街へと出てきた。

「さてと」と、バンコラン。「アペリティフの前に、もうひとりだけ聞き込みといこう。行き先はテルラン先生の稽古場だ。うまくすれば、ムッシュウ・ヴォートレルから糸口なりと引き出せるかもしれん」

11　殺陣《たて》のたてひき

エトワール街を出てすぐのグラン・ダルメ街の角に、ジェローム・テルラン先生の稽古場があった。その一年というものはあの砂利敷きの中庭に入る折とてなかったが、かの凱旋門の足下に名無きつわものどもが今なお眠るのと同じく、くだんの稽古場が今なおその場所にあるのはたしかだ。ご高齢で茶色くくすんだテルラン先生は電気バッテリーつきミイラといった趣で、矍鑠《かくしゃく》たる剣さばきだった。ルイ・ナポレオンも使った――というふれこみの――ひな型剣で、八歳の私に剣術を手ほどきしてくださったのは先生だった。三十年先輩にあたるご同門ならば記憶におありだろう、第三の構えの受太刀初歩をならう前段として、周囲を先生に跳ねまわられつつ、うんざりするほど何時間もティレール・オー・ムルとか壁打ちと呼ばれる突きの稽古をやらされたことを。思い起こせば生気横溢したこのミイラ似の先生が小汚い壁面の稽古場を飛び跳ねながら、大声で、「へぼいっ、駱駝《らくだ》なみ！　象足のっそりめ！　殴りつけるな、ボクシングじゃあるまいし！　鋼《はがね》だっておまえさんのがちごち腕よりなんぼか柔らかいぞ、わからんのか？　それで、さあ突くとなったら体と腕はひとつものだ、ともに動かして当たっていくんだよ――！」

その午後遅くにバンコランやグラフェンシュタインともども訪ねた時にも稽古場はそこにあり、相変わらず狭苦しい門が灯に照らされてわれわれを出迎えた。高い並木を透かしてまたたく高い街灯にほんのり明るむシャンゼリゼ沿道から凱旋門へと宵空のブルーグレイがしだいにまさり、門を越せばまたたきもとだえた。その先のヌイイ方面へは、黒い雁首並べた建物群ときらめく車列に真っ赤な夕焼け空がかかっていた。みなで門をくぐり、細い露地づたいに稽古場へ向かった。いまやテルラン先生の場所はある種の臨時クラブの様相を呈しており、もっぱら名うての剣士らが煙草やオードヴィ片手に昔話に花を咲かせたり、甲乙つけがたい圧巻の手合せを行なう社交場と化していた。

うなぎの寝床じみたつくりの稽古場は、優勝杯や刀架にかかった剣までわが家同然におなじみだった。打ち身の薬と油をさした鋼の臭いがほこりくささにまじり、古マットに防具面、高い天井の闇にぽっかり開いた曇りガラスの小窓……もろもろあいまって、テルラン先生というミイラに品格を漂わせる道具立てのできあがりだ。当の御大は茶色くしわんだりんごそっくり。禿げた皺くちゃながらすきのない黒ずくめの身ごしらえで、目ざとく私を認めて愛想よく迎えた。おや、五か月も老先生を忘れてどこをほっつき歩いとったね？　変わりはないかな？　君が前々から不得手にしていた第二の構えからの受太刀だがね、イタリア式のがさつな叩き癖はとれたかな？　ほうほう、わしの眼鏡違いでなければ、メリニャックんとこの門弟バンコラン君もご同道か！　ひとしきり握手がすむと、テルラン先生曰く、

「今日の午後はな、諸君。ずっと奥に引きこもって、故人に献杯しとったんだよ」と、ひと区

切りごとに長剣の一閃よろしく派手な身ぶりをすると、入口脇の写真を示した。よく知られたサリニーの肖像写真で、フェンシングの試合着に身を固めて右手の剣を立てて敬礼のポーズをとっていた。辛気臭いこの場所に屈託ない明るさをふりまいている。

「ひとかどの剣士でしたぞ、諸君」テルラン先生は言い切った……。

折しもそこへ、うんと奥まった暗がりから白ずくめの人が出てきた。ヴォートレルだった。例の通り広い肩幅をそびやかして気障《きざ》ったらしくやってくると、大げさな龍頭飾りの鍔つき剣をひっさげ、がたがたの歯並びをさらして笑いかけた。テルラン先生ときたら、こちらの用向きにも、バンコランとヴォートレルがにらみ合う様子もてんで意に介さず、近ごろの剣さばきの棚卸しついでに一八八五年の噂話をあれこれ並べ立てて虫干しにかかり、往年の名剣士たちがかつて憩った奥の間へと一同をたって招じ入れた。

やがて、薄明りの稽古場の先にある小部屋でめいめい円卓を囲み、テルラン先生はワインを取りに席を外した。高梁を組んだこの薄暗い室内にいると、なにやら〝出そうな〟気がしてくる。片手を腰に当てたヴォートレルがぐいと肘を張って席にふんぞり返り、テーブルごしに剣の鍔をちらつかせた。その態度から、鬱憤をぶつけたくてうずうずしているのが手に取るように伝わってきた。そしていざ口を開けばねちねちと絡み口調でこちらを思い切り見下し、知恵のありったけを絞っていちばん肺腑をえぐる文句をひねりだそうという顔になっていた。意外にも、バンコランはサリニーの件をおくびにも出さなかった。ヴォートレルとしてはわれわれの来訪目的にむろん当たりをつけていたので、こんなふうに社交的訪問だという態度をされて小癪ととったが、バンコランときたらグラフェンシュタイン相手に細身の剣とドイツサーベルの比較談義に興じる始末……。そこへ、ほこりまみれの瓶にグラス四つを添えてテルラン先生が出てきた。サリニーに献杯しようというわけだった。ヴォートレルが立ってグラスをかかげ、いざ献杯というテルラン先生の掛け声を笑いとばして芝居口上で『コレラ讃』を引用した。〝先に逝く者へ手向け……。あとに続く死者へ万歳!〟そして一息にあおったかと思うと、わざとテーブルの端へグラスをぶつけてこなごなにした。

「誓ってもいいが、絶対にまた誰か死ぬよ」と、ヴォートレルは卓上にのせていた剣を宙に投げ上げては受けとめた。「どなたかやりませんか？　どうでも体を動かしたいんだ。ピアニストのパデレフスキーと同じでね、一日さぼろうもんなら――」と、また投げ上げた。

「その意気、その意気じゃよ」テルラン先生が笑った。「昔はそうだったよ、日々の稽古は欠かさず、先革なんぞなしの真剣でやったもんだ。忘れもせんが――」

「お話はそのへんにして」と、ヴォートレル。「どうです、やりませんか？」とバンコランに水を向けた。「ムッシュウの沽券《こけん》にかかわりますかな？　面をつけずに七本勝負で。いかがです？　こちとら、どうでも体を動かさないとね。なんならハンディを進呈しますよ」

「それはご親切に」バンコランは手の中でグラスを回しつつ応じた。「せっかくですが。それにはどうしたって着替えが要りますし、あなたのようにお若い方やテルラン先生のようには体が動きませんのでねえ」

「ハンディ三本」と先方が申し出た。「いくら予審判事《ジュージュ・ダンストラクシオン》殿だって、そうもったいぶるもんじゃありませんよ」と、どんどん恩きせがましく増長してきた。昨夜の一件を根に持っていたのだ。「さ、早くすませましょうや。ねえ？　私もじきにおいとましなきゃならんのでね。今夜はヴェルサイユにちょっとした用があってね、それ相応の格好をして行かないと」

　バンコランはそこはかとなく驚きをあらわして見上げた。「ほほう、それはそれは！……われわれもなんですよ。このマール君がね、やっぱり今晩どうしてもヴェルサイユに行きたいと言うので」ここで間を置いてわざとらしく、「ところで君の用向きは？——つい失念してしまって。ミス・グレイと夕食をともにするという約束だったかな？」こちらを一瞥しながら、それ自体どうということもない問いを向けてきた。

　頭に血をのぼらせた私が、うかつな物言いをしてと睨むのをよそに、バンコランはしれっとワインを飲み干した。ヴォートレルが目をむくやすっと細め、水平に剣を構えた。そこへ何も気づかぬテルランの声がきんきん響きわたった。

「思いついたぞ。バンコラン君じゃなく——君らふたりでやりゃいいじゃないか？」

　バンコランが「まったく《ティアン》！　まったく《ティアン》！」と舌打ちし、にやつきながら眉を上げて周囲をうかがうと溜息をついてグラスへと目を戻す。こうしたしぐさで受けて立つ気をそれとなく伝えるのが彼の十八番なのだった。そういうことか——ひとをおとりにして、ヴォートレルをまんまとひっかけてやろうという魂胆だったか！

「ああ！」だいぶたってヴォートレルが言った。初めてこちらを頭から足までとっくりと見直し、猫なで声で、「乗りますかな、ムッシュウ？」

「何のことですか？」口ではそう応じたものの、鼓動はどくどくと速まり、すぐにでも、こうどなってやりたかった。「おうっ、望むところだ！」

「剣の勝負ですよ、当然」

「当然、ですか」こう驚いてみせたバンコランに、ヴォートレルは色をなして向き直りはしたものの、ぐっと口を引き結んでこらえた。ヴォートレルと私が一対一で対峙することになったのだ。わけもわからずことさら慇懃無礼に接し合いながらも、私は内心ひそかにやつをこけおどしのだんびら振りと決めつけるようになっていた。だが、しょせんはバンコランに盤上で操られたチェスの駒同然の端役同士だという自覚は双方にあったようだった。

「ええ、喜んで」と私は言った。「自分のロッカーを持っております。テルラン先生が他人にあてがっていなければ、ですが。得物はどうします——試合用の剣、それとも決闘用で？」

「どっちもなしだ」バンコランの横槍が入った。「まったく！ ふたりして好きなだけ剣術三昧にふけるのは暇な時にしたまえ、いまはだめだ！ 遅刻しそうなのに気づかんのか？ のんびり着替えて殺陣《たて》のおさらいなんかしている場合じゃないぞ。リュクサンブール裏の鞘当てもどきは先送りにしておきたまえ」

「おやおや！」と、ヴォートレル。「そうきましたか！ なるほどね」——剣でしゅっと風を切った。「また折をあらためて、お手持ちぶさたのころあいにでも——これからのご予定よりお暇な時ということで、ムッシュウ・マール」その口ぶりには、露骨な皮肉がたっぷりこもっていた。

バンコランも調子を合わせた。「ぜひともそう願いたい……。「これにて見納めではござらんぞ、ムッシュウ。いずれまたお目にかかる」」と引用して見得を切り、やがて声を上げて笑いだした。

「ちょっと」ヴォートレルが卓上に乗り出した。「ゆうべ運悪く袖すりあってからというもの、ひとを侮辱してばかりじゃないですか。わざわざここへおいでになった目的はそれですか？いったいなにが目当てなんだか、ぜひとも聞かせてもらいましょうかね」

「目当てがある場合は」バンコランが応じた。「なるべくなら、あれこれ訊ねたりせずに調べようとしますよ。それはあなた好みのやり口でもあるはずですがね、ヴォートレルさん……。互いの手の内は了解ずみじゃありませんか？」

バンコランはとうに腰を上げ、上着の袖でおざなりにシルクハットを拭いている。ヴォートレルはもう何も言わずにこちらを盗み見たのち、背を向けてロッカー室へと去っていった。私の目に浮かぶ、〝いい年こいて〟という色を読み取ったらしかったが、それはやつの剣さばきとは関係がない。やつの「田吾作め！」というつぶやきは聞こえた。

こうして言葉の奥底に白刃をひそめて丁々発止と渡り合っていたというのに、テルラン先生は一向に気づかなかった。その午後はずっと閑古鳥が鳴いていたので気がめいってねと洩らし、イタリアの名剣士コンテの逸話などを話しながら玄関先までみなを見送った。そして別れを告げる段になって初めて、われわれの来訪はサリニー殺害の件だったのではと思い当たる始末だった。そして豪傑どもの幽霊の間に残されると、まずはサリニーの肖像写真、お次にヴォートレルのいる内部を指さして考えこんでいた。最後に振り向いた私の目にうつったのは、たそがれゆく中で額を叩く先生の姿だった。

「で、何が目当てだったんです？」表通りに出たところでグラフェンシュタインが訊ねた。

「ちょっと待った！」バンコランは何やら思いついて大声を出した。「忘れていることがあった。よりによって肝腎かなめを……」きびすを返して露地へ逆戻りし、テルラン先生と話しているのが見えた。

「うむ、思った通りだった。そうだろうとは思っていたが、テルラン先生に裏がとれた」帰ってきてそう言った。

「何の話だい？」

「サリニーの名声は多くの国にまたがっていた、ということさ。ある人間を表彰するのにどんなメダルでも不足となったら――わがレジオン・ドヌールの下落ぶりたるや――次善の策に出るものだ。フランスは国民最高の殊勲アスリートにそういう待遇で報いたわけだ。だからサリニーは王族待遇の特権を享受し、手荷物無検査で税関を通過できた」

「ふん！」グラフェンシュタインはこのひとことに多くのものをこめた。そして、いきなり手を打ちあわせた。「つまり……阿片がらみでなにかあったと？」

「彼は阿片にも大いに手を染めていましたが、問題はそちらではありません。ここは辛抱ですよ、博士。あとわずかで好奇心を満足させてさしあげます。それまではひとまず警視庁《シュルテ》へ顔を出しましょう」

オルフェーヴル河岸への道すがら、車中の私はエデュアール・ヴォートレルとミス・シャロン・グレイのことで頭がいっぱいだった。凝ったフェイントを一突きで破る剣士ばりの手並みで、バンコランはヴォートレルの防御を崩しはしたものの、収穫といえばやつがミス・グレイとやけに親しいと判明したぐらいだった。が、あのふたりの仲なら前から露見していたのだし、サリニーの通関という意表をついた質問以外はどれもこれもいたって直球ばかりだった――なんて言ってたっけ？――「肉体《からだ》しかないような方……」通関うんぬんにしたって、ルイーズ夫人の話ほどひっかかるものじゃなかった――なんて言ってたっけ？

バンコランの案内で警視庁《シュルテ》横の通用口から廊下を抜け、緑色のシェードの照明が照らす本棚だらけの一室に来ると、もうとっぷり日が暮れていた。私は安楽椅子に沈みこみ、今夜これからに思いを馳せた。散らかった机に向かうバンコランの肩ごしに、グラフェンシュタインがのぞきこんでいた。と、隣室のどこかで呼鈴が鳴り、フランソワがやってきた。

「科研には誰かいるか？」バンコランが訊ねた。

「ベイル博士は退庁しましたが、サンノワがなんなりとご用を承ります」

「では、この鉛筆を検査させろ。種類を特定するんだ。あの本だが、後ろ見返しの進捗は？」

「ネガを乾燥中です。さっき様子を見てきましたが、ベイル博士によるとインクはどこにでもあるたぐいの品ですので出所までは無理ですが、名前は明らかだそうです」

「よし！　そっちはすぐ調べよう――けさ電話をもらったよ、薬の件は間違いないと」

「はい、間違いないでしょう、ムッシュウ。連中、一日がかりで比定してましたから」

話の流れがまったくつかめなかったので、グラフェンシュタインと同時に不平を言いかけたら、バンコランの手のひと振りで黙らされた。

「あとだ、あと！……フランソワ、検視報告書を。検視のとき頼み洩らした件があって惜しいことをした。黙っていても検視官がしてくれそうな調査ではなかったのでね、こちらでもできるからまあいいんだが」フランソワがよこしたタイプ文書に目を通した。「博士、サリニーの血液および心臓の状態からすると阿片常用は一年以上になるだろうと、検視官から報告が上がってきていますよ」

大男のオーストリア人が何やらぶつくさ言うのをしりめにバンコランは話を続けた。

「さあ、これがサリニーのけがを診たアルデスブルク博士からの電信です」

　不治ではないが痛みあり。脊椎靭帯の損傷。激しい運動をしないかぎり歩行に支障なし。
左手首を骨折、ギプス装着するも帰国前に外す。腕を使わないなら副木《そえぎ》は不要。

「これだけですな。で、カード室の窓にあった指紋はどうだった？」

「ローランに間違いありませんでした、ムッシュウ」

「ああ！　それでかなりはっきりした。剣に指紋はなかったか？」

「鮮明なのはとれませんでした。半欠けになったのが柄の真鍮鋲にいくつも重なって付いてましたが、なにぶん半欠けではロカール博士の撮影方式をもってしても、特定にはちょっと」

「糸くずのほうは？」

「そっちは特定できました。ムッシュウの予想通りでしたよ。しかもメルヴェイユ工場製とまで断定できてます。同じものが爪のすきまからも見つかりました……。そうだ！　あと、ご指示に従って窓の下を調べたところ、あれと同じのが出てきまして。試験管で試薬にかけたら灰の成分が一致しました」

「つまりだ、私が再構成した通りの犯罪だったという裏づけがとれたのだな？」

「細部にいたるまでどんぴしゃでした、ムッシュウ。剣をクッションの下に隠したというのまで、見事に言い当てられました」

「どうもなあフランソワ、われわれの話はこちらの方々にはさっぱり通じないらしい。もう行っていいぞ……。さしあたっては御免をこうむって、今の話は内々にさせてもらわなくては」

と、われわれに言うとしばし黙りこんで頬杖をつき、ひとしきり吸取紙を鉛筆でとんとんやったあと、ごくかすかな身ぶりつきで、

「たぶんおふたりはうちの科学捜査研究所も、展示ギャラリーも見学したことがないでしょう。こんな時間になってしまったが、そうでなければぜひともお連れして一巡していただくところだったね。興味をそそられるものがいくらでもありますよ。とは申せ、私はおおまかな一般論よりこれという具体例をとるたちだから、今回の事件捜査の進め方を見ていれば、われわれの仕事ぶりはおのずと勝手がつかめるだろうね」

どこか遠くの廊下でドアを叩きつけた音がしたほかは、広大な建物全体が森閑としていた。

「いまどきの俗説妄言にこういうのがあってね」バンコランは考え考え続けた。「捜査は科学たりえず、魔法とまがう成果など司直の者には出せない、と。なぜそんな誤謬が広く世に容れられるかねえ、小説の中で人をあざむく名分析をやりすぎるせいだね、おかげで慎重な世論として、実人生では到底ありそうにないと片づけられてしまうわけだ……。それにしたって「本の中のお話」と呼びたくなるような現実がこの分野にはあるというのに、市井の人々はどうしてああもあっさり眉唾だと決めつけるのやら。こころみに医者――さるドイツの高名な医者とでもすればなおそれらしい――が癌《がん》の治療法を発見したと言ってやれば頭から信じてしまいかねないのに、外套の泥はねから殺人犯を割り出したなどと聞こうものなら、はなからせせら笑って、「へっ、ガストン・ルルーの小説を読んだんだな!」とくるのが落ちではないかな。ですがね、肉眼で見えないからといって、患者の虫垂炎がわからないと医者をあげつらう人はいないでしょう。専門家の手になる捜査とて、まさに医学とひとしなみに科学の一分野なのですよ。

その一方で、犯罪捜査など誰でもできるという考え方があってね、どぎもを抜かれますよ。「知識経験など無用、ある種の目はしがきく素質を生まれ持ってさえいれば事足りる」いやはや諸君、医学知識のない出たとこ勝負の医者にかかるなんて、私なら何があっても願い下げですな。たとい床屋であろうと、そんなのに髪を任せるなんて平に御免こうむる」

バンコランはそこで言葉を切り、私を見た。

「かねて気づいていたことだが、アメリカではこんな風潮がとりわけ蔓延しているね。あちらで話した警察官は、われわれの手法をたわごととして斬って捨てたよ。あの国ではどうやら捜査の主たる武器は〝密告〟と〝拷問〟で、対する犯罪者の武器は精神鑑定医と警察そのものだ。で、どちらの勢力も大いに秘密投書の力を借りているね……。警察側の武器はとみれば、なんならいつでも犯罪者に肩代わりさせてけりをつければいいさと高をくくっている。また、いざとなれば手ごろな鉛管をふるうか、時間をかけてじっくり責めれば誰かしら何かを吐くだろうとのんきに構えている。はたして真犯人なのか、罪状の通りかなどとは言わぬが花だろう。それにどうせ冤罪《ヴォワラ》にはならない――政界からの鶴の一声で公判免除とくるのがいつものことだからな。そらね！　どうだい、簡単至極だろう？　あちらでは〝忍耐力と不撓不屈の根性ある刑事〟なるものが理想像とくる。君には悪いがね、私に言わせるとそんなのは能無しの役立たずもいいところだ。いくら君らだって、無教育な人間を教育制度の要職につかせたりしないだろう。だったらアメリカ人とっておきの法という宝物を守る役に、なにゆえ無知蒙昧《もうまい》の輩をわざわざつけるのか理解に苦しむ。なあ諸君、ちゃんと思い返してみたまえ、犯罪捜査を可もなく不可もない凡愚にやらせて当然だなどと、世の尺度とは実にどうも唖然茫然たるものだ！　そういう手合いに対する褒め言葉たるや、〝頭脳明晰ならずとも人柄よろしく辛抱強い働き者で、折に触れてへまをしでかし、一杯食わされることもしょっちゅうだ〟――ずいぶんじゃないか？」

バンコランは肩をそびやかして目を細め、指をうんと広げて地図のパリ全市をおおうようにして、話を続けた。

「私はしてやられたためしなどないし、どんな事件であれ全容解明に二十四時間以上かかったためしもない。そういう掟をずっと遵守してきた。それより長く手間どるなんてばかげたことを甘受するほど堪忍袋の持ち合わせがないのでね」やがて、たん、と椅子の肘を両手ではたいて立ち上がった。「さはさりながら！　もう遅いのでそろそろお開きにしないと。その前に、ヴォートレル君に関して集めておいた資料をお目にかけよう。読んでお帰り」

バンコランはタイプ文書を一枚、灯下に広げた。私はグラフェンシュタインとどものぞきこみに行った。


エデュアール・ヴォートレル　調査の結果、上記人物の身分証明書および市民権申請書にロシア軍人なる前歴の裏づけは皆無と判明。初めてパリへ出てきたのはマルセイユから一九二五年十月のことだった。地元警察の電報によると、同名人物の一八八一年九月四日付出生証明書が同市役所に存在し、両親は鮮魚商ミシェル・ヴォートレルおよび海辺の居酒屋おかみアニェス・ヴォートレルである。ロシア系と紛らわしい姓名だが決め手はなく、モスクワにも正式な該当記録なし。パリに出てからは正業に就いた記録がなく、月々四千フランがルイージ・フェネリ署名の小切手でリヨン信託銀行の当該人物名義口座に振りこまれている。

どうだい、という笑顔でこちらを見ると、バンコランは机の引出しにその書類をしまいこんだ。

12　糸杉の木陰の動かぬ手

かくなる次第で私は八時になると、作家がその作品に自らを映すのと同じように、その魔法の夜にかくあるべしという姿を映した鏡の前にたたずみ、夜会服のタイに悪戦苦闘していた。これまでのところ、私自身についてはほとんど触れてこなかったはずだ。いまさらでは遅きに失するし、たとえ内心すこぶる気になろうと、このまま進めるのがよかろう。当面の捜査に無関係な話題であるなら、無用の話を挟まないほうがいいだろうし。その晩が春でなく、若い男の気分をそぞろ引き立てるパリの花のころでもなければ、行く手にあれこれ待ち受けた無惨な事態は未然に防げたかもしれない。だが今となっては、そんなのはあくまで後づけの理屈だとわかっている。いくつも丘を越えたはるかかなたの音楽が届くようなもので、謎めかした風変わりなその調べを再現できないのは、ちょうど夜ふけの寝入りばな、あえかにたゆたうヴァイオリンを耳にしたところで、後からではその旋律が思い出せないのと同じことだ。

そんなわけでひんやりした夜の外気へ出て行くと、周囲でパリ全体が目覚めだす気配を感じながら自分の車へ行き、指定されたヴェルサイユの別荘へ向かった。広大な街全体が光輝を放ち、白い記念碑をとりまく幽鬼じみたおぼろな照明、調子っぱずれなクラクションが矢のようなサーチライトとともに合いの手を入れてあっという間に去り、話し声や人の顔がめまぐるしく過ぎていった。やがてそれも薄れるころ、車は橋を渡り、ヴェルサイユ街へと向かう……。薄灯のともった街中を走りつつ、翼の羽ばたきのように視界をさえぎるトンネル風を受けた——石畳の道のさきは凹凸のひどい開けた田舎道となり、スプリングの音が規則正しく間をおいてどかんどかんと鳴り出した。私はエンジンを全開にし、脈打つその轟音に負けじと、戦名乗りのごとくクラクションの雄叫びを上げた。

いざ着いてみれば目的地はヴェルサイユのちょうど反対側にあたり、エンジンを切るとやけにしんとして、小さな夜の物音がひとつまたひとつと立ち戻ってきた。一段低くなった庭の田舎風の門の向こう、庭の端にめぐらしたポプラ並木に囲まれて、その別荘は建っていた。低く白い家で、シェードを下ろした窓から灯がもれている。裏手には満開に咲きこぼれた白い泡のような花の枝が広がっていた。田舎風の門を抜けると、露を含んだそよ風に乗ってその花の香りが届いた。——そのとき、玄関右手の格子窓をよぎる人影が見え、声が聞こえた。ぴりぴりした低い声、エデュアール・ヴォートレルの声だった。

「……我慢ならんよ、そこはわかってくれないと」

応じたシャロン・グレイの声はぎょっとするほど冷たく、抑揚もろとも感情一切を消していた。

「どうしてそんなに絡むの？　これっきりよ。何でもなかったのですもの」

「君はそう言うが」

「そうしたければ、どうとでもお好きなように」

男は上ずり、張りつめた声で、「なんだと！　おれの体面さえ無下にするのか――」

「そうよ」女は押し問答に冷たくけりをつけた。

「そんな！……おれは――」

「ディナーにお招きした方がこれからいらっしゃるのよ、エデュアール」

「――おれは第二幕の脚本を書いてきたんだよ」かなり自暴自棄の口ぶりで「よく書けてるんだ、自分でもわかってる。君は――おれ――くそっ、こんなもの、暖炉の火にでもぶん投げてやる……！」

さもおかしそうな小さな笑いが、穏やかに上がった。

「メロドラマね、エデュアール。暖炉なんかないのはご存じでしょうに……」

私のほうはあわてて回れ右して、話し声の届かないところまで退去した。このくらいのことは平然と言ってのける、若さの感じられないシャロンの淡々とした声と、昨夜は襟の糸くずをつまみとるような無関心ぶりで殺人を片づけたこの男の声の追いつめられようは好対照だった。感情のこもらない何か異教じみた女の笑いが、緊張した室内にかん高く響きわたった。それはまるでお化け提灯《ジャック・オ・ランタン》を笑いとばす常識の声のようでもあった。私は門へ上がってゆく石段へと向かった。腹が立ち、ヴォートレルへの同情が勃然と湧いてきた。どうやら頭の奥のほうで、相反するもやもやが抗いあっていた。しかし――なぜ？　そうやってあいつをお払い箱にしてくれたら、もっけの幸いじゃないか？　それなのに内心に芽生えたのはこんな手厳しい気分だった。「火遊び中ってわけか、あの女。いいとも、ならばこっちだって」芝居っけの権化みたいな女のことだ、都合によっては自分の屋敷の守り神たちだって腹の底から笑いものにするだろう。それは一種の瀆神行為みたいなもの、若気のあやまちによる愁嘆場かなにかの最中に、女優エレオノーラ・ドゥーゼがいきなり客席へ向き直って嘲るようなものだった。「つくづくおめでたいのね、あんたたち！　こんなの、どんだけ三文芝居かもわからないっていうの……？」

そこで私は煙草をつけると、なるべく足音を立てながら家へとって返した。

ドアをノックすると、中でちょっとどたばたしたあとしーんと沈黙し、痛烈な応酬もはたとやんだ。キャップとエプロンをつけたばあさんがドアを開けてくれ、すぐに引っ込んだ。梁の低い室内にはそれとわかるほどの緊張がまだくすぶり、銀の突き出し燭台の蠟燭がクッションがきいた濃紺の椅子セットを照らしている。銀のドレス姿のシャロンが冷ややかに長椅子を立ち、手にした煙草の先の長い灰をさも興味ありげにじっと見ていた。

「あーら！　お入り遊ばせ！　ムッシュウ・ヴォートレルは――ご存じね、もちろん？」ごくかすかなまつ毛のそよぎで、「もちろん」という言葉をごくかすかに強めてみせる……。廃墟の中を歩くようなすり足で私を迎えに出てきた。ヴォートレルはまったくの無表情で、マントルピースの燭台の下に立ちつくしていた。原稿の束を持つ手をかざし、まるで泥棒の現場を押さえられたような間抜け面をきょろきょろさせている。

「それ、マントルピースにでものせておいてくださる、エデュアール」女がにこやかに促した。

「あとで暇をみて、一通り目を通しておきますから……。ねえ、あなた、面白いじゃありませんこと！　ムッシュウ・ヴォートレルはね、本当に素敵な戯曲をお書きになったんですってよ！　素晴らしいでしょう？」

私は社交辞令めいたものを口にすると、帽子をドア脇のテーブルにのせながら、この廃墟はどんな音を立てて崩れるのかなとぼんやりと考えた。ヴォートレルは喧嘩上等の様子で空気をびりびりさせていたし、シャロンが浮かべた妙な笑いと見えたのは、顔が緊張で引きつっていただけだった。にわかな沈黙と笑い声、同じものを私はマドリッドの闘牛場で聞いたことがあった。雄牛がゆっくりと頭をあげ、小さな血走った目で何かを探しているようにみえる――ヴォートレルの目つきはそれと同じだった。原稿をポケットに突っ込み、肩をそびやかしてゆっくりこちらへやって来た。私はこう考えたのを覚えている。「大きいな、百八十ポンドってとこか。ちょっとでも手を動かしてみろ、すぐさまあごに一発食らわせてやる。ちゃんと動き回れるように、家具のない場所を確保しろ……」しわくちゃの顔がしばし私を見た。ゆがんだ唇からすきっ歯をにやりとさらしながらも、両目に傷心と憤怒をたたえていた。身内を荒い鼓動とともにおののきが駆け抜け、頭に霧がかかった。そして相手が前に一歩踏み出すや試合開始のベルが鳴り、おののきは消えうせた。つま先に体重をかけて構えていると――相手の苦笑がやがて大きくなった。ヴォートレルは皮肉っぽく頭を下げた。そして冷ややかな無関心をまとってさきほどの長椅子へ戻り、置いてあった帽子とステッキと外套を取り上げた。

「大立ち回りをやるつもりはないんだ」落ち着いて言う。「ばかげてるじゃないか。それだけの値打ちもない。ごめんをこうむって裏から失礼すると言っても気になさらんでしょうな、マドモワゼル？　裏道に車を置いてきたのでね」

やつが出て行ってしまったらなんだか気が抜けて、すべて現実のできごととは思えなくなった。あの威張り屋のでかぶつならば、私をこの部屋から叩き出すことだってできたのだ――だが、やつはためらった。皮肉屋の本性とそんなことは無駄だという思いがそうさせたのだが、それがやつのこれまでの人生を負けにつぐ負けの連続にしてしまったのだ。そこへ、腕をとるシャロンの手の感触と、またもくくっと笑う彼女の声をぼんやり感じた。

その件についてはどちらも二度と持ち出さなかった。初めからなかったもののように、夏の夜に吹き飛ばされてあとかたもなく消えてしまったのだが、蠟燭に照らされた濃紺の長椅子にともに腰かけながらも、まだ灯火の奥にヴォートレルの薄笑いが見えるような気がした。それに一度、彼女の顔から目をそらして長椅子の背後にある菱形窓の外を見たら、月光を浴びたヴォートレルが両手をかざして妙なパントマイムをしているのを見た気がした。その窓からは中国提灯の照らす灰色の庭が見えていたが、ヴォートレルは離れたところで、灰色の塀の門のそばの空地に立っていた。不気味な力ない手ぶり以外は周囲の木立同然にまったく動かなかった。やがて、一瞬だがその背後で門がゆっくり開いたような気が……。

「アペリティフを召し上がれ！」そこでシャロンの勧めを耳にして、振り返った。

室内に居心地よいくつろぎと親密な雰囲気が色濃くなってきた。蠟燭や盛り花、庭の葉ずれがもたらす薫風、濃紺の椅子、シャロンの濃い金髪にふんわり縁どられた仮面のようにかすか

な微笑――（いま、庭でかすかな悲鳴が上がらなかったか？　気のせいだ！　神経質になってたんだ！　それだけさ）

　屋根の上で高い梢がざわめいた。銀のドレスからのぞく白い双の肩、うるんで秋波を送るつぶらな瞳、頭を向けた拍子にほてる頬にほつれ髪がはらりと――夜の虚空の高みから、蠟燭に照らし出されたモナ・リザの微笑から、何やら息づまるようなものが降りてきた。さっきのばあさん女中が盆にグラスをのせてきた。私は一息にカクテルをあおり、おかわりしながら、グラスの縁からのぞくシャロンのいたずらっぽい目を見つめる。空いたグラスを受け取って下に置いてやるはずみに、指先同士が軽く触れるのを感じた。

　湯のようなけだるさが忍びやかに長椅子全体を包み、ビロード地の感触が妙に彼女の手肌そっくりだった。ともに三杯目をあけて互いに笑いあい――よくあるように、どちらからともなく、けさから何も食べてなくてと白状しあい、ともに煙草に火をつけた（こんなにくつろいだのは生まれて初めてだった）。自分が冷静沈着な分析家の探偵だというのが、今となっては世にもとっぴなたわごとに思えてきたので、そのことを口に出してしまったに決まっている。というのも、こう言われたのだ。

「んまあ、探偵ですって！　あなたまさか、違うわよね？　読むのは好きよ、わたくし。ですからね、通りすがりに中国人の洗濯屋を見るといつでも考えてしまうの、店主が猛毒の紅疣蝦《ホンルンワー》蟇《ハー》だか南ビルマの笛吹き虫だかを持って追いかけてくるんじゃないかって――」

「それに猛毒っていうんならね、スイス領コンゴのプレッツェル蛇っていうのも負けず劣らずだよ。とぐろを巻いた格好がプレッツェルそっくりだからっていうんでその名があるんだけど、色がまたおあつらえ向きに黄色くて、塩でもふったみたいなんだ。だから、ありふれたプレッツェルの箱詰めに仕込んで狙う相手に送ればいいのさ。サックス・ローマーによると、この毒蛇を見分ける手はただひとつ。プレッツェルを食べるときはいつでもビールを一緒に飲むこと。というのもね、この毒蛇はビールを見るとかすかに舌つづみを打つんで、そしたら火ばさみではさんで窓から捨てればいいんだよ。サックス曰く、ネタ元は夜な夜なそいつをベッドへ送り込まれてる某スコットランド・ヤードの古参株だってさ」

「そうね！　あとは犯罪の達人――犯罪の達人も面白いわね。オレンジ蛸とか毒甲虫とか、そんな異名をとるのがいるでしょう。そうそう、エデュアールも戯曲にひとり、そんなのを出していたわ。エルクス慈善保護会そっくりの大層な組織を牛耳っていたのに――廃残の車椅子姿をさらすという末路をたどるのよ。車椅子には気をつけないとね。悪人というのは――」

「エデュアールも戯曲にひとり、そんなのを出していたわ」というたわいない言葉から話題はどんどん陰惨になってきて、私は口をつぐんでしまった。彼女の目からも笑いがうせ、閉じた城門を叩く音が再び私の脳裏に蘇り、暗い廊下をマクベス夫人の忍び足が行く――「ええ、いやなしみ！　消えてしまえというに！　おや、ではもうそんな時刻なの……」「エデュアールも戯曲にひとり、そんなのを出していたわ」

「ふうん、すると推理劇なんだ？」と、さりげなく訊ねてみた。

「えっ？　推理劇って、何が？」

「ヴォートレルが書いたやつがさ」

そんな風にうっすら唇を開けた彼女は、たまらなく美しかった。小声で、「その——人殺しをして、鉄壁のアリバイを持っている男が主人公なの。結末は知らないわ」

束の間、蠟燭の光がその目に入って長いまつげをゆっくり伏せたので、こちらは思わずひと膝進めた。溜息まじりに震える彼女は——まばゆく輝いて、燃えさかる炎のようだ！　その炎がいま、恐怖の風に消されかかっていた。ヴォートレルはシャロンを愛している、だから、愛人のサリニー公爵を殺したのはやつに決まっている。それだ！　彼女の手に血をなすりつけて罵ったのもやつのしわざだし、彼女のほうでは疑いながらも裏切れずにいるのだ……。そっと腕に触れてやると、彼女は身を震わせ、カクテルグラスをおろした。

「ああもう、そんなこと忘れてしまえないの！　あなたって方は——今のわたくしの思いをわかっていらっしゃるくせに」と、つぶやいた。「あの人が怖かったけど、今夜は追い払ってやったわ。前にお話ししなかったかしら、わたくし、怖いのって？　それで思ったの——あなたさえここにいらしてくださっていたら——あの人だってそうそう酷いことは——」

彼女はいきなり顔を上げた。するとなぜかその言葉が私の胸に妙な誇りの念をかきたて、私は肩をそびやかした。思わず涙ぐむほどの誇らしさが押し寄せてきた……。

「お夕食は庭でいただきましょう」シャロンは思いきりよく腰を上げた。「テレーズの支度はもうすんだころよ」

木の間隠れにオレンジと赤の中国提灯がさがり、いちだんと暗い奥の梢ごしにのぞく夜空は真珠の光沢を帯びていた。低いドアをくぐり、連れだって出てみれば、柔らかい芝を敷き詰め生垣に囲まれた、静かな中庭があった。二人用のセッティングをすませた食卓に細い蠟燭二本がともされ、静かな夜気にゆるぎもせずに燃えている……。生垣の外では灰色の塀ぎわにほの白い花が咲き乱れ、門がかすかにぎいぎい鳴っていた。糸杉の木陰にひなびたベンチがあり、塀の方角には獅子頭の水呑み噴水があり、鼻面からちょろちょろ水が出ていた。われわれは椅子に深く腰かけると、ほんのり蠟燭に照らし出されたテーブルクロスに並べられた銀器や皿をはさんで無言で相対した……。あのばあさん女中が音もなくテーブルの周りを動きまわり、そっと料理や酒を給仕した。牡蠣には余分な〝ひと手間〟をせずにルイ・ロデレールのシャンパンであっさり供し、海亀スープに辛口のシェリーを取り合わせ、続いてヒラメのアメリカ風、ヤマウズラに合わせてロマネ・コンティ——そんなふうにコース料理が進んでいくと、深紅のブルゴーニュの色香に憂さもまぎれた……。柳をわたる風とともに、金とガラスと白衣をまとった歴代王の魂魄《こんぱく》がヴェルサイユに満ち満ちた！　目の前の女のえもいわれぬ魅力は、グルーズ描く少女の頭部や、トリアノン宮殿で笑いとハープシコードの音に囲まれたマリー・アントワネットにも似て、色とりどりに咲き乱れる花壇と溶け合った。そして夜が更け蠟燭が短くなるにつれ、彼女は向かい側の席で唇をワインでうるおし、輝く目をさまよわせて挑むようにはしゃぐのだった。

本の話になった。頭のいい女だったが、しいてそれをひけらかそうとはしなかった。われわれはどちらも、相手が何を言おうとお構いなしというふうだった。さっきのような不安にかられて黙りこくってしまうより、何かしゃべっていたほうがよかったので、内容を気にするまでもなかったのだ。たまに尻すぼみになりそうになってもそこで踏みとどまり、いままで以上の勢いでしゃべり合うのだった。彼女が微笑と相槌をくりかえし、食事のしめくくりにマデイラをぐっと空けるころには、肋骨の下がなにやら張ってどくどく打ちだした。話に出てきたのはヴェルレーヌやラマルティーヌ――彼女のお気に入りは「十字架」だった。ふたりでロセッティとスウィンバーンのヴィヨン翻訳の優劣を論じ合い、彼女はロセッティの全仕事を熱烈に支持した。ぼんやり聞き流しているうちに、やがて「ルイス・キャロル……」という彼女の声が耳に入ってきた。

「――おかしいわね！　わたくし、『不思議の国のアリス』を読んだことがなかったの！　ラウールが」ここでちょっと言いよどんだが、続けた。「いえ、あるお友だちが貸してあげると申し出てくださったのだけど、先延ばしになってしまって自分で買ったわ。きちがい帽子屋のお茶会のくだりはお嫌い？　それからフラミンゴをかついでまわって「あの者の首を斬れ！」というところは？」

ぞっとする沈黙が落ち、彼女のグラスが皿に当たってカタカタ鳴った。無表情な老女中がデザートを片づける幽鬼じみた影が卓上をよぎった。

ふたりともかなり長いこと椅子にもたれて身動きもしなかった。「あの者の首を斬れ！」――いったい、こんなセリフからこんりんざい縁が切れないのか？　事件の記憶に激しく抗って心の奥底からせっせと追い払っているというのに、ふとした会話の切れ目に、殺人事件のサテュロスじみた冷めたい顔がこの庭にぬっとあらわれるのだった。うっすら笑いそうになったシャロンの顔がいきなりゆがみ、反抗的に唇を曲げた。

「ああ、もう誰も気にしやしないわ」強張った声で言う。「逃げはよしにしましょうよ。わたくしたちには関わりないわ」と、真っ赤な顔で笑いとばした。「遠くの太鼓は気にするな、と言うでしょう？　人はどうせ死ぬのよ、気にしていたらきりがないわ。そうでしょ？」

「そうだね。それはそうなんだが――」と、私は相手の一瞥をとらえた。

「じゃあいいでしょ！　わたくしは幸せでいたいの。自己犠牲なんて願い下げだわ。テレーズ、もう帰っていいわよ。後片づけはいいから。お金がいるなら、寝室のお財布から持っていってね」

ワインでいささか頭がふらついていた。さまざまな物思いがいっせいに鋭い切っ先を身体と心に突き刺し、痛みを感じた。たかぶった五感が傷ついたがゆえの感情の発露であるなら、笑いも涙も場になじんだはずだし、酒を過ごして手もとがおぼつかなくなることもなかっただろう。中国提灯はひとつずつ消され、金と深紅で描かれた龍や塔、黒い文字などが数秒間隔でまたたいては樹間にかき消え、あとの暗い梢に月光がゆるやかにさしこんだ。散らかった卓上に蠟燭二本だけが頼りない炎を外気にさらして、ぼうっと燃えていた。

「あ――あの、煙草をお持ち？」彼女はそう言うと、腰を浮かした。

持参のシガレットケースを渡してやる。ケースの銀側が静かな光を発したが、やがてカチリと開ける音がした。彼女は立ち上がると、煙草をくわえたまま、張りつめた面持ちでじっと目を凝らしていた。煙草をつけるために私は手近な蠟燭を渡してやり、ためらいがちに煙を吐いたのを見すまして蠟燭を取り返し、吹き消した。

静寂が落ちた。二人とも立ち上がっていた。女は妙なふうに小さく手を動かして、やたらに煙を吹かし、琥珀の瞳をとろんと据えていた。その視線を動かしもせず、やけにのろのろと自分側の蠟燭をとり、ゆらめく火を軽く吹き消した。

われわれはともに庭をそぞろ歩いた。月の差さないところはもうまっ暗だった。花の咲き乱れる灰色の塀際を通って糸杉の木陰に入る。蛾がはためいて私の顔にぶつかり、水呑み噴水のあえかな音が涼を呼んだ。お互い言葉はなかったが、暖かい庭の香り立つ外気で夢心地にひきこまれ、水音が高まるなか、彼女はひなびたベンチの手前でもじもじしていたが、ちょっと腕に手をかけてやるとつられて腰をおろした。くろぐろした糸杉からこぼれる薄明を頼りに、月を見上げる蒼白な顔が見えた。目のほかは死人のようだったし、銀のドレスがかすかに動く以外は死んだようにじっとしていた。いきなり彼女は声を落とし、悲しげにこう言いだした。

「なんて冷たいの――肩にかけてくださったあなたの手!」

わずかな唇の動き……その言葉が脳にしみ入って何度も反復されたが、さっぱり要領を得なかった。だんだんぞっとしてきた、なぜって自分の両手は目の前で固く握りしめられているではないか。

目の前で固く握りしめられている。私は間抜け面でそれを見おろした。にわかに恐ろしい疑いを帯びて、今の言葉が頭に鳴りひびいた。

「立つんだ！」言ってはみたものの、自分でも辛うじて聞こえるかどうか――不気味にぎくしゃくした低い声になった。「すまないが――そこを立ってくれ――ほんのちょっとだけ――」細い水音の調べが嘲笑うように響いた。彼女が振り向いた。「なぜ――なにかあったの？そのお顔――」

「そこを立つんだ！」

立ち上がりかけた相手をすかさず引き寄せて背後にかばうと、あらためて無人になったベンチに向いた。おこりのように全身が震え、氷のような苦痛が脳へ這いのぼってハンマーをふるい、おぞましい痛打を重ねた。糸杉の梢を洩れる月光に照らされたベンチの背後から、男の手がぴくりともせずに突き出ていたのだ。

ベンチを手前にどさりと倒すと、ぽっかり空いた場所へ、陰の小さな藪から男の死体が転り出てきた。倒れしなにまるで生きているかのようにぴくりとしたが、それっきりだった。何か粘っこいものが足首にはねて……。

吐き気が！　気を確かに持て、しっかりするんだ！　取り乱すな！　身の危険なんかありっこない。とうに死んじまってるんだぞ、まったく！

私は未仕上げ材でできたベンチをつかむと、気味悪いほどの冷静さでかがみこんだ。噴水がひょろひょろ笑いにも似た細く高い声をずっとたてている。さあてと、死体をひっくり返してみるぞ。自分の頭で月光をさえぎってしまったじゃないか！　脇へ寄るんだ、そうすれば顔が見える。死体の首が胴体から離れかけてるぞ！　血ぐらいついたって、後で洗えばいいさ。ええい！　やかましい噴水だ！

月光のもと、泥まみれの青い顔があらわれた。エデュアール・ヴォートレルだった。唇をゆがめ、嘲るように歯をむきだし、もはや見えない目にあいかわらず片眼鏡をしっかりはめていた。

13　ヴェルサイユの死神

　またしても、人殺しが大手を振って歩き回っているなんて！――現にこの場、この庭のどこかにいて、この木立を徘徊しているのだった。やつは絶対にいる。だが、そんな細切れの考えの中からこみあげてきたのは激しい絶望のみで、おかげでゆゆしい事態を招いた。頭がまるで働かなくなってしまったのだ。何とかしろ！　何かやることは？――あの噴水をぶっ壊せたら！　どういうやつなんだ、いったい、このきちがいじみた人殺しは？　神かけて……。いや、それよりシャロンはどこなんだ？

　そのとき何かが私をわれに返らせ、正気と冷静さがいきなり戻ってきた。それはヒステリックに笑う、シャロンの声だった。彼女は糸杉の木陰から出たところに立って月光を浴びながら、ほどけた髪の一部をはらりと肩に落とし、身をゆすって笑っていた。茫然自失からさめた私は彼女に近づくと、腕をつかまえた。

「やめろ！　やめるんだ！　聞こえないのか？　頼むからやめてくれ！」

　すると彼女は、あの糸杉を指さして、「あの人を見たわ！　誰だかわかったの！　死んでまでわたくしたちの仲を邪魔しにくるなんて――やりそうなことね！」そしてまた笑いだした。

「その笑い、やめてくれないか?」

「え――ええ。わ、わたくし――やめるわ。ああ、いかにもあの人らしいわ! わたくしの家で自殺するなんて――あの人らしい嫌がらせね――!」

「ばかを言いたまえ。やつの頭はほとんど胴体から離れかけてるんだぞ! いい加減に正気に戻るんだ!」

彼女は霞がかった目で私を見つめた。「それじゃ――つまり」首を絞められたように、かすれ声を詰まらせ、「あの人――あの人はほんとうに――」

「ああ、まさにそういうことだよ。そうしたければ行って自分の目で確かめたらいい」

「でも――じゃあ誰が――?」

「わかるわけないだろう? 誰かの仕業ではあるよ。そいつは今この時もこの庭にいるかもしれない、それだけはわかってる」

彼女が肩にしがみついてきたので、月光の照らしだすがらんとした空間の中でともに立ち、木立をじっと見ていた。木は意味ありげな気配に満ちているようだった。葉むらがひそやかに割れ、小枝が折れた。灰色の塀と門、ともに食事した中庭を囲う生垣、その向こうでは闇に閉ざされた家屋の菱形窓がきらりと月光をはじいている。

哀願するように女がつぶやいた。「テレーズ! テレーズを呼んで! どこなの――」そして私の肩口に預けた頭をかすかに動かした。やがて目を上げ、「だって、わたくし……」

私は聞いていなかった。ぞっとするような恐怖が戻ってきた。死神がささやくこの場所で自分は孤立無援であり、恐ろしい顔をもって這い寄る者たちの群れと丸腰で戦わなければならない、という感じがした。ああ、もう、畜生！——覚悟はできた。体内をどくどくと駆け巡るものがあった。私はぞくりと身震いし、拳を木立へ向けて振りたてた……。そのとき葉巻の火が生垣から小道に沿って動くのが見えた。赤く明滅しながらどんどん近づいてきて、ぽんぽんと灰を落とす黒い人影となって目に入った。悠然たる足音がした。

「なあ、お若いの」バンコランの声がいきなりけだるそうに話しかけてきた。「犯罪の効果的予防とならなかったという点では、君もどうやら私と五十歩百歩らしいよ」

いまや黒っぽいオペラハットにマントの片側をはねあげたおぼろな輪郭が姿をあらわした。葉巻を口に戻すさいに、奥まった目がきらりと光るのが見えた。

「バンコラン」私は噛みつくように言った——「バンコラン——ぼくは——あれ——君のさしがねか？」

彼が首を振り、しかめ面で月を見上げた。

「いいや」沈んだまじめな声で、「違う」

そこで私のたがが外れ、いっそう破れかぶれになって、「まったく、君はそれでも探偵か！こんなことが起きるのを放っておくなんて！」

私は英語で話していた。彼は顔を伏せ、低い声で言った。

「頼むから、そんな言いぐさはもうよしてくれたまえ」しばし緊張をはらんだ間があって、ステッキでシャロンに触れ、言葉をついだ。「失礼するよ、どうもこの若いご婦人は気絶しておいでらしい。中へ入れてあげたほうがいいぞ。ここへ来たいきさつについては、じきに話してあげるから」

お説の通り彼女は気絶していて、脇腹へずっしりと重みを感じた。抱き上げてやり――なんと軽く思えたことか！――屋敷へと歩き出した。「ちょっと待て」バンコランが遠慮がちに言い出す。「一緒に入ろう。死人なら待たせておいても構わんさ」

二人で入っていき、バンコランが灯を探し出した。今回はおしゃれな蠟燭などでなく電気だった。彼女をかかえて青でまとめた居間を通り抜け、エジプト風の変わり装飾を施したベッドルームへと入った――こうしてみると不思議なほどあどけない顔をした女の寝室にしては、やけに不釣り合いだったが！　テレーズはいなかった。それでシャロンを絹の上掛けに横たえ、濡れタオルをのせ、気付け薬をかがせた。すると、女はもがいてなにやら言葉にならぬことを口走って気がつき、あとは静かに横になって、うるんだ目で天井を見上げた。

「ショックのせいだ」とバンコラン。「具合が悪そうだ、医者に電話したほうがよかろう。ところで、私は職務をおろそかにするわけにはいかない。この家に、使用人は？」

「女中がいることはいるけど、帰ってしまった。住所はわからない。わかった、医者に電話するよ。あの息遣いはどうも感心しないし」

「やめて！」シャロンがふいに虚ろな声を上げた。「お医者を呼ばないで。わたくしなら大丈夫。お医者なんか、来てほしくな――」

バンコランは出て行った。シャロンは風変わりな色彩の氾濫の真ん中に寝そべって、巨大なベッドで息をあえがせている。私はそっと室内をまわり、ベッド脇の黄色いシェードランプだけ残して、すべての灯を消すと、彼女の姿はほとんど闇に沈んだ。ただ、当惑したように視線を凝らす白目の部分だけが浮かびあがっていた。脇に腰をおろした私のほうは虚しさと吐き気と脱力感を味わっていた。ときたま手を伸ばし、間の抜けた手つきで彼女の額をなでてやった。一度ふっと笑って何か言いかけたが、私は激しくかぶりを振り、しいっと指を立ててみせた。やがてにっこり笑った女は私の手をとり、子猫のように丸まって目をつぶった……。そうしてふたりでじっと動かずにいると、胸をつかれるほどのいとおしさが内から強くこみ上げてきた。そして時計がチクタクと三十分を刻んだところで、医者が到着した。

口ひげをたくわえたやさしげな顔で体温計を振る医者にあとを任せて、私はバンコランを探しに外へ出た。光の筋が庭塀沿いをずっとなぞっている。バンコランが懐中電灯で私の顔を照らすと、ゆっくり近づいてきた。

「安心したまえ」その声は、仇討ちを首尾よく果たした興奮にわなないていた。「安心したまえ。何なら、思いつく限りの手厳しい呼び方をいくつでもぶつけてくれていいよ。私は馬鹿だった、それは認めよう。まるで見当違いの人間を守っていた――私とて全知全能ではないからな。だが、ここへ来る前に犯人の身元が割れたのでね」――肩をすくめ、ひときわ厳しく――「誓って言うが、明晩までに捕えてお目にかけよう。一緒に来たまえ」

「何か見つかったのか？」

「ああ。まずは今晩の模様を包み隠さず教えてくれたまえ」

ずきずきする頭で何とか考えをまとめようとしながら、私はゆっくりとその晩の次第を逐一振り返った。いくたびか、彼がうなずく箇所があった。

「辻褄は合うな」ようやくそう言った。「じゃあ、見せてあげようか……」

あの糸杉の根元へ行って一緒にかがんだ。懐中電灯の光に浮かびあがったのは、顔を上向きにねじって倒れた、動かぬ死体だ。

「足跡をつけないようにな。だが、よく見てみろ。今回の凶器は剣じゃない。まず二度刺されている。一撃で背を貫通、もう一撃で左脇から肋《あばら》の下ぎりぎりにえぐっている。そのあとで人殺しは首を斬りにかかった——そら、背後から脊椎軟骨へ切りこんでいるだろう。外科医なみの手練がないとなかなかできない作業だから途中で放棄したんだ。凶器は見当たらない。どうやら、一インチ幅のかなり頑丈な刃物らしい。アメリカでいう猟刀《ボウイー》様の品とみてよかろう」

もとはベンチがあった場所の背後の空間に光がさしこんだ。ヌルデの薄い生垣があり、その向こうに一フット幅の小道が水呑み噴水の下を庭塀づたいに走っていた。懐中電灯の光がさっと付近をなでるや、向きを変えて数フィート左にある裏門へ動いた。

「ひどいね」バンコランが肩をすくめた。「そこに門があるだろう。君が窓ごしに姿を見かけた時のヴォートレルはその門近くに立っていたわけだ。人殺しはあの門から入り、やつの背後に回って背中をずぶりとやった。そして、おそらくはここまで引きずってきて生垣ごしにほうり込み、ベンチ裏に転がして首を斬りにかかったというわけだ」

なんともおぞましい月下の一幕ではないか！　輪郭不明な人物がナイフを手にかがみこみ、

噴水がちょろちょろ音を立て、おぼろな月光が糸杉ごしに差し込むのまで目に見えるようだった。どこからともなく風が立ち、ぞくりと身震いが出た。

「もう何秒か長く外をのぞいていれば」と、私は苦々しい思いで言った。「犯人を見ていたかも――」

「まあ、くよくよしてもしかたがない。今さらの話だ」バンコランが身震いし、深呼吸して、「それに」と、おもむろに、「最善の道だったとも言えん気がする……。まったく《ティアン》！　見ようによっては今回なかなかに楽しませてもらった！　これはこれで芝居のつぼをおさえてはいるからな」と、またもそっけない含み笑いをするのが聞こえてきた。

「被害者の戯曲がポケットにあったぞ」と差しだすと、一呼吸置いて、「そら、渡しておく、後で見せてもらおう。ちゃんと持っていてくれよ……。さてと、あちらの門を見てこようか」

連れだって庭に戻り、糸杉を回りこんで背の高い木の門へ出た。バンコランが足で押し開けて懐中電灯で前方を照らすと、ともに塀沿いに野原へ出る小道をたどっていった。道の片側は芳香漂う花ざかりの生垣が切れ目なく続いていた。しばしそこへたたずんで周辺を見回すうち、さわやかな一陣の風がリラの花と流水の匂いをふくんで野面をわたり、まっこうから吹きつけた。別荘正面からはるかにのぞむ低い丘の向こうにヴェルサイユ宮殿の塀がおぼろに浮かび、パリ市街の方角に灯がちらほらあった。バンコランは土の道を行ったり来たりしながら、懐中電灯で自分の足もとに光の円を描いた。

「ヴォートレルの車があったぞ」と、闇から声をかけてきた。「この裏道はめったに人通りがないから、灯を消して道の真ん中に駐車していたんだ……。おっ！　来てみろ！」

光はうんと先へ遠ざかっていた。私はその後を追ってライトを消したフィアットをよけ、塀が終わって小道が表通りへと向かうところでバンコランに追いついた。彼は地べたに膝をつき、懐中電灯を路面にくっつくほど近づけていた。

「タイヤ跡だ。ミシュランのだな。そら」――光でなぞった――「車が一台、表通りから小道のこの地点まで乗り入れ、しばらくここに止まっていた。道端でタイヤ跡がいちだんと深くなっている。その後バックして表通りへ戻ったというわけだ。ミシュランか――ことによるとタクシーかな。ラ・サヴォワー・タクシーならそれしか使わない。ちっ！　まったく、人殺し氏ときたらとほうもなく迂闊《うかつ》になってきているぞ！　そのタクシーなら六時間もあればつきとめられるさ。夜のこんな時間にパリからこんなところまで飛ばしてきた車なんて、そうそうあるわけがなかろう。とはいえ、なあ……」

「なにか？」

「さっき考えた通りだよ。今度ばかりは、さしものやっこさんの冷静沈着もどこへやらだ。まあ、やつの身にもなってみたまえ。ヴォートレルを殺しに出向くというのに後先考えずにタクシーを使い、犯罪現場から二、三百ヤード手前に乗りつけたんだぞ。まちがいなく、よほど頭にきていたのだよ。そうではないか《ハイン》ね？」

「ヴォートレル殺しが目的じゃなかったかもしれない。そこをお忘れなく」

「それにしたって、あれほどの殺傷力をそなえたごつい凶器持参だろう？　それで思い出したが、その凶器は付近のどこかにあるはずだ。つまりだな。犯人は凶行現場から戻ってきてタクシーを目前にしたところで、まだ凶器を手にしていることに気づいて、なんとかして処分しなくてはと思うわけだ。で、投げ捨てた――そこの生垣あたりじゃないか、なぜって高い庭塀ごしに投げようものなら、たちどころにタクシーの運転手の目をひいてしまう。おそらく間違いないと言えるのは、犯人は車のライトの範囲にまだ入ってきていなかった、車はまだこっち向きだった――」

「乗客が小道に行った間にタクシーが方向転換した可能性だってあるだろ？　その場合は何も見えてなかったんじゃ――」

「まったく！　目を覚ませよ！　タイヤ跡は二本きりだぞ。方向転換しようにも、この小道では狭すぎる。かりに運転手が車をバックさせていったん表通りに出てから、向きを変えてまたバックして入ったとすれば、タイヤ跡は四本あるはずだ。つまりタクシーの運転手もライトもこっち向きだったのだよ。犯人はライトの範囲内にいなかった」バンコランは数歩ほど進んだ。「規定通りの仕様なら、すくなくともライトはここまでくる。その少し先を懐中電灯で照らすと……」足を止め、生垣のほうへかがんだ。「あったぞ、凶器のナイフが枝にひっかかっている。ほら、光っただろう？　手は触れるな。さて、もう別荘へ戻ってもよかろう」

小道を門のほうへ引き返しながら、バンコランが懐中電灯で腕時計を照らしてそっと口笛を吹いた。「なんと！　一時半か。もうこんな時間とはな……。まったく！　酔いはもう醒めたかね？」

「あてこすりはやめてくれ！　ああ、そうとも――いやというほど素面だよ」

「では、門のそばに立つヴォートレルを見たのがいつごろだったか、思い出せるか？」

「どうだろう、九時半ごろかな――バンコラン、こいつはいったいどういうことなんだ？　頼むから、わかるようにちゃんと話してくれないか。さっぱり辻褄が合わない、狂気の沙汰だよ……。ほら、ヴォートレルに触ったところがまだ血まみれだ。そもそも、殺されるほどのやつじゃなかっただろ！――あいつは――」

「お忘れかな」バンコランが小声で、「サリニー同様、やつもマダム・ルイーズに気があったんだぞ？」

「ゴルトンがばらしてたよ、言いたいのがそれなら。だけど、この狂人めは夫人の知人を片っぱしから殺そうっていうつもりなのか？　ぼくとしては、ヴォートレルが犯人かと思ってたんだ、絶対にあいつだと言い切ってもいいぐらいだったよ。なのにこうしてこいつが門に忍び入ってきて、ヴォートレルが死んだ。お次は誰なんだ？」

再び門をくぐると、バンコランが足を止めて月をふりあおいだ。「ちっともわかってないな」やれやれとかぶりを振った。「夜明け前に雨がきそうだ。電話してすぐ応援を呼ばないと、雨で手がかりが流れてしまう。あの入り乱れた足跡からでも、識別可能なのがひとつふたつはあるだろう……」

なかへ戻ると居間に医者が控えており、さも気の毒そうな顔で目を上げた。

「奥様のお具合ですが」私に向かって、「はかばかしくありませんぞ、ムッシュウ。過度の飲酒喫煙のせいで、神経が——まあ、やられておいでです。神経性のショックですな。はっきり申してお酒と煙草を控えていただき、いかなる刺激興奮もくれぐれも禁物にするのがお薬ですよ。いえいえ、まったく重症ではございませんので、ちゃんとお休みになれば明日には起きられますよ。鎮静剤にトリプル・ブロマイド三十グレインを投与いたしましたので、静かにお休みになるはずです。ですがくれぐれも目を離さず、よくならないようでしたらお電話ください……。いやあ、ムッシュウ、恐れ入ります《メルシー》！　ですが、これでは過分ですよ、いかになんでも《メ・ヴー・ゼット・トウロ・ジャンティーユ・アロール》！　五百フランも頂戴してしまっては《サン・サン・フラン・ヴ・ヴォワイエ》！——ですが《メ・》、そうまでおっしゃるのでしたら《シ・ヴ・ザン・サ・ステ》——」と肩をすぼめてみせ、「お休みなさい、ムッシュウ！」

いまやバンコランの電話が奏功して、この別荘の前に車が何台も止まりだした。けたたましいクラクションに負けず劣らず騒々しく、車から降りる面々の声が聞こえた。家の中へ入ってきた男の制服についた徽章は、部外者の私にはわからなかったが、おそらくはヴェルサイユ管区の警察部長とおぼしかった。バンコランに一目も二目も置き、私への質問にも礼を尽くした。この家のあるじは体調不良につき、今夜は起こさないほうがよかろうとバンコランがそれとなく伝えると、「いや、マドモワゼルもお気の毒に！　もちろんです！」とつぶやいて一も二もなく手帳を閉じてしまった。庭ではランタンが右往左往し、大人数がてんでに声をはりあげ、下藪をかきわける物音が聞こえてきた。

やがて私は寝室へ入っていってドアを閉めた。黄色いベッドランプはまだついており、シャロンの深い呼吸が規則正しく聞こえてきた。床には部屋履きがそろえられ、医師の手で絹の薄い上掛けをかけられていた。庭の騒ぎはここまでくるとほとんど届かなかったが、動くランタンが裏の窓にちらつくので、日除けをおろしてさえぎった。

夜明けまではまだ何時間もあった！　しんしんと夜がふけゆく証拠に、一時間たつごとにしだいに肌寒さがましして目がとろんとし、頭の働きにいらだちと混迷の度が深まった。まずは庭の騒ぎがおさまって車のギヤを入れる音がし、一台また一台と遠ざかってゆく。私が安楽椅子に座りこんで呆けているところへバンコランがドアを開けた。声をたてずに唇だけ動かして問いかけ、通りを指さして眉を上げてみせた。私はかぶりを振った――シャロンひとりを残していくわけにはいくまい。バンコランはうなずくと、唇の動きだけで「明日」と伝えた。そしてしばし居間の灯を背に受け、針金と鋼鉄でできたような輪郭をみせて戸口に立っていた。奥まった目に深い光をたたえ、なにか問うようにシャロンと私を交互に見比べると、気のせいかあごの山羊ひげにほの笑いを浮かべ、かすかに肩をすくめてゆっくりドアを閉めていった。やがて、愛車でヴェルサイユ宮殿方面へと去ってゆく音がした。

こうしてひとり居残った私は疑惑と懊悩をかかえ、時計のチクタクと、家の周囲で起こるかそけき夜の気配を聞いていた。眠気ざましに暗い家の中を歩き回ってみたが、ほどなく黄色い光のある寝室へとおのずと引き戻されてしまうのだった。柔らかい絨毯の上をいつまでもうろうろ歩き回り、また子供のようにあどけなく眠るシャロンの顔に見入った。髪は枕に広がり、濡れたまつ毛、影のさした青い顔ではあったが、寝息をたてている朱唇にほんのり微笑をともし、ベッド脇の照明用テーブルのほうへ片手をさしのべている……。私は上掛けを直してやり、安楽椅子へ戻った。あっ、ヴォートレルの戯曲だ！　煙草はないかとポケットを手探りしたとき、あの原稿を探り当てたのだった。シャロンの手が落ちないようにそっとテーブルを自分の方へ引き寄せ、ランプシェードを傾けて光の向きを変えてから、そのタイプ原稿を広げた。くしゃくしゃで端がちょっと汚れている……。

芝居としてのよしあしはわからない。冷静に考えてみると、けれんの度が過ぎていたのは確かだった。登場人物のせりふは支離滅裂だったが、背後にひそむ高貴で豪奢な想像力はバルベー・ドールヴィイの「虎の血と蜜」にも比肩し、塔の怪物像《ガーゴイル》のように不気味な冷笑ただようものだった。中身は二幕分だけで太字の書きこみが随所にあり、余白に女の筆跡で、「舞台技巧過多」とか、「省略なさい、エデュアール。神様ごとは隠し味程度なら芝居を締めるけど、前面に押し出しすぎると青臭いったらないわ」などとあった。主人公ヴェルノワなる男は美化したヴォートレルであり、彼にいいせりふを振り当てようと頑張りすぎて、筆があらぬ方へすべってしまっていた――とはいえ、いろんなことが読み取れた。第一幕から引用すると、

ヴェルノワ　あのねモウロ君、殺人術ってやつは手品と同じなんだ。手品師の技はね、〝目にもとまらぬ手さばき〟なんてあほうな代物とはわけがちがってて、相手の注意をそらすことに尽きるんだ。片手に相手の目をひきつけておいて、もう一方の手で決定的な仕事をやってのける。目の前のことなのに見えてないんだ。おれはその原理を犯罪に応用してきたのだよ。

モウロ　（笑）大学教授の講義ばりだな。

ヴェルノワ　ご明察、おれはまさにそうなのさ。君もこの科目を研究してみたまえ。今こうして話している内容については、ハーヴァード大のミュンステルベルク教授が『証人席にて』の中で興味深い一章をさいているよ。おれが人殺しをするときにはこの原理を応用――

モウロ　おいっ、黙れよ！　めったなことを言うもんじゃない！

ヴェルノワ　いやあ、大まじめだよ。あの仮装したやつは殺してしまうつもりだが、手口はこの世のどんな警官にも断じてばれないようにするさ。あの仮装野郎は誰かを殺す気だ、わが――親しい友を守るためなら、おれは殺しも辞さない。

幕が降りるとヴェルノワは中央奥で波打つ黒幕の手前、チェーザレ・ボルジアの銀製デスマスクの下に立つ。おもむろに手を握っては広げてにっこりする。

このくだりの下に同じ女の筆跡で走り書きがあった。「ああ、エデュアール、好きよ《ジュ・テーム》！　愛してる《ジュ・テーム》！」見て、ぎょっとした。淡々としたその恐ろしい場面描写のなかで、ひときわ生彩を放っていたからだ。私はベッドへ目を向けた……。彼女はゲームをしていた、この静かに眠る耽美主義者は余白に冷ややかな感想を書きつけたかと思うと、最後はこの美しい擬《まが》いものの情熱で締めくくってみせた！　だが、この女のことを除くと、この戯曲から何か意味を汲み取れるだろうか？　ヴォートレルは自分なりの真実を書いたのだろうか？　だとすればやつはサリニーに殺意を抱く「仮装したやつ」を知っていたか、知っているつもりだったはずだ。どちらにせよやつの死は、自分が死ぬことなど思ってもいなかった自身の筆によって解き明かされたというわけだ。「仮装したやつ」はヴォートレルに正体を知られたと悟り、暴露の危険を恐れて……。

原稿のタイプ文字が、眠気の波でぼやけた。私は必死になって頭をはっきりさせようとした。頭がふらふらし、室内の家具が水に浮かぶ樽のように上下して見えたが、懸命に頭にかかる霧を払いのけようとした。立ち上がると、ベッドへ近づき、シャロンの謎めいた微笑を暗がりからあらためて見直した。そのときは彼女がなんと憎らしかったことか！「ああ、エデュアール、好きよ《ジュ・テーム》！ 愛してる《ジュ・テーム》！」——そこであの平板な声が蘇った。「これっきりよ。何でもなかったのですもの」その言葉を向けられた男は片眼鏡をかけ、くろぐろした糸杉の陰で月を仰ぎ、薄笑いまで浮かべて無言で倒れていた。

室内をうろうろしながら考えた。ヴォートレルは姿を変えたローランを本当に知っていたのか？ かりにただの推測の域を出なかったにしてもだ、今度の事件でのやつの態度をそもそもの始めから考えてみろ！ 手始めにキラール邸でコテを拾い——不合理なふるまいだ——薬戸棚にしまった時から、超然と、知ったふうな態度をとってきた。白眼をむきだし、禿頭をうなずかせていた老弁護士キラールのことを思い出した。するとヴォートレルはあの未完の戯曲を書きながら、わが身の安泰まちがいなしの殺しの手口を発見したと考え、そして——そして、そのアイディアを相手が本物の殺人者とは知らずに話してしまったとしたら？ ヴォートレルが誰かに自分の腹案をしゃべり、やがて計画が実行されたとしたら、誰のしわざか当然ながら察しがついたのでは？　ばかばかしい、とほうもない話だ！……私は灯を消して闇の中をさまよいながら、混乱した頭を整理にかかった。月光がベッドをぼんやり照らしていたが、隅の暗がりにこれまで会ったことのあるいろんな顔がおぼろに浮かび、そろって渋い顔で時計の音に合わせてささやいていた。シャロンが身じろぎし、何やら聞きとれないことをつぶやいた。

私は安楽椅子に戻って体を丸めた。ざわざわした夜の気配が脳内に浮かぶ藻屑の一部となった──時計の音、木々のざわめき、浴槽の蛇口からしたたる水音。消えゆく月が歴代の王らの魂魄さまようヴェルサイユを低く照らしつつ、脇窓ごしにのぞきこんできた。しびれた頭はもうはたらかず、深淵へずるずる堕ちていく……。丘のかなたで時を告げる声がして、寝ぼけ半分ではっとした……。そして、やがて夜明けの小雨が屋根をやさしく叩くうちに、ついつい寝入ってしまった。

14　「銀の仮面」と、別のお芝居

芝居好きなら、只今の引用部分だけでもまちがいなくお気づきだろう——この戯曲がついふた月前に驚くほどの大成功裡に興行を終えた怪奇劇「銀の仮面」なのだと。フランスであの戯曲をどうにかするのは得策ではないということになり、バンコランの助言で、彼のイギリスの知人ジョン・ゴールズワージー氏のもとへ原稿が送られた。それを彼がうまく手直ししてくれたものの、明白な理由により作者として名前を出すのは嫌がった。「銀の仮面」の初演は一九二八年十月、ロンドンのヘイマーケット座だった。ヴェルノワ役のジョージ・アーリス氏の役づくりよろしきを得て、人当たりのよさに凄みと磁力がそなわった完璧な役柄に仕上がった。ただし特筆すべきことに、この芝居には終幕がなかった。第二幕が終わるとともに何の説明もなく途切れて観客を煙に巻き、肩透かしでかえって好奇心をそそるという人を食った仕掛けになっていた。お客はむきになってつめかけて連日大入り、批評家は面白がって褒めた。たしかセントジョン・アーヴィン氏はこう評していた、「どなたもごろうじろ、これぞ芝居だ！　周到に構築したサスペンスの果てに劇作家が見出したものこそ、唯一無二の完全無欠かつ合理的な妙手であった」こうなると総じてパリの事件とは、そこはかとなく似ているかなという程度にかけ離れ――バンコランと私が初日に観に行ってみたら、さきほど引用した箇所以外に事件との関連はうかがえなくなっていた。すべてがヴェールごしにぼやけてさっぱり要領を得ない芝居だった。登場人物の相関関係は説明もなく放りだされ、素姓不明の人物が意味不明のせりふを発し、誰が変装したやつか、はたまた何をしようとしているのか、観客には五里霧中というありさまだった。作者は匿名だったが、批評家の十人中九人までがユージーン・オニールの作に相違なしと断じていた。

不条理極まる壮絶なその第二幕をともに観ながら、私は内心こう考えていた。もしもバンコランが客席を立ち、「ちょっとよろしいかな、私ならこの芝居に終幕をつけ、殺人を完璧にやりおおせた手口までご説明できますぞ」などと言おうものならどんな騒ぎになったことやら。「かのサリニー殺しを再現」などとビラで喧伝されていたとはいえ、事件の真相を知る者はほとんどなかったのだ。いや、「銀の仮面」には真相の手がかりは大してなく、一年以上前の事件当時を印象本位に再現したというだけだった。劇場につきものの脂粉の香と衣ずれ、暗い客席、黒ビロードの幕、高い蠟燭、アーリス氏の気どった口調。そして、背景で森の神サテュロスのごとき皮肉な笑いを浮かべた銀の仮面……パリのあの春が、シャロンのベッド脇でこの戯曲を読みながら過ごした夜のことがふたたび思い出された。あの時のおぞましい詳細、そして心の奥深くの言うに言われぬ痛みもろともに。

屋根の雨音を聞きながら、私がそこでうとうとするうちに夜明け少し前まで寝てしまったというわけだった。起こしてくれたのはテレーズだ。まだ眠っている者の目を覚ますといけないので居間へ連れ出し、昨夜のできごとを伝えた。寒くて、頭がぼやけていた。テレーズにコーヒーをいれてもらいはしたものの、まくしたてるその声をはるか遠くにあるように聞いていたのをいくらか覚えているし、車でパリ方面へ向かう途中でようやく考えがまとまるようになってきた。ヴェルサイユ一帯を本降りの雨が叩いていた……。そうだ、バンコランだ！　この戯曲の件で彼をつかまえないと。誰かが私の車の屋根の幌を上げておいてくれていた。おおかたバンコランだろう——変わり者だが、そういう思いやりも持ち合わせた男なのだ。ほとんど当てずっぽうで車を走らせ、見慣れた街路へ戻ってきた。夜明けの気配はないが霧と雨が風に吹き払われ、夜の闇からパリがふたたび燦《さん》たる姿をあらわして、ほの白い街灯をともしていた。夜に住まうぶざまな者どもがてんでに門口へ出てきて、石の下から這い出てきたトカゲといったていで目をしばたたいていた。酔眼朦朧の男どもはおもてでどしゃ降りに打たれて酔歩蹣跚《まんさん》と、女どもは汚れた窓の奥におさまって、ガス灯に照らされたバーカウンターを拭いていた。早朝の市電がヴェルサイユ方面から玉砂利をとどろかせて近づき、凸凹道に揺すぶられてかすかな悲鳴を上げると、ランプを霧ににじませて消えていった。やがて雨したたる並木をすかした向こうに河の対岸があらわれた。タイヤはなめらかなアスファルト道路に戻って歌いだす……。ところで昨夜、バンコランは何をしていたんだろう？　私には何も教えてくれなかった。自分だけで内緒の一人遊びをしているようなもので——噂では——つねに一匹狼らしかった。そこでふと思ったのだが、ことここに至っては、シャロンと私も、もう対岸の火事とはいかず、じかに火の粉がふりかかってくるんじゃないのか。ことによると、ふたりしてヴォートレル殺害の嫌疑をかけられて、反対訊問でぎりぎり締め上げられかねない。そうだろう？　またしても三角関係か、怒れるヴォートレル、あどけない情婦シャロンは私によろめき、私はといえばひげをひねくる策略家の悪党という役どころだった。フランス人ならすぐ思いつきそうな構図だ。検事が冷たい指をつきつけ、「この極悪人を見よ！」とどなりながらうつろな笑いを響かせるのが聞こえてくるようだった。

ま、どうせ例によっておいしいところを抜け目なくさらっていくバンコランのことだ、ここぞという見せ場に出てきて、私には最新の殺し一件にアリバイがあると有難いお口添えを賜ることだろうが、本件に限ってはたとえアリバイがあったって、必ず嫌疑が晴れるとは言い切れないような。この前の殺人でも、ヴォートレルにあの殺人は無理だとみなが承知していても、それでもやつの名が出れば誰もかれも一様に「やっぱりね」などとしたり顔でつぶやくのだ。ヴォートレルもどんなにか不安にかられたことかと相哀れむ思いだった。みな、といってもバンコランは別だった。バンコランはこんな時こそ、自らうちたてた巨大な名声を守らなくてはならなかったのだから。

朝の六時にバンコランを起こしてもしようがないので、ひとまず帰宅することにした。「午前三時バンコラン様よりお電話、緊急につき明朝十時にお車にてご来駕願う」と、トマスの端正な字の伝言が枕にピン止めしてあった。

矢継ぎ早に畳みかけてくるもんだ！　私は熱いシャワーを浴び、約束の時間まで寝ておこうと横になった。バンコランはおそらく、ヴェルサイユに私を置いて戻るやただちに電話してきたのだろう。灰色の薄明を浴びた怪物《ガーゴイル》じみた悪夢がまたも寝室に氾濫した。十時ちょっと前にトマスに起こされ、あたふたと身支度した。まだ雨だったが、元気は戻っていた……。ジョルジュ五世街へ乗りつけてみると、アパルトマンのロビーにバンコランが待っていた。赤ら顔でうろたえた女が日曜礼拝用の黒い一張羅に前髪を垂らし、奇妙きてれつな帽子を頭のてっぺんにのせてすぐ脇に控えていた。

「こちらはフェネリの店におられる門番《コンシェルジュ》の奥方だ」バンコランの説明だった。「ちょうど今、フェネリが私の忠告をどの程度聞き入れたか、話してもらっていたところでね。死んだヴォートレル君の件でいくつかフェネリに尋ねたいこともあるし、すぐ出向いたほうがよさそうだ。ご足労だったね、マダム。お話はすっかりすみました、では、これにて……」

「ごめんなさいまし、ムッシュウ」門番《コンシェルジュ》族特有の棒読みのきんきん声で女が応じた。傘を握って膝を折るような格好でおじぎし、不安そうに小さい黒い目をきょときょとさせた。「もちろん、ムッシュウ・フェネリには内緒にしといてくださいましよ？　あたしゃ、まっすぐ帰りません。これから」と、お芝居のト書めいた説明口調で、「青物屋へ寄ってきますんで。そいじゃここで、旦那方」

アルマ広場を抜け、トキオ街に入るころには雨はおおかたあがっていた。丘の上には細道の網の目を縦横に張り巡らしたパッシー地区が広がっていた。地下鉄が轟音を立ててトンネルを出てくると、ベートーヴェン街に渡した陸橋を抜けていった。バンコラン曰く、

「門番のかみさんはフェネリが嫌いだとさ、それでも麻薬はもう処分ずみだと言っていた……」

デ・ゾー街の角に例の三階建ての建物があり、塀の向こうには格子をはめた二階の窓が並んでいた。塀の外門は開いていて、門番小屋に誰何する者はいなかった。玄関先でバンコランが呼鈴に手をかけてちょっと迷いをみせ、ためしに玄関ドアを押してみたら開いていた。

広大な玄関はひたすら陰気でかび臭かった。赤絨毯の曲がり階段をあがれば二階の賭博場だ。向かって右手のドアは、オーケストラが演奏していたダンス場兼カジノに通じていたが、無人だった。バンコランはしばし足を止めて薄暗いロビーを見渡し、しばらくして身ぶりで二階へとうながした。音を立てずにふたりでそっと階段を上がっていくと、踊り場の大時計に上の格子窓からわずかな光がさしていた。踊り場を曲がったところで、われわれ同様に足音を消して降りてくる男の姿が目に入った。

シルクハットをかぶっているせいで長身がいっそう高く、にこやかな顔がさらに長く見えた。ゆっくり頭だけ向けて、すれ違いざまに眉を上げてみせたほかは目につく動きもなかった。サリニー館の従僕ジェルソーだった。宙を踏むような足どりで階段を降りながら仮面じみた微笑を小揺るぎもさせず、シルクハットの下の前髪をちょっと乱した程度だった。

「おはようございます」

「おはよう」一瞬不意を打たれたバンコランが次の声をかけるより早く、ジェルソーは一階ロビー近くまですたすた降りてしまった。

「ずいぶんな奇遇だな、ジェルソー」

「あいにくですな！」振り向きもせず応じた――「いけませんなあ！　お勤めをないがしろに

している、などとお考えになりませんように。御前が亡くなられた以上、手前としては次の勤め口を探しませんとね。それでムッシュウ・フェネリに雇っていただけないかと参った次第です。ですが、なんともあいにくな！　いっかな起きてくださらなくて」

と、溜息をついてそのまま堂々とした足どりで玄関を出て行った。ふいに大時計の鍾が十時半を告げた。

「これまでいろんな場所へ行ったものだが」バンコランが静かに評した。「この家ほど空気が邪悪なところはないね。悪霊だよ。上へ行こうか」

二階に出れば陰鬱さがいちだんと増した。ヤシの屋内庭園、半開きになったカード室のドア、バーとサロンへのドア、赤絨毯をのべた大理石の床——すべてが殺しの晩そのままだった。ここは夜だけ華やかに咲く花なのだ。私たちは何やら恐怖を覚えて真鍮の手摺につかまり、三階へのぼっていった。上のドアには鍵がかかっていた。悪意と呪いに満ちた静寂が建物中にみなぎっていた。それを打ち破ったのはバンコランの声だった。

「このドアを開けろ！」大声で、鏡板を叩いた。法の名による命令だった。

しばらくは返事もなく、こだまが静寂を震わした。気のせいか、ドアごしに身も世もないむせび泣きが聞こえたようだった。

ドアがためらいがちに開き、細いすきまから薄暗がりに立つフェネリの姿がのぞいた。口ひげをだらんとさせ、ゆるんだしまりのない顔にうす汗をかいている。へどもどした様子で目をとろんとさせ、たるんだ体に部屋着をひっかけて片手で前を合わせようとしていた。バンコランにぐいとドアを押し開けられたはずみで、やつは番号つきのドアが並んだ壁のほうへ後ずさりにはじきとばされ、大声で叫んだ。「そんな、無法にもほどがある――！」

「おとなしくせんか！　今の今まで何をしていた？」

「これはひどい！　なんの権利があってそんな――」フェネリは金切り声を上げた。

「またぞろ薬の売買というところだろう？」

「違いますってば！　わかりませんか。そんなんじゃないんですよ！――女ですよう――立ちんぼうを拾ってきてね――なかでお楽しみってとこを――」

「ほほう――そんな他愛もない話かな？　その女は？」

「あっちでさ、二号室です。言っときますけどね、どうもなってませんよ。あたしゃね、誰にだって、なんかする気なんざこれっぽっちもねえんだから！」

バンコランは言われた戸口へ近づいて入り、厳しい声でなにか言っていた。廊下にはかすかな脂粉のにおいが漂い、ちょっと吐き気を催した。フェネリは大きな粘土の塊みたいな顔で、いきなり私に指をつきつけてきた。

「あんただろ、あいつをここへ連れて来たのは！　おとといの晩も、あのイギリス女がいたときにここまで上がってきてたろう、見たんだぞ。今に覚えてろよ――！」

そこでぐっとおさえて大きな口をもぐもぐさせ、泣き落としに転じた。「こんな目に遭わされるなんて、いったいあたしが何したってんですよう？　警察の旦那方はよってたかって、ひとの商売を滅茶苦茶にする気ですかい。まったくもうっ！　お上《かみ》のきまりを破るようなことなんか、なんにも――」

バンコランが戻ってきた。「そこまでヒステリーを起こすいわれはなかろう」穏やかに、「その通り、違法行為でもなんでもない。たんに、別のうまい儲け口というだけだ。ひとまずあの女は追っ払うよ、尋ねたいことがあるんでね」ここで間を置くと、「おまえさんの事務所へ案内してくれ。服を着る間だけ待とう」フェネリはつきあたりの小部屋を事務所だといって指さすと、階段脇のドアの中に姿を隠した。バンコランが早口で私に、「さ、早く事務所へ。こちらに勘づかれた、とあいつに悟られたくない」

「勘づかれたって、何が?」

「あのワルめ、叩けば叩くほどほこりが出てくる。あの部屋の女を娼婦と思いこませようとした。が、薄明りでもこの目はごまかせんね。部屋の女はルイーズ・ド・サリニーだったよ」

バンコランは片手で両眼を覆うまねをした。「あいつにはけどられるなよ! で、どうしてそうなったかはわかるだろう? あの女を麻薬中毒に仕立ててしまったんだ。どうしてもほしい薬を手に入れるためなら、あの因業《いんごう》親爺の手でどんな辱しめを受けても甘受するだろう。金はおそらくもうないだろうから、フェネリはさっそく商売気を出してあることを申し出てみた、というわけさ――」ひょいと肩をすくめた。

「バンコラン、あいつを締め上げてやろう。さっそく引き返して――」

乱暴に手首をつかんで止められた。「大きな声を出すな。今この場で騒ぎたててはいかん。こっちの意図をやつに悟られないようにするのが、ことの成否を分けるんだ。女のほうでもここで私に見られたとは気づいていない。そうと知れば屈辱の最たるものだろう」

入った室内はいやに狭苦しく、机と椅子ひとつずつと大金庫だけだった。机上に灯がつき、窓はなかった。

「そうとも、あの女は私だと気づかなかった。一種の酩酊状態だったんだよ」バンコランが説明した。「ドアを閉めてくれ。私たちに見られずに裏口から帰してやろう」

ルイーズはこれまでの恐ろしいあれやこれやだけではまだ足りず、今度は海千山千の図々しいフェネリにまで食い物にされるはめになったのか！　どうもルイーズ・ド・サリニーという人はむごい皮肉に追われ追われて八方ふさがりの破滅に封じこまれ、どっちを向いても喉もとに白刃を突きつけられる巡り合わせらしかった。自分を襲う前夫の手から逃れたと思ったら、今度は図々しい粘土の塊そっくりのデブに卑猥な無理無体をしかけられたなんて……。ややあって来たフェネリをみれば、衿にくちなしの花までさした非の打ちどころない盛装ときた……。麻薬に酩酊したルイーズが、しどけなく笑いながら裏階段を降りるさまが思い浮かんだ。

「あのう」フェネリはすっかり落ち着きをとりもどしていた。「あたしにご用だとか。ねえ、ムッシュウ・バンコラン、申し上げておきますけど、うちの麻薬は処分しちまいましたよ」

「ヴォートレルが殺された」と、バンコラン。

フェネリは目をむいて、その顔を見つめた。

「昨夜、ヴェルサイユで刺されたんだ」バンコランが続けた。

「ど――どうしてまた、そんな恐ろしいことに、ムッシュウ！　ムッシュウ・ヴォートレルが。

ええ、あの人ならむろん存じ上げてますよ」一拍置いてちょっとお追従笑いを浮かべ、「あなたさまにかかれば犯人はもうとうにお縄でございましょう、ムッシュウ」

「当然ながら、故人がおまえさんの手先として、麻薬をほしがりそうなお客を周旋していたというのは調べがついている」

すでに面目丸つぶれのフェネリは平然としたもので、太った手でアスコット・タイを直し、チョッキの胸を軽くならして肩をすくめた。

「この前はたしかに無分別を目こぼししていただきましたが、今回は胡乱な材料が何もないんです。なんなら帳簿をお目にかけてもいいですよ。もうちゃあんと法律を守っておりますんでね」

笑みを浮かべ、自分の爪を点検にかかった。

「話題にしているのはヴォートレルのことだよ」と、バンコラン。

「驚きましたな。あの人の死について、あたしが何か知っているとでも?」

「ロシア軍人と自称していた。嘘だった。マルセイユ生まれの無学な波止場のチンピラあがりを数年前に拾い上げてやったのはおまえさんだ」

「ほほう――だとすれば?」

「ここにリヨン信託銀行から入手した使用済小切手があってね、総額二十万フランにのぼる。エデュアール・ヴォートレル宛で、署名はルイーズ・ローランつまり現ルイーズ・ド・サリニーだ。フェネリ、これもおたくの商売の一環かな？　あの女もずいぶん深みにはまりこんでしまったものだ」

フェネリは目をむいて、脂ぎった顔をしかめた。バンコランの差し出した小切手の束を眺めた。

「小切手とは！……あたしゃなんにも存じません。そういうことでしたか！　あのヴォートレルってやつはひどい男だった！　ちょいとごめんくださいよ、拝見します。ええ、どうもあいつは二枚舌なんじゃないかと思ってはいましたが……」

「つまり麻薬代金を二重取りしていたというわけか？」バンコランが蓋つき机によりかかって、いやに穏やかに訊ねた。

「二枚舌もいいところだ！」フェネリが大げさな愁嘆場を装った。

「それとも、恐喝だったのか？」――バンコランの声がいっそう穏やかに――「未来のご主人にばらすぞとでも脅かして、しぼり取ったのか？」

「冗談じゃありませんよ！」

「そうか、聞きたかったのはそれだけだ」バンコランは愛想よく言った。「ではジェフ、用はすんだから行こう」帽子をかぶったバンコランが戸口でだしぬけに振り向き、ひげの陰から白い歯をのぞかせた。

「フェネリ、もう一言だけ。マダム・ルイーズとまたあんな取引がしたくなったら、私に断じて許さんと言われたのを思い出せ。それだけだ」

私たちは黙って階段を降りていった。バンコランは何か考えこむふうで、ステッキで手摺り

を叩いていたが、玄関まで出てくると、

「これで君にも、エデュアール・ヴォートレルという男の悲しい人生がわかっただろう。少年のころからきらびやかな世界を夢見つつ、下層のどぶ板を踏んで育った。あと一息で夢の世界に手が届きかけても、いつも何か邪魔が入って追い出されてしまう。自分の夢以外の道など話のほか、貴族の素姓を疑われるくらいならごろつきと思われることも辞さなかった。ロシア軍人の素姓を疑われずにすむなら、人殺しと思われるほうがまだましだというわけだよ」

「それに、あいつの戯曲がある。うちに置いてきちゃった――君に見せるつもりだったんだけど、ついうっかりして――」

「ああ、あの戯曲ね。やつは運命を支配したかったらしい。それにふだんから飾り立てる癖があったから、自分の人生や仕事をただ書くだけではなくて絢爛《けんらん》たる夢物語に仕立てたかった。ここは要点だ、覚えておきたまえ。身の安泰が知れている限り、殺人の嫌疑すら喜んでいたらしいからね。本人は死んでしまったが、亡霊を忘れないように。その亡霊がかなりのところまで真相を教えてくれるからね」

昨夜の私は、ヴォートレルが巧妙に考え出した殺人計画をうっかり誰かに話してしまって、瓢箪から駒というか、架空の原稿から現実の殺人が起こってしまったと推理したのだった！

「バンコラン、ゆうべのぼくたち――少なくともぼくはだいぶ肝をつぶしたけど、今回の殺人二つが同一人物の犯行だという結論は出たんじゃないか。少なくともぼくにはそう思える。隠し立てするんなら無理にとは言わないけど、でもこれだけは教えてくれないか。二人を殺したのは同じ人間かい？」

「そうだよ。同じ人間さ。今回の人殺しはまったく血も涙もないやつだ。こういう所業を勧善懲悪の正当行為だと固く信じこんでいるんだよ。犯罪というものはね、世間なみでは表現しきれないほど深い恨みを、世に叩きつけるための方便だからね」

「狂ってるんだ？」

バンコランは門からデ・ゾー街を見渡しながら考えこんだ。

「ある意味ではね。だが、グラフェンシュタイン博士の考えるようなのとは違う。私は異常心理学の学説などはあまり信用しないほうでね。弟殺しのカインの性質ははっきりしすぎていて、単独のカテゴリー枠に収まりきれるようなものじゃない。ああいう学者はイタリアの犯罪人類学者ロンブローゾの世迷い言の流れをくんでいるだけだし、ああいう学問がはたして進歩しているのかどうかも疑わしいね」

「で、今回のこの犯人だけど——ぼくらが見かけて口をきき、本件の登場人物の一人だとはっきりわかっているやつなんだね？」

「ああ、それは大いにそうだとも！」バンコランはなんとも妙な顔つきになって、こっちを見た。

「ありがとう。うちのアパルトマンに帰って一緒にあの戯曲を見ないか——君のほうに予定がなければ、だけど？」

「ふむ、今日中に君を警視庁へ連れていって昨夜の証言をとらないと。だが、さしたる支障はないよ――私もまったく合致した証言ができるのだから。それと、ふたりでヴェルサイユにまた行かないといけないが、それも後回しでいい」

「昨夜の件で、あれから何か出てきたのか？」

「うちの者たちがタクシーを追い、ナイフの出所を調べているところだ。では、行こうか」

車でアパルトマンへ戻るまではバンコランとそれ以上話さなかった。内心いささか大風呂敷が過ぎるよときめつけ、ちょっとせせら笑うような気分だった。さも訳知りぶった口を叩きながら、やることなすこと無知も同然じゃないか。

自宅のアパルトマンに戻ってみると、居間でシド・ゴルトン氏が待っていた。

15　壁が崩れる時

ゴルトンは窓辺の安楽椅子で煙草を吹かしながら、ニューヨーク・ヘラルドの記事を読みふけっていた。周辺の床にシカゴ・トリビューンやロンドン・デイリー・メイルなど、パリで売られている他の英字新聞を傍若無人に散らかして。こんなふうに主人面をしているのには驚きもし、腹も立った。後でトマスに聞いた話では、入ってくるなり五十フラン紙幣を投げつけてよこしたそうで、あんなに悔しかったのは生まれて初めてだとこぼしていた。だが、バンコランは時ならぬゴルトンの入来に興をそそられたらしかった。

「いよう！」ゴルトンは新聞を振りかざして大声を出した。「うまいこと名を売ってんじゃねえか。まあ見てみろや！　ここな姐御《あねご》と水入らずでしっぽり夜のお出かけとしゃれこんだら、エディ・ヴォートレルのお邪魔虫がついそこの裏庭でばらされてたってか！　かけなよ……。ようよう、たーんなー《モーンスーウ》！　名前なんてんだっけ？　ドサ回りの田舎検事かなんかだよな？」

「おはようございます、ゴルトンさん」バンコランがいつも通り神経の行き届いた正確無比な英語で、「お目にかかれて嬉しいですな」

私も調子を合わせてそつなく挨拶し、どうぞお楽にと一応は言ってやった。やつときたら、さも当然の如くに、膝丈のニッカーボッカーをはいてはち切れそうな片脚を椅子の腕木にかけ、ぷかりぷかりと煙草の煙を天井に向かって吐きだしてご満悦だったのだ。

「トリビューン紙のジョンソンが追っつけネタ取りに来るとさ――かまわんよね？――おれたちで電話帳繰ってよう、ここの住所見《め》っけたんだよ。おれっちはちょっくらシャロン・グレイの見舞いかたがた、無事かどうか見届けてきてやるつもりよ。だからあ、かけなよ、かけろってば！　そんなんじゃ、おれがおちおちできねえじゃんかよ！　ここんちは飲むもんねえのか？　まあ、ゆうべはちょいと飲みすぎたんだけどな――うおえっぷ！」

バンコランが窓の向こう側の椅子に腰をおろし、私は飲み物を取りに別室へ行った。ゴルトンだってお客である以上、ほっぽらかしというわけにはいかない。それでトマスが仏頂面とマティーニのシェーカーをさげてくる頃には、お客ふたりは芸術を論じ合っていた。お題はピアノの上にかかった絵で、モーランというのは馬に蹄鉄を打っている画中の人物名ではありませんとバンコランが説明してやっていると、ゴルトンが批判めいた意見をはさんで、蓼食《たで》う虫だがそんなのが好みなら、そっちの若造どもはまずまず描けてるよ、だが全体としちゃ、おらあ断然サタデー・イヴニング・ポストの挿絵画家ブラウンなる仁に軍配を上げるね、なんたって新聞売場のうす汚いガキに七フランやりゃ、いつだって手に入るんだからときた。そうしてしばし芸術論にうち興じたあとでバンコランが、

「たぶんヴォートレルとは面識がおありだったんでしょうな、ゴルトンさん？」

「まあ、見方によっちゃそうなるね。噂はいろいろ聞いてる――ぱっと広がるからな――それ

に、いっぺんはペイヌの店でおれのダチと飲んでたんだ。そこへ行き合わせたんだよ。そんで、あんたのダチのラウールとは顔なじみだし、ラウールはおれの知る中じゃいちばんマシな英語をしゃべるフランス野郎だぜって言ってやった。そういや、あんたの英語もなかなかいい線いってんね、たーんなー《モーンスーウ》。そうそう、いっぺんその前ニースでさ、もうちょいでラウールのやつと一緒に新聞写真におさまるとこまでいったんだよ。けど近寄れねえ——遠すぎたんで、耳の端しか入んなかった。その写った新聞ごと国に送ってやったら、あっちでまた新聞ネタに使い回してたよ」と、思い出し顔でカクテルをちびりとやった。「おう、それで思い出したよ。おらあ、あと二日で出国するはめになっちまった。お楽しみにけりをつけ、国へ帰れとさ」

「そうですか?」

「嫁取りなんだよ」やつがふさぎこんだ。「こうなんさ。うちのおやじにそろそろ身を固めろって言われてよう。おやじのやつめ、ビールもどきを作らしたらアメリカ随一ってぐらい生き馬の目を抜くやつなんでね、まったく!——お袋の実家の紋章パクって瓶の商標に貼っつけてよう、〝キャッスル・スケルヴィングズ・エール、醸造物中の貴族。無紋に本物無し〟。で、まあ、嫁もらえってのはそのおやじのいいつけよ——あっちも旅行中でさ——いい顔ぶれだぜ。で、いい相手見つけたぞって電報よこしたんさ。うー、もうどうだっていいや! カクテルもう一杯もらえませんかね? まったくよう! おやじのやつめ、濡れ手に粟《あわ》の持参金目当てなんだ、いい嫁ごに決まってらあな!」と、こんなふうに気を取り直してゴルトンはまた椅子にふんぞり返った。「こっちで仲良くなった連中と別れるのはしんどいんだけんどよう、ようく考えてみりゃ、なんてったって故郷《くに》がいちばんだわな。それによう、かいがいしくスリッパ持ってくるような女房もらって、一家のあるじでございってのも悪かなさそうだぜ……」

バンコランはあらぬ方へそれもせずに鄭重な聞き役をつとめ、指を一本唇に当ててうなずいてみせながら、母親やら家やら天国やらを手当たり次第に俎上にのせて長広舌をふるうゴルトンを自由にしゃべらせておいた。すると、ようやく相手がおみこしを上げた。

やっとのことで挨拶を切り上げて出て行った。窓辺に立ったバンコランはモンテーニュ街をのし歩いて遠ざかるその姿をじっと見送っていた。目を細め、思案のていで窓ガラスをとんとんやっている。

「これで片づいた。ようやく振り向いて「やれやれ——！」

「これで片づいた。あの戯曲を持ってくるよ。昼食までいてくれたっていいだろう。トマスの料理はまずまずの腕前だよ」

「いや、仕事が山積みでね、君もだよ。あの戯曲を見せてもらおうか。今夜は約束した通りにと、落ち着きはらって、「殺人事件の種明かしをするんだから」

こうした陰惨な事件に巻き込まれたり、はたまた謎めいたむごたらしい死にざまにまつわることどもを新聞記事でなく――最悪の悲惨な現場が新聞報道にかかると、現実離れしていて理解しがたく思え、たわごとにもまま見えるものだ――じかにうかがい見たためしが、はたして読者諸賢におありかどうか、その光景を作り生み出した人物と、ぞっとするほど間近に居合わせて。長たらしい裁判の記事さえ、カメラの前に立つ人間が発する自意識が邪魔ものになることがある。犯罪の概略のみでは現実とへだたり、腑に落ちないことおびただしい。この世のものとも思えぬ音や激しい怒り、英雄らしいふるまいや勝利とひきかえに命を落とした将軍たちの逸話をちりばめた歴史書の戦争と同じことで、事実と思い描くさえ難しい。だから本書をお読みのあなたがそういう事件に出くわして、出口のない不安や当惑や恐ろしい疑惑などを味わったためしがおありでなければ、十全に伝えようにも伝えきれない。犯人はこいつだろうか、それともあいつか？　どうしてあんなまねができた？　そんなこと、ありうるのか？　私同様に平穏な日々を送っていた人をかくも意味のない残虐行為に駆り立てるほど強い感情や狂気はありうるのか？　あるにはある。鏡をのぞいてみたら凄みを帯びたおのれの顔を見せつけられた、まさにそんな気分だった。

本件の記録作成においては、登場する男女の思いと行動を脚色変更抜きでありのままに描くよう心を砕いてきた。いささか手心を加えたくなるような箇所でも、あくまで事実本位を旨としてきたし——ここはないほうがいいかと思ったくだりでも、細部まで余すところない記述を心がけてきた——全体の雰囲気が目に余るほど凄惨であってもだ。それに以下の狙いがあったこうだ。バンコランの本件解明にいたる道筋を分析推理の至芸と信じてやまぬがゆえに、読者諸賢に十全にご堪能いただきたい、という点に尽きる。

そろそろ山場だというのは全員了解していたが、その山場がさらなる山場へとつづき、回を追うごとにどんどん酷くなっていくなどとは、さすがのバンコランにも予想外だったのには溜飲が下がった。それまでで充分すぎておつりがくるぐらい残酷尽くしだったのだ。その午前中

──というより正午──バンコランにはヴォートレルの原稿に目を通させておき、そのひまに新聞を見て愕然とした。話題のふたりが他ならぬ自分たちだなんて、まるっきりピンとこない！　新聞報道のふたりは華麗な上流社会を遊泳し、窮地にあっても毅然としており、取り乱して右往左往していた平凡な等身大のわれわれとは似ても似つかなかった。見なれたアパルトマンの見なれた品々……そのへんをうろうろしていたら、私信が来てるかなとふと気になった。その二日ばかりは見向きもしなかったので。届いた手紙はトマスの手で玄関口の盆にきちんと揃えられていた。招待状二通、家からの便り（あーあ！　家父長どのの昔かたぎなお耳にこの件が入ろうものなら、痛くもない腹を探られてしまうんじゃないか？）、洋服屋の請求書一通に──気送速達便《プヌマチック》一通。留守中に届いたのだから、まだ三十分にもなるまい。見慣れぬ筆跡だった。いったいぜんたい、こんなときに気送速達便《プヌマチック》なんてどこの誰がよこしたんだ？

　拝啓、ジェフ様。大変！　けさがた父から電報が届きました。ジェフさん、こんなにすぐ父に知れるはずはないの、不可能だわ。父は始発の飛行機でロンドンから飛んでくると申しており、用向きは見当もつきませんけど怖いの。世間では面白おかしく取り沙汰しておりますけど、わたくしが潔白なのはあなた様がよくご存じのはず。ジェフさん、今夜おいでいただけません？　フランス人嫌いの父ですけど、あなた様ならうまくなだめてくださるかも。うちはひどい有様です──みんなによってたかって寝床に押しこめられておりますし──ですが、ゆうべずっといてくださったお礼も申し上げたいの。お願いよ、ぜひいらして！

シャロン

なるほどね、そうきたか。誰もかれも、いちどきにいろんな青天の霹靂《へきれき》に見舞われ、どうどう巡りの疑いが回転を速めたあげくにいきなり激突というわけだった。行くか？ なんなら今夜といわず、もっと早くてもいい。もしも私で何かの役に立つのなら——立たないけど——だが何とか、何なりと力になってやらなくては。そうやって文面を何度となく熟読しながらその場に立つうちに、バンコランの声で現実に引き戻された。手紙の内容については彼には伏せておいた。秘密にすることや、うちうちの個人的な事情は別になかったのだが、話す気にならなかったというだけだ。ああ、シャロンに会いたいなあ……。

　昼食がわりのコーヒーを一杯ひっかけると、バンコランに連れられて警視庁に出頭した。その道すがら、何度か品定めの目つきでうかがい見られたのに気づいた。一度などはあちらがあやうく何か言いかけ、すんでのところでひっこめたので、こちらのほうがもう少しで「なんだよ？ 何か気がかりでも？」と言い出しそうになった。その間、ばかみたいにこんなせりふが頭の中にこだました。「凱旋中のつわものどもがみなみな尋ねる、「なにゆえに、そもなにゆえに貴殿はかくも血の気が引いたやら？」」その応答文句が執拗にこう繰り返された。「「恐ろしや、あな恐ろしや、わが目に映じたるさまが——」（キプリングの詩「ダニー・ディーヴァー」）」ふん、ばからしい！ バンコランは二晩ぶっ通しの徹夜で心身ともにすり減らしていた。見るからにぴりぴりして、こちらを油断なくうかがい見る細めた切れ長の目に新たなしわが増えたようだ。だが、およそぴりぴりしない人間なんてものがかりにいたとしたら、まさに彼じゃないか。私の思いすごしだろう。それでも依然として「「恐ろしや、あな恐ろしや、わが目に映じたるさまが——」と旗手軍曹曰く」の如き空気がひしひしと身に迫ってきた。

　警視庁では、際限なしという感じに型通りの儀式が続いた。ふたりで一ダースもの相手と話をしなければならず、同じ話を何度も繰り返すうちに反射的に口をついて出てくるようになった。何度も身分証明書の提示を求められ、そのつど、なめるように検分された後で決まってやたらうなずいて「なるほど！」で、他へ回されるのだった。あの場所でもっぱら記憶に残っていることといったら、みんな口ひげがあったことぐらいだ。どれもこれも薄暗い室内には、鉄格子窓も散見された。そんなところをいくつも通り抜けた上でお目通りかなったその部署の長は、しなやかな白い手に猛《たけ》きアッシリア風あごひげをたくわえた謹厳鄭重な紳士だった。こちらがまごつくようなむきつけな質問をいくつかされたが、その中には「あのマドモワゼルとは恋仲なんですか？」というのもあった。かといって、ことさらお上の威光をかさにきようとはせず、礼儀正しく親身な話しぶりだったので、私としては虚心に、弁士かというほど熱をこめて長々と、ありていに事情を説明した。そうやって、話すつもりもなかったようなことまで洗いざらいぽろぽろ吐いたという仕儀となった。話がすむと、その人も「なるほど！」と笑顔になり——薄闇を大きく照らす知恵の灯明だ——周囲もいっせいに笑顔になった。私としては、その場の一同ともれなく親しみをこめて握手しながら、思わず全員にビールを奢《おご》りたくなったぐらいだった。そして当の司直どのはというと、バンコランともども辞去するさいには無言であごひげをしごいていた。

もうずいぶんな時間だった。えらく時間を食ったものだ。そこでヴェルサイユへ行こう、と声に出して申し出てみたが、何らかの理由でバンコランの気が変わっていた。

「いやいや、君が行くのはお勧めしないね。今夜のところは――終わってからなら、まあね。むろん聞き入れないのは君の勝手だよ。だがね、日々扱っている死の世界をこうして手ずから案内してあげている以上」――と、妙に困った顔でじっと前を見すえた――「こちらの忠告には、ちゃんと聞く耳持ってくれそうなものじゃないか」

ああ、そうするよ。かわりといってはなんだがグラフェンシュタインを思い出し、そろって宿へ出向いた。博士はウィーンへの帰り支度のさなかだったが、死者の館へ行きませんかというバンコランの誘いに、いささか胡乱な目をしながらもいそいそ乗ってきた。三人で目抜き通《グラン・ブールヴ》り《アール》へと向かう。「さしあたっては頭を切り替えて！　もうひとり、本人がうんと言えば同行してほしい人がいましてね」バンコランは説明した。「ムッシュウ・キラールですよ。それまでは、話題をほかに移しましょう」

ひっそりと蒸し暑い夜道のなんと長く感じられたことか！　四人になったわれわれは、おぼろな月光の静寂にくるまれて、サリニー館正面の芝生に立っていた。木立を圧して黒くそびえたつ館にぽつんと灯がともっていた。私のつい肘先ではムッシュウ・キラールが禿鷹面にソフ

ト帽をかぶって頑丈なステッキをついていた。月光がグラフェンシュタインの眼鏡をはじいた。そこでバンコランがそっと、

「どうやらジェルソーがいるらしい」

やがて彼が先頭に立って芝生を横切った。呼鈴に答えてジェルソーが出てきた。笑顔を見せ、前髪を直して、「御前のお通夜をいたしておりました、ほんの形ばかりですが。ご葬儀は明日でございます」

「そちらへ」と、バンコラン。

それだけしか言わず、薄暗い廊下から、いちだんと薄暗くしたあの客間へ通された。ジェルソーが趣味のいい生花をふんだんに飾りつけ、胸につかえるほど甘ったるい香りが室内に充満していた。不朽のサリニー家の白銀飾りにとりまかれた壁灯が天井近くの高みから花々をかすかに照らしていた。マントルピース上にかかげた縦長の鏡に映ったのを見れば、われながらずいぶん顔が青かった。キラールは棺を一瞥し、口のはたをひくひくさせつつ両手をステッキにつかねて腰をおろした。バンコランはテーブルにブリーフケースを置いた。

「ジェルソー」バンコランが尋ねた。「この館に、つるはしか金梃《かなてこ》はないか?」

「何でございますか、ムッシュウ?」

「つるはしか、金梃だよ……」

味もそっけもないキラールのきしみ声が、いきなりきつくとがめだてた。「なんじゃと!それで、これから何をしようとおっしゃる? 墓泥棒かね?」

ジェルソーは白い棺へと後ずさり、死体の顔の上にはまったガラス板をさっとなでた。「ええ、承知しておりますとも、ムッシュウ！　地下酒蔵を歩き回る幽霊どもをお調べになろうというおつもりでございますね。あやつらが足を引きずる気配でしたら耳にいたしました」

棺のガラス板を指で軽く叩いた。

「ですが御前のしわざではございませんよ、ムッシュウ。ゆうべ一晩中ここに座りまして、歩き出される折を待ち受けておりましたので」ジェルソーの長い顔がにっこりした。「つるはしをとってまいります、ムッシュウ。下水工事の者どもの置き土産が一本ございますので……。席を外しますので、その間はどうかくれぐれもお起こしになりませぬよう」

「起こすって――誰を？」ややあってグラフェンシュタインが尋ねた。それから大男のオーストリア人は眼鏡をはずしてそっと拭きにかかった。バンコランは衿もとにあごを埋めたまま、部屋の中央に立ちつくしていた……。

やがて、ジェルソーが頑丈そうなつるはしを持ってきて、うやうやしくバンコランに渡した。「さ、持って」とバンコランに言われた。「君の道具だよ。さて、一緒に来てくれ」

出しなに、キラール弁護士のステッキが寄木張りの床にこつこつ当たった。ジェルソーは両手を組んで棺脇の椅子におさまり、仕切り幕をおろしぎわに堅苦しい座り姿が薄暗がりにちらりと見えた……。いったん廊下に出て暗い音楽室と食堂を抜け、厨房へ出る。誰かが息を荒らげていた。バンコランは厨房の電灯スイッチを入れ、地下酒蔵へのドアを開けた。そしてモップ束の奥から灯油ランタンを出し、火をつけて灯芯を切った。それを高くかざし、ひとわたり面々を見た。

「行くぞ」

キラールは帽子をわずかに深くかぶり直した。グラフェンシュタインは私の手のつるはしを見つめていた。全員一丸となって地下酒蔵へ降りてゆくと、バンコランのかかげたランタンが白漆喰の壁を照らした。足もとで階段がきしみ、蜘蛛の巣が顔に鬱陶《うっとう》しくかかった。単調な足音とともにくだってゆくと、湿った土とかびの匂いが鼻を打った。私は足音の拍子をとるようになり、それにつれて、「なにゆえに……そもなにゆえに……貴殿はかくも……血の気が引いたやら……」と繰り返した。ランタンはまだ動いていたが、もう底の土間に来ており、白い排気管を照らしながらさらに奥へと分け入っていった。自分たちの影法師が地の精じみていた。ふと、こんな思いが兆した。「犯人はこの場にいるのか？　うしろに今いるのは誰だ……？」振り向けば、帽子のつばの下からキラールの白眼だけが炯々と光り、ステッキを棍棒のように構えて握りしめていた。冷たい湿気が肌にしみ入るあたりで一同足を止めると、バンコランが南京錠のかかった低いドアの前に立った。

「地下酒蔵だ」と、鍵を出した。

その狭い場所へ四人で入ってみると、大樽の上に何段も棚があって、瓶がずらりと並んでいた。だが、バンコランが灯を高くかかげてみると、壁のうち一面には瓶も並んでおらず、積み上げたレンガが不揃いに飛び出ているのが見えた。壁の根元に漆喰の小山ができている。急にキラールの足が何かに当たり、何かがカラカラ音を立てて転がった。園芸用の移植ゴテだった。

バンコランがひげの陰できらりと歯をのぞかせ、目をらんらんとさせていた。ランタンの光はゆるぎもしなかった。

「あの壁を叩き壊せ！」

私はグラフェンシュタインを押しのけ、つるはしをふりかぶって不揃いなレンガめがけて打ちこんだ。抜くと、ほこりと漆喰が飛び散ってレンガが二つゆるんだ。また打ちこむと、壁がくぼんだ。もう一度やったらいきなり壁が崩れ落ち、もうもうと土煙があがって息がつまった。つかのま灯がささなくなり、誰も動かず……やがて、崩れた壁の穴に灯が届いた。

穴をのぞきこむと、片目のうろからどろりとした目玉がじっとこちらを見すえ、腐りかけた顔の一部がのぞいた。腐った手が私の顔すれすれに突き出てきたところからすると、死体はレンガの裏につめこまれていたに違いない。

意識のはるか遠くでおぼろげに、つるはしを落としたことや、しっかりしないと吐いてしまうぞという自覚はあった……。誰かが幽鬼じみた声でひいっと息を呑み、すさまじいうなり声を上げ、誰かがしわがれ声を出した。「それはいったい？」

「ムッシュウ・キラール」バンコランだった。「サリニー家の最後のひとりをお目にかけたくてね。目の前のこちらがラウール、本物のラウールですよ……。この三週間というもの彼になりすましていたやつ、一昨日の晩に殺された男、今は階上の棺桶におさまっている男こそが誰あろう、ローランなのですよ」

沈黙が降りた。私は後ろを向いてその光景を視界から締め出した。キラールは漫然と愚痴っぼくこうつぶやいていた。

「そこのレンガが一個ぶつかったんですよ、私の脚に――そこのレンガが一個ぶつかったんですよ、脚に――」

16　棺の内から語る男

もうもうたる周囲のほこりがまだおさまりきらないうちから、バンコランは高くランタンを掲げて一同の顔を順に探り見ていた。グラフェンシュタインが口の中でおざなりにつぶやくのが聞こえた。「だが、ありえん――そんな、ありえん！」頑なに繰り返していた。キラールは

キラールで大声を上げた。「あんた、気でも狂ったんですか？」

「いいえ」バンコランがそっけなく言い返した。「階上へいらっしゃい。お目にかけましょう」どうにかさっきの客間へ一同とって返し、ずらりと生花をあしらった、さっきの白い棺と、数珠をつまぐりながら控えたジェルソーをまた目のあたりにするのは、やはりちょっとした衝撃だった。じっと花に見入ったキラールがやがて帽子をとり、痙攣でも起こしたような手ぶりで花にぶつけた。禿げ上がった頭をまばゆいばかりに光らせ、指の関節を鳴らして甲高い声を震わせ、「本気で言い張るおつもりか、向こうのあの棺におさまっているのは」――長い指で差し示して――「ローランだと？　やつがラウールを殺した後で、本人になりすましていたとおっしゃるつもりか？　そういうことですな？」

「まだ信じられないとみえますな」バンコランが肩をすくめる。「まあね！　すんなり、はい

そうですかと受け止めてもらえるとは思っておりませんでしたよ。ですから、詳しい説明にそなえて下準備をしてきたのです。ご自身の目で見るべきほどの事物は、すべてお目にかけるつもりですよ。そして、弁護士さえ疑う余地のない証拠を裏づけに差し上げましょう。おかけなさい、諸君」

「だが――それでも誰かがローランとヴォートレルを殺したことになるじゃないか！」とグラフェンシュタイン。「では、他の何者かが――」

「その通り。ちょうど、ローランがサリニーを殺して下の壁面に死体を埋め込んだように、今こうして行方を追っている人殺しがローランとヴォートレルを殺したのですよ。われわれはそいつを探しているというわけです。別の言い方をすればですな、われわれはいかさまを見破りはしたものの、いまだに謎のとば口にいるというわけです！……ちょっとそのまま、ジェルソー。退室するんじゃない。こちらのテーブルに灯をつけてくれ」と言うと、持参のブリーフケースを開けにかかった。

他にはひとこともなかった。他の面々はどうだったにせよ私は唖然とし、居合わせた誰より懐疑の目を向けていた。みなで腰をおろしている間に卓上にランプがつき、バンコランが書類を選り分ける音だけが聞こえた。バンコランは棺と生花を背にして直立し、ランプの光に顔をかざすようにしてこちらを見守った。

「諸君」彼が言う。「そもそもの始めから、皆さんには不利な点がありました。ご自分たちが調べていたのがどういうものか、さっぱりわかっておられなかったのです。初動でそうしてつまずいたせいで、どうも一連のできごとを虚心にとらえきれなかったようですな。いったんつながりが見えてくれれば、こうして私が口にするより先にいち早く悟っておられたでしょうに。

ここフランスでは、私の職務には極めて多芸多才な人物が必須です。むろん、捜査に使う手段百般に熟達精通すべきであるなどという要求まではされません、たとえそんなことが可能であったとしてもね――化学、弾道学、精神分析学、医学、顕微鏡写真といったような分野ですとか、分光器、比色計、カメラ、紫外線など専門知識を要する装置の操作心得まではいらない。ですが専門家に検査目的を告げ、上がってきた知見を理解するだけの素養は絶対にいります。私はパリ警視庁という巨大機構を制御し、徒労や暗中模索やあてずっぽうの捜査にならないようにしなくてはならないのです。私の頭脳は、事物を論理的に結びつけるためだけに働かなくてはならず、裏づけをとって証明する作業は部下たちの仕事です。

まずは賭博場でどの殺人も起きていなかった前段階で、私はある奇妙な事実に悩まされていました――だからこそ、グラフェンシュタイン博士のご意見を求めたわけですが――精神分析学の観点からね。マダム・ルイーズには二人の夫がいました――二者の性格は水と油ほども違い、類似点や共通する関心事は皆無でした。マダムは学者肌のローランを愛しておりました、やつが狂人になるまでは。それからは忌み嫌うようになったと言っていました。それが彼女の性格に深い傷を残したわけです。ですが、さほどたたないうちに同じぐらい熱烈に運動家のサリニーを愛しました。そして世の大勢の男のうちで、サリニーこそが最初の結婚がもたらした恐怖の名残から、彼女を引っぱりだしたというわけです。そこでふと思いました、心の奥で夫人はまだ無意識にローランを愛しているのではないか、とね――そしたらどうです《ヴォワラ》！ サリニーとローランは身体的特徴にふしぎと似通う点があったようですよ。早い話が、当の夫人の口からもそのことが明らかにされています。覚えておられますかな、諸君？ ローランがサリニーの中にひょっこり見えることがままある、それが怖いと言っておりました。そうですとも、だって、サリニーに初めから引きつけられた陰の理由はそれだったのですからね。そういった類似点と、初めとまったく違うタイプの男に心を移したことは表裏一体だったわけです。夫人自身はそうしたつもりでいても――実際にはまだローランを思い切れずにいた。やつが狂人であったと悟ってひどいショックを受け、頭の中から振り払って忘れようとした後でもね。ここに二人の男がいます。どちらも背が高く、どちらも独特の輝きを宿した茶色い目で、似たような顔のつくりです。ローランは丸みを帯びた鼻で、サリニーはまっすぐ、ローランは茶色の髪とひげ、サリニーはブロンドでひげをきれいに剃っています。髪を漂白し、ひげを剃り落とせば、生き写しまでは無理でもまずまず似せられるでしょうよ。かりにサリニーと懇意な友人がいれば誰もひっかかりますまい。が、要はドクターがご承知の通り、友人同士というのは外見よりもふだんの身のこなしで人を見分けるものです。仕草や態度はいつも寸分たがわずとは限りませんが、違っていればぎょっとしてこう言います。「おいおい、別人を見ているようだ。まるで君じゃないみたいだよ」そこへいくと肉体上の外見というものは、心理上でとくに重きをおかない限りは捉えどころがないものです。路上で通りすがりに面識ある人をざっと見たぐらいなら、外見上の小さな変化が百はあったとしても、際立って特徴的な決め手――髪の色、鼻の形、帽子のかぶり方——が変わらなければ、どこも違わないとみなすはずです。なりすまし屋というのはそういう際立った特徴をまねしつつ、見破られそうな人からはおしなべてなるべく距離を置くものです。逆説めきますが、ただひとり見分けられそうな人だけが、どうやら見破れなかったようで——ルイーズ夫人ですな。なにしろ本物のサリニーが目の前にいた時でさえ、サリニーでなくローランを見ていたのですから。

これまで申しましたように、まずこの点がなんとはなしにもやもやとひっかかったのです。あなたとお話ししていた時にははっきりした形でさえなかったのですよ、博士。この女性がよりによって一番恋に落ちそうにない相手と恋に落ちたのはなぜだろうかと頭を悩ませていたからです。私はロマンティックなたちではないのでね、エロスの弓から放たれた矢があてずっぽうに当たったなどという荒唐無稽なこじつけで、木に竹を継いだような無理のあるなれそめを片づけてしまうようなお優しい感傷を持ち合わせておりません。それに、ほかにも理由がありました。夫人が本気で二人のうちどちらかを愛していたと言い切れなくてね、お話しした時点ではそのことも念頭にありました。

そこで事件の進展につれて、観察によって得た事実いくつかに目を向けました。ひと月以上前にサリニーが背骨と左手を負傷したとわかっています——左手ですよ、どうかご記憶ください。ウィーンのあの先生が電報でそう知らせてきた——傷の治療に、ウィーンへ出向いたこともわかっています。パリ出発時の彼は女性に慇懃なスポーツマンで、ラコストを負かしそうになるほどテニスができて剣の達人、山刀でピューマに向かっていくほど豪胆な紳士でした。スポーツ界を拠点にし、友人のおおかたをそこで得ていました。また馬術とライフル射撃の達人でしたが、さしたる頭はなく活字を目にするさえまれで、母国語以外は話せませんでした。社交に疎《うと》く、社会的地位身分にはもっと無頓着でした。考えなしの理想主義者といった手合いで、婚約者ひとすじで他の女に目もくれぬといった有様でした。健全で熱血一途、常に友人たちをもてなしていましたが、美食道楽やサロンのお楽しみには不案内でした。早い話が赤い大地から生まれてきた純真純朴系でして、スウィンバーンの詩を若いご婦人に暗誦してみせたり、『不思議の国のアリス』を読み、独身お名残り会で歴代の名犯罪者について論じ合うなどという人物には驚きの目を向けたことでしょう」

そこで間を置いて、おもむろに要点を数え上げる。

「それではっきりしましたか、いまの話に出てきた件をご記憶のはずですが？——そこで、三週間前にオーストリアから戻ってきたサリニーです。その期間になんと驚くべき変化を遂げたことか！　ウィーンの街にほんの一週間いただけで魔術のような変化に見舞われ、いまあげた特徴とはいちいち正反対の人間ができあがったのです。

自分の結婚に恐れおののき、ひどくローランを怖がりました。山刀一本でピューマに立ち向かうような人がです。誰かに殺されるのではと考えただけでがたがた震える始末、この館に一人きりで閉じこもって誰とも会わない。以前のスポーツ仲間とはきれいに手を切ってしまいました。お次にジェルソーを雇って内向き一切をやらせ、他の召使は寄せつけなかった。ジェルソーは手紙の代筆もしたはずです。手のけがで署名さえできなかったからですな」わざとらしく写真の束を掲げてみせた。「これをごらんください、諸君、前にも見たことがおありでしょう。サリニーがスポーツほぼ全般に耽《ふけ》っている写真で、こういってはなんですが、どの場合でも右手を利き手にしているとお気づきになったはず――テニスのラケット――フェンシングの剣――つねに右手です。それなのに、戻ってきたら字が書けなくなり、フェンシングができなくなり、テニスができなくなった。手の負傷が理由です。驚きですな！　負傷したのは左手だったというのに。

ウィーンに一週間いたおかげでついた英語の知識たるや完璧で、ゴルトンなるアメリカ人が請け合うには、彼の知る誰よりも達者な英語だと。しかも家庭的美徳をすべて放擲《ほうてき》し、情熱に身をゆだねるままに」――鄭重に私のほうを見た――「以前に手ひどくはねつけた、さる若い婦人の腕の中へ。そのご婦人にポオやスウィンバーンやボードレールを引用しはじめ――」

私がいきなり大声を上げた。「やつだったんだ、彼女に『アリス』を持っていったのは。その話なら彼女に聞いたよ！」

「ああ、そうだよ。あらゆるスポーツのお誘いを断わって、今度は本の蒐集というわけだ。その話にもじきに触れるよ。だが、われらが万能居士どのにはなくて七癖がほかにもあってね、誰も思いもよらないようなのが。阿片嗜癖がいささか重度であったと判明し、驚いたことに一年以上も耽っていたのですよ。違う言い方をすれば、一年前には折に触れて阿片で浮世の憂さを払う片手間にウィンブルドンで世界の強豪を負かしていた。激しく剣を交えたのちに阿片ギセルでほっと一息入れ、その翌朝はカルパンティエ氏と十ラウンド戦い抜くボクシング試合で引き分けたという話を信じるよう求められているわけですよ」

バンコランが眉を上げ、さも見下したような顔をした。

「諸君、人間の生活や性格にも矛盾は多々ありますよ。ですがそんな話を聞かされたひには、ミュンヒハウゼン男爵その人だって、まず音を上げるでしょうな。そこで私はこの変化の原因をより詳細に調べることにしたのです。新たに身辺に侍《はべ》らせたとりまきの友人連中だけでなく――たとえば、これまで会ったこともなかった顔ぶれを晩餐に招いたり、これまではうんと疎遠にしていた弁護士ににわかに接近をはかってみたり――かたがた、目の前に置かれた具体的な証拠にも注目しました。ローランから手紙を受けとったと侯爵は言っていました。その手紙を持参して、不安でしかたがないと訴えたこの男は、ローランなど一撃で叩きのめして永の眠りに送り込んでやれたはずなのです。まったくね！　筆跡はローランのものでした。前のときの直筆見本が事件調書ファイルにありましたので、つきあわせてみました。今回の新しい筆跡は上下にうねりがあったので数インチずつ定規で区切りましてね。それから拡大して、文字の斜め線をもとの見本と比べてみました。角度も同様の手法で測定しましたよ。筆跡は一致しました。偽造なら、すぐさま違いがはっきり出ます。

ところが顕微鏡検査にかけてみたら、新しい筆跡はわずかに揺らいでいます。偽造したためにペン運びがおぼつかなかったせいではなく、麻薬に神経系統を冒されたために不安症の徴候が出ているのだと判明しました。科研主任によると、麻薬常用者の筆跡見本参照の上で阿片中毒と断定したのだとか」

キラールが沈黙を破った。

「筆跡からそこまで判別できるものですかな？」甲高い声で詰め寄った。

「雑作もないことですよ。ベイル博士には毎日のことですから……。そこで手紙の書き手はたしかにローランでしたが、やつは麻薬常用者だったわけです。さて、この手紙そのものを見てください。筆跡鑑定用のいろんな印をつけたままでこの場へ持参しました。便箋の繊維分析によると、パリのトラデル工場製の極上リネンパルプ紙です。われわれは捜査網を広げました！――するとド・サリニーの注文で、八日前に二十四枚入りを二セット納品していました。ですがそれだけでは見当違いかもしれませんので、鉛筆の痕跡を調べなくてはなりませんでした。手紙は鉛筆で書かれていたからです。鉛筆というのは四種に分かれます。炭素と珪酸塩と鉄が原料だと――薄墨色の筆跡。石墨と珪酸塩と鉄ならば――柔らかい書き味の濃黒。色鉛筆は各種顔料、製図用鉛筆はおおむねアニリン染料と石墨と含水珪酸アルミが原料です。酢酸と青酸化鉄の混合溶液を用いて、問題の手紙の字に出た呈色反応を顕微鏡で調べると、ふつうの鉛筆とは違うものの、過去に調べた鉛筆に一致する例がありました。この手紙は製図用鉛筆で書かれ、過去の検査例とつきあわせれば銘柄が特定できます。ゾディアック四番でした、特殊なものです。上出来ですよ！　この館の二階にあるサリニーの机を昨日調べたら、ゾディアック四番が一本見つかりました。指紋照合とまったく同じ要領で、顕微鏡と分光器を使ってこの手紙の筆跡と照合しました。手紙はあの鉛筆で書かれていましたよ」

バンコランは手紙を置き、目をらんらんとさせて破顔した。

「これまた雑作もないことですよ！　こうして手紙の書き手はローランで、〝サリニー〟注文品と同種の用紙に二階の〝サリニー〟の机から出てきた鉛筆を使ったことが判明しました。網がぐっと狭まったわけですよ！　そら」テーブルに本をぽいと放った。「『不思議の国のアリス』です。〝サリニー〟がこの本をミス・シャロン・グレイに持っていってやるつもりだったと信じるだけの根拠があります。この本はあの晩に〝サリニー〟がいた喫煙室のブース席にありました。見返しの署名は消されていました――いかさま師がインク消しや消しゴムで痕跡を消そうとするときに冒す致命的な誤りです。この場合は不器用に消しゴムをかけただけでした。警察ではこの見返しを整色乾板で撮影してネガを現像し、昇汞《しょうこう》で増減度したものを枠にはめて乾燥させ、第二の乾板を密着複写するという工程を五、六度繰り返しました。諸君、ごらんあれ。これがそのネガです！」と、ランプの下に広げてみせた。「七度目で、消された文字が乾板にはっきり浮かび出ました」

じっと立ったまま、指だけで下を示した。「見返しの名前は手紙と同じ筆跡で、「アレクサンドル・ローラン」とありました。

これで〝サリニー〟の正体がローランなのは疑いないと申し上げて差し支えないでしょう。ですが、先へ進まなくては！　このなりすましに指一本動かす余地すら与えぬまでに包囲網を狭め、証拠固めをしなくては。私は推理し、強力な科学的頭脳に裏づけをもらいました。さて、ここでぜひとも自問しなくては。本物のサリニーはいったいどこだろう？　と。ローランに始末された。そこまでは明らかです。どなたかこの点をお疑いでしたら」――バンコランはテーブルに身を乗り出した――「なんでしたら決め手となる明白で絶対に失敗のない検査をやってみましょう。この検査はまだでした。というのも死体の検視解剖時には確信がなくてね――写真や化学検査結果がまだ来ていなかったので」

「先を続けてくれたまえ！」キラールがしわがれ声を出した。「陛下《した》の――あれの件を」

「私はまた糸口を探しました。自問したわけですよ、かりにローランがサリニーを殺して彼になりすましたとしたら、どこで殺した？　ウィーン出発までは本物のサリニーでした。となるとウィーンか、さもなければパリ帰還後です。さてさて！　どこにでも顔を出すわれらがゴルトン氏がウィーン発パリ行きの戻り列車でサリニーと会いましたね。そちらの〝サリニー〟はすこぶる英語堪能でした――つまり殺人があったのはウィーンです。殺して、死体をどうしたか？　ご記憶でしょうが、犯人には時間の余裕がありませんでした。へたに見つかれば正体が露見するという最悪の危険が待っているので、死体を完全に始末してしまわなくてはなりません。ドナウ河に投げこんだり、いちかばちか細切れにするなど、とうてい無理な話です。胡乱な死体がひょっこり出てきたりしたら、せっかくの計画が明日をも知れぬものになりかねない。それなのにこの人間の死体というしろもの、実にどうも扱いかねる！　ひとつこの男の身になって、鋼なみの神経で信じられないほど大胆不敵ななりすましをもくろんだとしましょう。さだめし、実行可能な狡知この上ない計画をひねり出したはずです。サリニーのトランクのどれかに死体を詰めてパリへ持って帰り、ほかならぬサリニーの館に隠すという――どう見てもサリニーが生きてぴんぴんしているというのに、居館をのぞいてその当人の死体を探そうなんて、いったい誰が考えますか？

ただの当て推量じゃないか、とおっしゃるんですな。いやあ、それがそうでもなくてね！〝サリニー〟の逸話にどんなのがありましたっけ？　ウィーンからご帰還後は、いきなりそれまでになく地下酒蔵を心にかけるようになったんでしたな。誰も立ち入らせず、入ろうとしたのではないかというので執事を首にしています。鍵は肌身離さず持ち歩いてね。以前にはついぞなかったふるまいです。地下酒蔵ですよ！　つながりがそこにあるのはたしかです。〝サリニー〟が開いた独身お名残り会のあと、ヴォートレルと、ムッシュウ・キラール、あなたが居残って歴史上の犯罪者の話を出した席上でヴォートレルがポオの話を持ち出しました。地下室の壁に塗りこめられた男の話でしたが、キラールさん、そのときの言いぐさをご記憶ですか？「ようく知ってるだろ、おなじみだよね、ラウール？」このときばかりは、〝サリニー〟の鋼の神経もひとたまりもありませんでした。ヴォートレルにばれた。はっと席を立った偽サリニーは他人に秘事をけどられたと悟ったのです。ですからその刹那、薔薇の花と蠟燭に囲まれてわれわれの目にかいま見えたのは、追いつめられたやつの素顔だったのですよ」

所在なく目をやり、曲げた指を一同に向けてただならぬ声で続けた。その顔の手前にともったランプをにらんでいた私の頭には、話につれてよしなしごとやら、その館にまつわる薄気味悪いあれこれが残らず浮かんでくるのだった。

「詳細についてはまだ調査の余地があります。たとえばサリニー殺害の手口、おそらくはサリニーがウィーンで泊まっていたホテルでやったのでしょう。死体をこちらへ輸送した手口、サリニーの暮らしぶりや交友についてどうやって調べたか、おそらくは手紙や数限りなく出回っている記事や出版物などから知りえたのでしょう。サリニーの業績については本や記事になっていますし、新聞各紙はつねに写真入りで動静を伝えていましたからね。

ですが、この狂人の巧妙な手口にはまったく脱帽ですよ。「眼鏡の奥でつぶらな目をみはり、絹糸のような茶のひげ面をほころばせた」男は――消えうせてしまった。人知れずこんな計画を練って鼻を整形し、さながら服の仕立てよろしく公爵の写真をまねて自分自身を仕立て上げていったさまをご想起願いたい。かつて世界各国語を極めようとしたあの熱意で公爵の写真を極めんとし、死ぬまでその写真を肌身離さず持ち歩いていた！　悪魔なみの狡知と想像力を働かせ、詩的正義の求めをいかんなくみたした復讐法を描きだしたさまをご想起願いたい。やつの本領とは、そういうものでした。サリニーになりすましてパリへ戻り、挙式までその偽装を押し通してルイーズ夫人とふたたび式をあげ、この館の新床へ伴った上で、人間離れしたその復讐のためにようやく正体を現すつもりでした！　夫人を地下へ案内して情人のなきがらを見せてやり……洒落、でしたっけね？　めちゃくちゃな洒落ですよ、正気の沙汰ではない！　ミス・シャロン・グレイに言ったせりふが恐ろしい含みを帯びて蘇ってきませんか？「今夜逢おう。話があるんだ、君なら洒落の妙味をわかってくれるよ」

夜にこの廊下をたどりながら、自ら手を下してきた企てを思い返したり、中世作家の筆になる愛読書に出てくる話に一脈通じる皮肉に含み笑いするやつの姿が思い浮かびますよ。ここまで甘美な復讐は、ルネサンス期作家の誰であれ思いつかなかったほどです。すべての人をまんまと出し抜き、自分あてに脅迫状を書き、まぬけな警察相手に完璧なひと芝居を打ちました。勝利をおさめたのは、やつでした」

薄気味悪い室内のマントルピース時計が時を告げた。バンコランの背後に花がぼんやり浮かび、棺に照り映えた。ランプの灯がバンコランの顔にちらつき……あそこにいるのだ、あの狂人は、あの狭いねぐらにおさまって……。

「今の話が根も葉もないたわごとではないと証明する決定打をお目にかけましょうか?」バンコランが小声で、「ジェルソー、棺の蓋を上げろ!」

ジェルソーは幽霊のように背をかがめて立ち上がったが、言われたことをとっさにつかみかねているようだった。返事をせず、バンコランの言いつけが意識にしみこむのをしばし待つようすでいた。やがて不器用に指で白い松材の蓋を開けようとした。バンコランはというとブリーフケースからスタンプ台と紙を出し、棺に寄って行って、力いっぱい蓋を持ち上げようとするジェルソーをじっと見守った。私は死人が起き上がるのではといくぶん期待しながら席から乗り出して身をこわばらせた。不気味な光をはじいて蓋が上がり、内部の白い詰め物の光沢がぼんやり目にうつった……。バンコランが棺をのぞきこみ、ジェルソーがひっというような声を洩らして両手で顔を隠した。蓋がやかましい音を立て、キラールがぎょっとして立ち上がったのが見えた。その蓋のうつろなこだまが尾を引くなかで、戻ってきたバンコランがランプの下に二枚の紙を放り出した。

「見てごらん! 警視庁の事件ファイルから持ってきたローランの指紋記録だ。たった今、この死体の指紋をとりました。比べてごらん！　同一人物ですよ」

　バンコランはその二枚に指を置いていたが、しばらくして顔を上げた。

「やつはムッシュウ・キラールから百万フランを引き出しました。そして召使一同に、館へ戻ってくるなと言い含めました。覚えていますね？　初夜の翌朝には館へ戻るなと命じたのです。だって、ルイーズ夫人も情人の死体を見せたあとで殺してしまい、初床に死体を置き去りにして百万フランを持ち逃げする魂胆でしたからね。そうしておけば、召使たちに死体を発見されるのは数日後になります……」

　やぶからぼうにキラールが座りこみ、両腕を抱え込んで顔を埋めた。

「ですが、こいつの狡知を上回るやつが別にいたのです、ヴォートレル以外にも感づいていたやつが」バンコランがつぶやいた。「この家門に悪だくみをしかけたやつが、もうひとりいたのです」一拍置いて、そっと口にした。「やつを殺した犯人ですよ」

17　犯人の名を聞く

バンコランは黙って棺に近づくと、立ったまま中の顔をにらみおろした。

「これでようやく」キラールが面を上げ、ただならぬ声で、「屈託がとれましたよ。ひとつだけは大変にうれしいですな。たわいない――よそ目にはどうでも構わんことではありましょうが――サリニー家の一員ともあろうものが、私のもとへ来た偽ラウールのように、死を恐れてすくみあがるざまなど見たくもなかったですよ」身ぶりで片づけ、おもむろに四方の壁面を見わたす。「サリニー家はつわもの揃いでしたからな!……」

それだけの話だった――「サリニー家はつわもの揃いでしたからな!」――が、そう口にしながらも弁護士は棺へと吸い寄せられ、いい気味だと拳を固めて勝ち誇ってみせた……。やっと、前より落ち着いた声で、「ご最期はどんな?」

「さきほどお目にかけたように、死体は損傷がひどくてね」バンコランが答えた。「ですがこれから立証されるでしょうよ、後ろから一撃されて頭蓋骨が砕けたのだと」

金塗りの椅子に巨体の手足をのばし、それまでずっと沈思黙考していたグラフェンシュタインの手がふいに上がった。

「待て！　待てというに！　まったくもって恐れ入った《ドンネルヴェッテル》！　とうていついていけんよ。要点のいくつかは、こうしてかなり明らかになさった」そう認めながら、これまでの経緯を頭の中でなぞり、「が、なにやら超自然の手法によって知り得たのではという点もある。そこに異議あり。魔術師の手品ではなく、警察らしい仕事をしていただきたい。頭蓋骨が砕けたとどうしてわかりました？　地下室では、あの死体を見もしなかったのに」

「いやいや！　実を言いますとね、昨日きちんと調べておきました。上のレンガをいくつかはずして、また戻しておいたのですよ」

「昨日、ですと？　そんな話は一度も出なかったぞ。かくいうわしも居合わせたが」

「ええ、申し上げませんでした。あの死体を餌にして、ひっかけたい相手がいましてね。理由はじきにご説明しましょう。ところで、地下から上がりしなをこちらのムッシュウ・マールに見られたのですが、いつもの慎み深さを発揮して、穿鑿を自粛してくれましたので――」

　私がぶつくさこぼす。「忘れてたんだよ、くそっ！」

「ちょっと待ちたまえ」グラフェンシュタインが執拗に食い下がり、ぶつぶつひとり合点しながら何ごとか指折り数えていた。「そうだ！　ローランが死体をこちらへ送り返すことにしたと話しておられたな。まあ当たっていたらしい、実際そうなったんだから。ですが、ご高説によるとローランがサリニーを殺したのは「ホテルの部屋」で、送り返すさいは「トランクに詰めた」という。なぜかね」と詰め寄った。「ホテルの部屋としたわけは？　それに、なぜトランクだと？」

「ねえ博士」バンコランがごくかすかにいらだちをのぞかせ、「私はね、やつが思いつきそうな筋道はこのへんだろうと申し上げたまでですよ。ですが、どうか良識を働かせてください。頭を砕かれた死体が地下で発見されたとします。死後三週間はたつはずの腐乱状態です。理由のいくつかはとうにご提示しましたよ。ウィーンでは、サリニーの宿から遠い場所でローランにサリニーを殺せたはずはない。だって、街路づたいに死体を引きずってこられるわけがありません。また、そんな必要がどこにあります？　サリニーの宿泊ホテルへ出向けばいちばん手っ取り早く片がつくでしょう。サリニーの扮装なら、じかにサリニーの部屋へあがっていっても誰にも見とがめられません――当然サリニーだと思われますからね。かりにホテルで二人とも人目にとまったにせよ、同時に見られなければ大ごとにはなりません。同じ殺《や》るならウィーンの方が、サリニーが常に友人たちに囲まれ、なかなか一人きりのところをつかまえにくいパリより上策です。殺したら殺したで、ウィーンのそこらへんに死体を放置してみすみす警察の標的になるより、パリへ送り返した方がいい……。まったくね！　あなたがホテルの部屋で死体をもてあましていたとします。燃やすこともその場での解体もかなわず、トランク詰めを架空の宛先に出すか、解体小分けして小包に仕立てようものなら警察の厳しい追及を受けるでしょう。さらには、死んではいないはずのサリニーの生首が発見されれば身元はただちに割れます――雪だるま式の悪循環ですよ！　それで自分の手荷物に入れてパリへ送る。例えば帽子箱、書類小包、名目はまあなんとでもなりますが、いちばん単純ですっきりした手口として、被害者のトランクを提案しますよ。さらに言うと、こんな手がまかり通る被害者はヨーロッパでもごく一握りだけで、サリニーはその一握りのうちに入っていました。さきに指摘した通り、通関検査免除という王族特権を享受していたのでね。あえて申し上げますが、無検査で通関できる手が他にあるならぜひともご教示願いたい。ですが、ローランが死体を返送したがった主たる理由は恐らく――」

「ああ」グラフェンシュタインが勝ち誇ってさえぎった。「そこで難問が出ましたぞ！　ローランが新婚の晩に館へ連れ戻ったルイーズ夫人にあの死体を見せるという洒落をもくろんでいたなどと、途方もないことをおっしゃいましたな。案として秀逸ですし、ローランの思考法とも合致しますが、どういう根拠でそうお考えになりました？」

バンコランは我慢強さにいささかの茶目っ気をまじえて応じた。

「博士、いっそ小気味いいほど徹底しておられますな。こんなふうにご覧になってください。ローランは恐ろしい危険を冒してあの死体を持ち帰りました。それもこれも、相応の根拠があって申し上げますが、死体の完全な証拠湮滅《いんめつ》をはかるためでした。こうして持ち帰ったからには、安心して始末できます。暖炉で焼いてもよし、アルカリか硫酸にでも漬ければ跡形なく消してしまえます。ウィーンではできなかったような準備がこちらではいかようにも可能なのは疑いをいれません。ですが、やつはそうせずにこの死体を地下酒蔵へ運びおろして不器用に、怠慢といっても過言ではないやり方で壁の穴に隠し、壁をふさいだときのレンガの跡を隠そうともしませんでした。モルタルをいい加減に塗っただけでしたので、移植ゴテであっさり外れましたよ。さらにさきほどムッシュウ・マールがつるはしをふるったら、ものの三度で壁がそつくり崩れてしまいました。耐久性を意図したものでないのは明白です。あの死体をあわてて出す形跡がなかったのもやはり明白です。三週間も腐るに任せてあったのですからね。ならば、簡単に取り出せるあそこに置いておく目的がそれなりにあったわけでしょう？――その事実に符合する仮説といえば、あの死体を自身のルネサンス風の復讐劇、つまりミス・グレイに言った「洒落」の登場人物として用いるため以外に思いつきません。相応の根拠に基づき申し上げますと、死体を持ち帰ったのは主としてそのためだったのです」

バンコランが葉巻をつけた。室内を一巡し、またもグラフェンシュタインの前で足を止めた。

「まさにそこがですな、博士、ローランの頭脳と、ローランを殺した者の頭脳がそもそも決定的に違うところなのですよ。お気づきになってしかるべきでしたな、ローランがこの〝手紙〟なるものを自作自演で偽サリニーに送りつけて警告したのは、およそ性格にそぐわぬ手口だと。ローランは隠れてことを行なうたちですので、目立つまねなど断じてやりたがらなかったでしょうよ。殺害を企てているなどと当のサリニーにけどられたくはなかった。唯一の成算かつ唯一の喜びは、こっそり忍び寄って、いきなり不意打ちを浴びせる点に尽きたのですから……。ところが〝もう一人〟の頭脳、ローランを殺そうとはかった者の頭脳ときたら、自らの狡知を世に知らしめたいの一念でしてね。大向こうへは派手な打ち上げ花火を見せておきながら、誰の手になるかは明かさずにおこうというわけですよ」

その主張を、グラフェンシュタインが検討した。

「ですが、これら全てに」両手を振り回して指摘した。「証拠がない。それはローラン殺しの手口を示すものではない。不可能事が現実に起きたのを、われわれはあそこの賭博場で目にしたわけですぞ。食屍鬼《グール》や人狼や吸血鬼の実在を信じるのかなどという質問はよしにしてもらおう。ローランを殺したやつがいるんだ——世上では——ヴォートレルだという。わからんのは、その手口だよ」

バンコランはテーブル前でうつむき、おざなりに卓上ランプの鎖を引いてちかちか明滅させ、死者の安置された部屋での喫煙に気がさした様子で、吸いかけの葉巻を捨てた。薄暗がりからキラールが決然と腰を上げ、杖にすがって棺へと近づいた。

「忘れるべきかもしれん。だが、忘れんぞ。この外道め！」手厳しく決めつけ、死体の顔めがけて拳を振りたてた。「正面切ってやりあう肝っ玉がなかったんだろうが？　そこらの追い剝ぎ同然に後ろから殴りつけおって……。死を恐れぬお方だった、そんなお方になりすますとは……。そうと知っておれば、私がこの手で殺してやったものを」弁護士が骨ばった両腕をかざしたかと思うと、だらりと落とし、やおらバンコランへと向いた。「こんな気がして参りましたよ、ムッシュウ——サリニーの家名にかけて、あなたにお礼申し上げたいと」と、この老いたる禿鷲は唇を嚙み、大きくかぶりを振ってみせた。「まったくねえ、この件はもう何が何だか！　勘働きがいささか鈍っとる——常にもなく——ご理解いただけましょうが、小生にとってはたいそう重いことですので……。ようやく腑に落ちました——あの移植ゴテの件が！　あの移植ゴテは、あやつを象徴する品だったんですな。印璽《いんじ》であり、サインだった——」

「ムッシュウ・キラール」バンコランが小声で、「それは確かですか？」

「確かとは、何がです？」

「昨日お尋ねした件を思い出してください、ムッシュウ――マダム・キラールの浴室の薬戸棚に移植ゴテがありましたか？」

キラールの目に膜がかかり、またしてもガラガラヘビの迎撃態勢さながらに身構えるのが傍目にもわかった。「何を――何のお話ですかな？」

「マダム・ルイーズによると、あの浴室でローランを見たはずだとか。そのときのローランはサリニーに扮して、ムッシュウ・ヴォートレルと一緒に別室でした。ですから夫人が見たのはローランであるはずがない。では、誰だったのか？」

グラフェンシュタインが大声で勝ち誇った。

「だから言ったでしょう！　あれは幻覚のせいで――！」

「ねえ博士」とバンコランは振り返ると、「その幻覚がわれわれにも殺人を目撃させたとおっしゃるんですか？　まったく同じような状況下で起きた、あのカード室の惨劇も、ただの想像の産物に過ぎなかったなどとは、よもやお信じになりますまい」

われわれ一同、ランプのテーブルへ吸い寄せられるようにゆっくり近づいた。私の体内で心臓が不気味にでんぐり返り、緊張がくまなく駆け巡り、まるで放り出された車が立木に体当たりしていくようだった。みなでテーブルを囲んで突っ立ち、ランプに照らされた各人の顔だけが周囲の闇にぬうっと浮かぶのが見えた。音はない。時計の音さえ耳に届かなかった……。バンコランはこわばらせた片腕の指先をテーブルにつき、左右不ぞろいにかがめた肩ごしに横目で一座をうかがっていた。鋭い顔を暗く険しい陰影がふちどり、魔王《サタン》ばりのひげの陰で、あごをこれでもかと食いしばっていた。くの字眉をぎらつく切れ長の目の上でまたもひそめ、あたかも強大な艦隊が海上で放つ礼砲を耳にしたとでもいわんばかりになった……。

グラフェンシュタインの声が、はるかに遠ざかって聞こえた。「夫人の――夫人のお話では、浴室で見た男が、床に移植ゴテを落としたと。幻覚でないとしたら、なんですか?」

「巧妙な嘘ですよ」バンコランが拳でがつんとテーブルを打った。「ローランとヴォートレルを殺したのは、マダム・ルイーズなのですから!」

18　雌雄を決す

　長いこと誰も動かなかった。バンコランの目はおもむろに一座の上をさまよっていた。にわかに四方の壁が後ずさって室内が一回り広くなり、揺らいでいるようだった。固まったみなの姿が水中の人影のようにゆがんでいた。今の一言で、脳天をがつんとやられたような肉体的ショックが起きたのだ。おかげで全員しびれたようになって戸惑いと驚愕が残ったものの、彼を疑おうなどという気はまったく起きなかった。

　まっさきに動いたのはキラールで、どっちつかずにちょっと手振りをした。

「ははあ」と上の空で洩らすと、つかえつかえ続けた。「そうきましたか――マダム・ルイーズね、ふむふむ」そこまで恐ろしい状況でなければ、間の抜けた台詞だったことだろう。「そうきましたか――マダム・ルイーズね、ふむふむ」

　バンコランがうなずいた。

「ははあ」キラールが了解してうなずく。「なるほど、誰をお名指しかわかりますよ。ふむふむ、もちろんですとも……」数歩踏み出したところでだしぬけに顔をゆがめ、大声を上げた。

「な、なんですと！」

初めてバンコランが視線を落とし、うんと深呼吸しておもむろに卓上の書類をとりあげようとした。その腕にキラールのおののく手がかかった。「ですが」弁護士が食い下がった。「本気で言っておられるのですか？」

「信じられんよ」グラフェンシュタインがぶっきらぼうに言った。

バンコランがいきなり癇を立て、まるで自分まで不安にかられたように話しだした。

「諸君、どうしたことだね？　揃いも揃ってうつけ者の集まりか？　それとも子供か？　しっかりしたまえ！」やがて落ち着いて、「そもそもの初めといってていいころから、夫人が下手人というのは内心で疑う余地がありませんでしたよ。だからこそヴォートレルが殺されたあの晩にヴェルサイユへ出向いたのですが、間抜けたことにあれを未然に防げなかったのは、違う人を守ろうとしていたからです。てっきり、ヴォートレルでなくミス・グレイを襲うつもりだと思っていましたのでね。理由はそのうちおわかりになりますよ。

そちらに」――持参のブリーフケースを指さした――「まじりけなしの法廷向け証拠一式が揃っておりますのでね、いずれ夫人はギロチン送りになるはずですよ。カード室の床で採取した夫人のハシーシュ煙草の灰。煙草そのものは窓の外に落ちており、端に彼女の口紅がついていました。ローランが倒れざまに夫人のストッキングを指の爪でひっかいた時についた絹の糸くず。ヴォートレルを殺した晩、ヴェルサイユまで夫人を乗せたタクシー運転手の証言調書。血の染みのついたマントが夫人の自宅から見つかりました。やつを刺した凶器のナイフの柄には、夫人の指紋がいくつもありましたよ……。ですが、犯人特定の決定打はいまあげた品々ではありません。真の証拠は居合わせたわれわれ全員が目にしています……」テーブルに身を乗り出してことさら声をひそめ、「まったく、諸君の目は節穴ですか？　発見されたローランの死体があんなグロテスクな跪拝姿勢をとっていた理由はこれでおわかりになるでしょうよ、目のつけどころのなっていない諸君にもね。殺人者を前にしてそんなふうに跪《ひざまず》けと促す方法は、それしかないとおわかりでしょう？　その姿勢で、さるご婦人の靴の具合を直してやっていたのですよ」

まるで夫人がその場にあらわれたように、まざまざと姿が浮かんできた。気にしないわ、というあの声がまたしても耳朶に蘇った。薄笑いにゆがんだあの唇が、苦い涙が干上がって薄い膜となった焦点定まらぬあの瞳が、目に浮かんだ……。だが、その場にいるのは早口に言いつのるキラールとグラフェンシュタインのゆがんだ顔ばかりで、博士の大声が聞こえた。

「不可能だ！　その時はわれわれと一緒だったじゃないか――」

「ご同道願いましょうか」バンコランが静かに言った。「実地にお見せしますよ」

あとは何の言葉もなかった。うちそろってあの館を出た時のことは覚えていない。ただ、顔に夜の冷気を浴び、「フェネリの店へ」というバンコランの指示を耳にして、ふと気づけば自分の車の運転席についていた。それからは嵐さながら荒っぽい運転で駆け抜けた。すぐ隣の席でキラールが背をこごめ、張りつめた顔だけを突き出すようにしてダッシュボードのランプを浴びながら、ステッキで床をせわしなくついていた。黄色いヘッドライトの閃光で行く手の人人を鶏かなにかのように追い散らし、やかましい大声でなじられ、フェンダーをぶつけてもお構いなしに混んだ車列を強引な横入りで追い越しても文句を言われなかった。ほどなくトキオ街の灯を遠目にとらえた薄暗がりに車を置いて、バンコランを先頭にフェネリの店へと向かった……。

コルネットの高い音、むせび泣くサックス、乱打するドラム――入口を押し通るや、いきなり目もくらむ光と大音響の出迎えを受けた。ほうぼうで嬌声が上がり、換気扇がうなり、動き回る群衆からきれぎれの談笑が届いた。その反響が天井を揺るがし、金メッキと赤ビロードを施した大理石の玄関ロビーの灯にならって、なべてのものが片時も休まずにめまぐるしくちらついた。どこを向いても大理石の柱列に真紅と金ずくめ、通りすがりに腕を引いて呼び止める人、テーブルを叩く人、給仕を呼びたてる声……。バンコランが人混みをぬってできた細道を一同なぞって階段を上がり、地味な古時計を据えた踊り場へ出た。

二階へ上がれば上がったで、階下の余波で足もとの大理石が揺れるようだが、こちらのお客は行儀よく赤絨毯を行き来し、サロンや喫煙室へ出入りしていた。まるで二晩前みたいだ……。ヤシの木はどれもきちんと定位置におさまり、木陰にはベランダへ出る背の高いドアがずらりと並び、お堅い若い娘に若者がさかんに話しかけていた。まるで……。

「ムッシュウ・フェネリは?」バンコランが従業員の一人に尋ねた。警察の三色バッジ提示後は、躊躇なく答えが返ってきた。

「上です、ムッシュウ。ですが、ただいまはあいにくと――」

上の踊り場をみなでふさぐと、三階への入口を別の従業員が固めていた。またしても警察バッジが提示され、眼前でドアが開いてまた閉じられ、耳の中で残響がこだまするほど、下の喧騒一切を締め出した。

淡い色味のヴェネツィア風ランタンをおぼろに受けた緑がかった壁掛け《タピスリー》の廊下で一同ためらううちに、静寂をついて事務室のドアの奥からフェネリの声が聞こえた。ドア枠の下に細く灯が漏れている……。バンコランがつかつか寄っていくと、ドアを開け放った。

フェネリは耐火金庫を閉める暇もなかった。かがみこんでいたところへわれわれの乱入を食らったのだ。そして、浮かせ気味の片手でデスクの端をつかんでいたのはマダム・ルイーズ・ド・サリニーだった。青銅製のペーパーウェイトを振りかざした腕が張りつめ、灯を浴びていた。じっとフェネリの背中をとらえていたその目が、おびえて凝然とこちらへ向けられた……。なにぶん小さな事務室に押し合いへし合いしたこともあり、私はとっさに事態を把握しきれなかった。フェネリが耐火金庫のドアをがちゃんといわせ、勢いよくダイヤルを回す音がした。その拍子に手にした包みを床に落とし、白い粉がこぼれた。フェネリの踵がそれを踏みにじって隠そうとする。フェネリに飛びかかろうとしたマダムの片腕をバンコランがとらえ、ずっしり重い青銅のペーパーウェイトが音を立てて落ちた。フェネリがマダムとバンコランのどちらに驚いたのか、誰にもわからない――おそらく本人にもわからずじまいだろう。私にわかっていたのは、やつが何やらイタリア語を吐き散らし、指を開いたり閉じたりしながらこちらへかかってきたことだ。私にどすんとぶつかったので、やつの両膝を払って転がしざま、うなじに手刀を叩きこんでやった。

何もかも一瞬ですみ、あとは誰もかれも不得要領な顔をして、肩で息をしていた。気がつけば私は後ずさってキラールにぶつかって片腕をとられ、肩越しにのぞきこまれていた。フェネリは足元でぐったりうつぶせになり、カーペットに顔をつけてのびていた。バンコランにまだ腕を押さえられ、平然と見おろされながらも、夫人のほうはまるで関心をなくして冷たく澄ましこんでいた。薄紅色の唇からちらりと微笑みが洩れた。夫人は無言でバンコランの手から身を振りほどくと、黒髪をなでつけて黒い目に嘲りを浮かべた。

「まあ、いったいなんの騒ぎなの！」

「まったくです」バンコランが相槌を打ち、フェネリを蹴飛ばした。「起きろ！　けがはないぞ……。ちょっとお話ししてもよろしいですかな、マダム？」

その部屋で、それ以上特筆すべきことは起きなかった。フェネリはぜいぜい息を荒らげ、頑として床から起き上がろうとしなかった。頭を振りたて、腹立ちまぎれに指を床に食い込ませている……。バンコランは肩をすくめ、夫人へ慇懃に一礼して部屋から連れ出し、身ぶりでわれわれをついてこさせた。そしてみなを出してしまうと、外から鍵をかけてフェネリを閉じ込めた。

「頭痛がするわ」夫人がこめかみを押さえた。「あの――さっき、私にお話があるとかおっしゃった？」

「お時間は取らせません。よろしければ、こちらの部屋のどれかに入っていただいても――」

夫人は何か疑ったのか？　バンコランにちらりと流し目をくれてつぶやいた。「構いませんけど、こちらのみなさんも――?」

そこで頭に血がのぼった私が、さきほどの室内での不調法をさかんに詫びだしたので、彼女とバンコランは笑顔を見合わせた。かりにこちらの用向きを疑っていたにせよ、夫人はすこぶる面白がっていた。雌虎ばりの狡知にたけたこの女は、事務室で青銅のペーパーウェイトを振りかぶろうとしていたさきほどの形相をみじんものぞかせず、両頰にわずかな赤みを残すばかりとなっていた……。偶然か故意かはともかくバンコランの選択は二号室だったので、またしても夫人はその顔色を盗み見た。二晩前にわれわれの顔色をうかがったのと同じ、疑うように斜に構えた目つきだった。

この部屋にも蘭型のランプが――ホテルなみに各室完備か?――長椅子の脇についていた。下にも置かぬ様子でバンコランが夫人をそちらへ連れていき、やはり慇懃に自分と並んでかけるように勧める……。残る三人はランプの灯の届かぬ暗がりに立ち、まさしくヴォードヴィル・ショウの掛け合いでも見物するように、灯の輪におさまったこの二人を眺めていた。キラールが不安げに指をよじり合わせている。

「煙草は、マダム?」バンコランがシガレットケースを差し出すと、中身の数本は先だっての夜に見たのと同じようなハシーシュ煙草なのが、目に止まった……。

間があった。バンコランは相変わらずケースを差し出している。いきなり彼女の目に涙が浮かんだ。罠にかかって追い詰められたのだ。

「もうすっかり露見したんですよ、マダム」バンコランが世間話でもするように話しかける。

「あなた様があの手この手で食い物にされておられたのは。例えば、間違った相手と結婚するところだったとか――」

「じゃあ、一本いただいたほうがよさそうね、でしょ？」夫人は苦笑して、その一撃を真っ向から受け止めた。「火をつけてくださる？」唇の形や、その目に漂った危険な色からすると、煙草に火をつけるのが遅れれば、狂乱する女を相手にすることになるのは目に見えていた。

「なんでしたら、灰はこちらの絨毯へ落としていただいて結構ですよ」と、バンコラン。うんと軽く言われたのに、夫人の手はぴくりとした。すこぶるたちの悪いひっかけだ。だが、夫人はちょっと目を見開くにとどめ、自分からこう言い出した。

「さっきおっしゃったわね――食い物にされた、でしたっけ？　素敵な表現をなさるのね、ご理解いただけてうれしいわ」

「ええ、そうですとも。食い物です。なぜってマダムは、ムッシュウ・ヴォートレルに手持ちのありったけを貢《みつ》いでしまわれた――二十万フランでしたっけ？――それなのにろくな扱いも受けず、せっせとミス・シャロン・グレイのご機嫌取りに使われてしまう有様ではね」

　夫人は目をつぶった。

「あなた様の小切手の筆跡が」バンコランが説明した。「その――よろしいでしょうか、申し上げても？――ムッシュウ・ヴォートレルの戯曲草稿にあった、この走り書きと同じものでした。そこにマダムはいくつか秀逸なご感想をお書きになっていました。残念ながらそのうち「ああ、エデュアール、好き《ジュ・テーム》よ！　愛してる《ジュ・テーム》！」というのはあまり分別あるものとは思われませんでしたが。ゴルトンの話を聞いたあなた様は、当然ながら怒りに燃えました。ミス・グレイが彼の愛──」

キラールが声を上げる。「バンコラン、後生だからもうそのへんで──!」

バンコランは振り返ると、冷たく恐ろしい目でキラールを見た。

「ムッシュウ・キラール、私が職務遂行中なのをお忘れになっては困りますな。なろうことなら、この部屋を出て行くよう命じるような事態を招かないでいただきたい……。さて、マダム、さきほどお話ししましたように、あなた様はこれまで誰彼なしに食い物にされておいででした。こう申してよろしければ、フェネリのような輩にさえ。あなたのように淑やかな方があんな手合いに言い寄られるはめになっては、さだめしご不快だったでしょう──この長椅子でしたな、違いましたか──?」

情容赦のないこの一撃で夫人はほぼ完膚なきまでに打ちのめされた。それでもバンコランはいぜん親身で穏やかな口調を変えずに優しい笑みをたたえていたが、重いまぶたの上の両眉をわずかに跳ね上げた。

「マダムはもともと楽観主義者でいらっしゃる。それにしても、どんな人でも楽観主義を捨て去るに十分なほど、すべての幻想を崩されてしまいましたな。例えばムッシュウ・ヴォートレルを信じて、自分だけの光の君として鍾愛《しょうあい》なさいました。この信頼が崩れ去ったのは、やつには自らの計画──つまり、階下の偽者殺害計画ですよ──を実行するだけの胆力がないと露呈する前だったのか、それとも、その後、マダムのことなど愛していないと見せつけられた時でしょうか。おそらくムッシュウ・ヴォートレルがマダムをそそのかして、あの偽者を殺させようとした時かもしれませんな――言わせていただければおふたりに転がり込む遺産で、映画によくあるようにどこか南の島へ高跳びするためにね――ムッシュウ・ヴォートレルは芸術家らしく例の芝居……『サロメ』からでも引用したのかな、そこまでは知りませんがね」

夫人は手にした煙草が灰になるに任せていた。神経が一本ずつゆるみだしていた。ランプの灯の下でクッションにもたれ、黒いレースの胴着に白い胸がぐっと迫り出し、真珠の首飾りと同じほど白く輝く顔。細眉が黒く弧を描き、目は冷たい黒い石のよう……それでいて、これまで身の内に凍りつかせてきた人情のすべて、愛し愛されたいという欲望のすべてがここにきて、告発の瀬戸際で一挙に蘇ってきたのが感じとれた。恐らく人に知れたという一事をきっかけに、こういった内なる温もりが堰を切ったのだろう、そして恐らくバンコランもそうなると見越していたのだとしか思われなかった。座して口ひげをなでながらその様子を見守りつつ、ふとこんなことを言い出したからだ。

「マダムには、私にいきさつを説明するようにとのご意向ですかな?」

この期に及んでも夫人は抗おうとした。「ムッシュウ・ヴォートレルは――胆力がなかったわけじゃありません。神に対する開き直り、最後の偶像が去ってゆくのを断乎手放すまいとする頑なさだった)「あの人――もしかすると――不実な面があったかもしれませんけど。だってね、おわかりでしょ」悲劇がかった身ぶりで、笑顔を作ろうとした。「たいていすべての女が大目に見てしまうものよ――そういうのは。でも、あの人は天才だったわ！　何か計画を立てたら、そりゃもう誰だって」得々として、「誰だってかないませんでした。おかげさまで、私にはようくわかってるんですのよ！」

「彼の殺人計画は」とバンコラン。「拙劣でお粗末きわまる、机上の域を出ないものでした。私でしたら、ものの半時で見抜いておりましたよ」

相変わらず礼儀正しく驚いてみせながら、まるで「たとえ一時でも、ヴォートレルみたいな男に裏をかかれる人がいるなんて考えられますか？」と言わんばかりだった。「ヴォートレルはほぼ常に間違ってばかりでした」とバンコランが続ける。「例えば、あなた様に愛情たっぷりに麻薬を勧めたのは間違いだった、とマダムはお気づきになっていたはずです。なんとお優しい男か！　それで神経がなだめられるから、とね。実際には、マダム」――と、指で夫人の手首をとらえながらも、いぜん笑顔を崩さず――「あなたに人殺しをさせるための元気づけでした」

バンコランが夫人を見る目つきたるや、私だったらそんな目を向けられたら心穏やかではいられなかったはずだ。

「まあ、いいでしょう。私がマダムにお話しいたしましょう。お友達のムッシュウ・ヴォートレルがいかに芝居じみた間抜けだったかを、おわかりいただくためだけにでも。

このお方は、向こう見ずなサリニーに言い寄られ――ご自分でも理解できない不思議な感情で相手にひきつけられました。実を言うともう一人の夫に面影を重ね――ですが、それでも本気で愛していた人はムッシュウ・ヴォートレルだった。おわかりになりませんかな？　ムッシユウ・ヴォートレルは歴史好きで詩人気質な半面がローラン似な一方で、運動好きな点がサリニーに似ていた。そしていずれの面をとっても思慮と品位ある人柄をそなえ、常に優しく、常に夫人のためを思って助言してくれる相手だった。夫人のほうでも彼がものした戯曲を読み、その虚勢に惑わされた。夫人といるときの彼は超然としていました。夫人に崇め奉られていたからですよ――」

眠たげな追憶、幸せそうと言っていいような奇妙な光が夫人の目にともった。

「夫人はやつに大金を貢ぎました。やつはお返しにせっせと麻薬を売りつけるか、ここで麻薬を買うよう周旋しました。で、この貢ぎの――見返りに、夫人は愛してもらっていたわけですよ」

光が消えうせ、夫人に痙攣じみたおののきが走った。

「ヴォートレルは偽サリニーが戻ったとたんにやつがローランだと見抜き、そっちにも麻薬をあてがいましたが夫人とは薬の種類を変えました。心とろかす阿片で夢ごこちになったローランは、ラウールの友人のひとりをだましおおせたぞという気になりました。あなた様もお認めになるでしょうが、ばかげた考えです。恐らくローランは一日たりとヴォートレルの目をごまかしおおせたはずはないでしょう。残りの者たちはといえば――だまされるでしょうね、それはそうです。だって、サリニーを知らないのですから……。そして男の見栄とばかさかげんに加えて、不運が重なった。ヴォートレルはまた違う夢にふけってあの計画を練り、偽のサリニーの始末を企てました。結婚式後に死んでくれれば遺産はマダムのもとへ行き、虎視眈々《たんたん》と富を狙うヴォートレルにはうってつけの好餌となります。だめですね、式がすむまでは何が何でもあやつを生かしておかなくては。同じ理由で、この偽サリニーがなりすましだと断じて世間に知られてはならない。ヴォートレルの主目的である」――そこでさりげなく夫人の顔色をうかがい――「大金がフイになってしまうからです。そこでヴォートレルは、執筆中の戯曲からこれなら――パリ警察を欺けるという犯罪の手口を借りてくるのです」

バンコランは私たちを見渡し、さもおかしそうに唇をすぼめた。「諸君の注意を喚起するために、あの戯曲の一節を引用すれば十分でしょう。「あの仮装したやつは殺してしまうつもりだが、手口はこの世のどんな警官にも断じてばれないようにするさ。あの仮装野郎は誰かを殺す気だ、わが――親しい友を守るためなら、おれは殺しも辞さない」いや、良く書けてますな！　彼はマダムに話をして、利用していました。その仮装野郎はあなたを殺そうとしているんですよ、とね。ヴォートレル一流の英雄気取りで、思い入れたっぷりにあの登場人物に「わが親しい友」などと言わせました。そのせりふの下にマダムは、ご記憶でしょうか、抗うようにこう書きつけられた。「エデュアール、好きよ《ジュ・テーム》！　愛してる《ジュ・テーム》！」

むろん、ここはわれわれが分析する立場にない箇所です。ただ、ヴォートレルという人物の性格に側面から光を当てるというだけのことです。以前にお話ししたことをご記憶でしょう、諸君――やつには何かにつけて外見を飾るきらいがあると。そうせずにはいられないのですよ。そのために突飛な言動に走らざるをえなくなっても、その大げさな芝居をやめることができなかったのです。幕引きのせりふがこれでもかというほどの怪奇趣味なのもむりはない。

ローランと警察をともに出し抜こうとした彼の姿を思い浮かべてみてください。同時に、自分をフェネリの店のとりまきにまで追いやった悪運をも彼は出し抜こうとしていた。彼は世界を打ち負かそうとしていたのです！——それには自分に入れあげたこの女を動かすしか手はなかった。ですが、あまり危ない目に遭うことはないとも信じていた。非難を浴びるとしたら、夫人の方に決まっているのだから、とね」

そのわざとらしさが癇《かん》に障るし苦痛でもあった——べつにその時の夫人に同情したり、席で茫然と唇を湿している様子に興味を覚えたわけではなく——「どうしてだ、どうしてそうなった、どうしてだ？……」という思いが渦巻いていたのである。だが、バンコランはバンコランで、自白を引き出そうとして夫人と戦っていたのだ。

「われわれの暗中模索は結婚式当夜に至ります。この建物の二階に役者全員が顔を揃えたのです。みな思い思いの仮面に顔を隠して入ってきました。ローランはサリニー役を、他の二人はそれぞれその忠実な妻や親友役を演じようとしていました。三人とも、実にご念の入ったことではありませんか！　三人とも十時十五分に着きました——マダム、あちらでわれわれの手になる時間表をご覧になりませんか？　無邪気なあなた様ならば首をかしげそうな記述がここにはきっとありますよ。ご主人は十一時近くまで喫煙室におられました。それから喫煙室を出て行きがけに、これからルーレットをやるぞとおっしゃったそうです。ですがサロンに足を踏み入れなかったのは、この一覧表でわかります！　喫煙室を出られた十時五十五分と、カード室へお入りになったとされる十一時半まで、誰の目にも触れなかった三十五分間という空白時間があるのです。複数の目撃者の話によると、ご主人はサロンにも二階にも各ラウンジにも廊下にも三階にもおいでにならなかった。そうなると、喫煙室を出た後の行き先はひとつしかありません――カード室です」

まるで血のめぐりの悪い子供に明白な事実を嚙んで含めるように、バンコランはていねいにゆっくり話していた。とうとう夫人の表情が一変、氷の目つきがあらわれた。彼女はそれに抗い、立ち上がろうとしたが、大声を上げる寸前にバンコランがいきなりその向きを変えて、微笑みを浮かべた自分の顔に向きなおらせた。

「それにもちろん、マダム、この時間表によると、あなた様がこの三階にあるフェネリの部屋を出たのが十時五十分をすぎて間もなくだったとわかっています。ですから、あなた様が廊下でご主人と落ち合われたはずなのは明白で……」

夫人はバンコランの手を振りほどいた。席を蹴ってよろけながら立つと、怯えを目に浮かべ、さも恐ろしげに私たちを見すえる……。やがて、緩慢な意気消沈、嘲り、しのび笑いが彼女を惨めな女から凛《りん》とした落ち着きある女へと変えていた。

「あら、それがどうかした?」と、肩をすくめて笑いだした。「ええ、私が殺したのよ。それは認めます」さらに頭をのけぞらせ、まだ笑っていた。「滑稽だわ――あなたたち、みんなほんとにお笑いよ! どなたかここの窓を開けてくださらない? ひどく暑いのよ……。ええ、私がやったのよ。私が殺したの。私よ!」

どうだ、と居直るしぐさをしたのを最後に長椅子に落ち着くと、あふれんばかりの笑みを私たちに向けた。

19　勝利の時

　バンコランは一礼して立ち上がった。こちらを向くと、額に浮いた汗が見えた。そんなそぶりはずっと見せなかったが、戦いの幕切れがもたらした反応だった。そのまま暗がりへ向かうと、天窓の窓ガラスを下ろすぎぎっという音が聞こえた。涼風とともに階下のオーケストラが奏でるかすかなワルツが流れこんできた。

「お話しになったほうがいい」と優しく水を向けながら長椅子へ戻る。「そのほうが、ご気分がすっきりするでしょう」

　夫人が顔を上げ、けだるそうに声を張った。「私を連行するの？」

「そうしないわけには」

「じゃあ、絶対に自白しない！──ああもう！　どうかしてたのよ！　自分が何を言ってるかもわからなかったのよ！　たとえ殺されたってかまわない。でも、おとなしくしてなんかいませんからね！」

「自白しようとしまいと、あなたを逮捕せざるをえませんよ、マダム。かりに包み隠さずお話しくだされば、法廷審理に情状酌量の見込みが出ます。むろん、私からはなんとも申し上げかねますが」

「わからないの？　死――じゃないの。そうじゃないのよ。あの穴ぐらにまっすぐ放り込まれるのがいやなのよ！――どぶ鼠どもと同居だなんて――！」

「うけあいますが、マダム、そんなのはまったくの作り話ですよ」

夫人は考え込むふうだった。その美しい顔には反抗の気がみなぎっていた。なんとか自制を取り戻そうとあがくうちにどんどん息遣いがあがってきた。それでもまだ考え込むように指を喉に這わせながら、暗い未来のかなたをじっと見すえていた。

そこでいきなり言いだした。「いいわ、話してあげるわ。事の起こりはあなたもまだ知らないでしょう、だから、これだけはわかってね。私は自由意志で話しているのだし、気がかりはもうないの……。気がかり、だなんて。どうせ自殺するつもりだったのよ。

ローラン殺しを私がいくらか後悔したとでも？　後悔？　あいつの正体がわかった時は」と、指先を喉に当てて身をこわばらせた。「この手で八つ裂きにしてやりたかった……！あなたが言うように、あの晩はそろってここへ来ました。計画は前もってエデュアールから聞かされていたの。私の気がかりはひとつだけだった――ローランに触れられたら、ぞっと身震いするか、身を引いてしまうんじゃないかしらって。そうしてあの日一日、あいつに見つめられるのに耐えていなくちゃいけなかった。あいつと祭壇に立って式を挙げ、再び愛を誓わなくちゃならなかったし――あいつが私を見つめるのを見ているしかなかった。あの人を愛していた初めの結婚のころをふと思い出したりして――われながらうぶで単純な小娘だったわ！

――でも……思い出したらこう思ってしまった――もしかしたら、また最後までやり通せるのではって。でも、その時エデュアールの姿が目に入り、また勇気がわいてきたわ。前にどれだけ傷つけられたか思い出した。ローランを見ているうちに、元の茶色いあごひげの顔がまた目の前に浮かんできたの。それに眼鏡も――あの人ったら、ラウールそっくりに笑っていたわ。で、内心こんなことを考えてたの――ああもう！　どっちがどっちなの、二人ともほんとにそっくり。片方からもう片方へとくるくる変わるんだもの。まるで、夢の中の恐ろしいできごとみたい……。

それで、あの晩は連れ立ってここへ来たの。前にもましてローランが憎たらしかったけど、これからやることにそなえて、何か元気づけを摂らなきゃもたなかった。もしも失敗したらと思うと怖くて怖くて。どこもかしこも騒々しい上に、あのオーケストラに賭博場の音でしょう、それに顔見知りが誰もかれもわらわら群がってきて、口々におめでとうを言われて……。まあ、それで十一時手前にこの三階へ上がってきて、あの煙草をもらおうとしたの」と、いやでたまらないように手を振る。「手に入れてすぐ火をつけたわ。おかげで荒っぽい気分になった。その間もずっとローランの顔がすぐ目の前にあったでしょ。つまり、ラウールそっくりのローランを見ていたのね。おかげで頭がすっと冷え、体中に力がみなぎってきた。ありとあらゆる悪が掛け合わされ、いえ、べつに掛け合わせるまでもなかったんだけど、ひとつひとつの悪がはっきり見え、話しかける声がいくつも聞こえてきたの。その声たちにこれからどうしたらいいか、エデュアールに言われたことをあらためて指図されたわ。エデュアールは念には念を入れてましたからね。

「おれが、やつを喫煙室へ連れていく」とエデュアールは言ったのよ。「君の方は階段で待ってるんだ。あいつが出てきたところをつかまえろ。ただし、廊下に人がいないのをくれぐれもよく見すましてな」

十一時に、あいつが喫煙室を出てきたわ……。あの時の階下の様子が、今こうしてありありと見えるわ。床には赤絨毯を敷いた無人の廊下、階下でオーケストラ演奏、大時計が十一時を打つでしょ。そこでローランが喫煙室を出てきたの。私、自分に言い聞かせたわ。「さあ、冷静にやるのよ。変に思われてはだめ」見守るうちに向こうは笑い声を上げて近づいてきてね、ローランのひげ面が目に見えるようだったわ。

「カード室だぞ、ルイーズ」エデュアールにそう言い含められていたので、下準備はすっかりすませてあったの。まずエデュアールが彼を喫煙室へ連れていった間に、私の方はカード室へ入りこみ、壁からあの大きな剣をおろしてクッションの下へ隠しておいた。その柄の握り心地が最高によかったのよ、ぴったり手になじんで！「カード室だぞ、ルイーズ」エデュアールの言葉が今にも聞こえてきそうだった。「あそこなら今夜は誰も入ってこないよ。それにあの大きな剣を使わなくてはな、ルイーズ——覚えてるだろう、あの大きな剣だよ！——あいつの首をすぱっと落としてやるんだ。なぜって、考えてもごらん！あいつの顔をめちゃくちゃに切り刻んでやらないと、警察の調べが念入りだった場合にサリニーじゃないとばれてしまうかもしれないよ、ルイーズ」

ここへきてようやく私にも理解できた、あの大きな剣を凶器に使った意味が。夫人はあいつの顔をめった斬りにするつもりでいたのだ。そうしていれば、偽者だとは絶対ばれなかったかもしれない！——誇らしげな声が一本調子に変わり、せきたてられるように早口になっていった。

「さっきも言った通り、時計が十一時を打ったと思ったら、彼が廊下へ出て来た……。煙草を一本吸い終えてたんだけど、気が落ち着かなくてまた一本吸いつけたの。頭の中でぶんぶん小さな羽音がしたけど、へっちゃらだったわ。うんと頭が冴えて、体中に力がみなぎったから。あいつをカード室へ連れこんでやったの、ありったけの笑顔で誘って。内心こう思っていたのよ。『これはエデュアールのためよ、そうしてラウールの敵をとってやる』部屋に入ってみると、赤いランプがついてたわ。あいつが——そうっと私の腕に手を這わせてきたので、真正面からその目をのぞきこんでやったら——火がつきかかっているのがわかったわ——情火よ、私への欲情よ！　そうして二人でその場に立っていると魅入られそうだった。大嫌いなのに、それでもあの二人を同時に見てしまう。ひとつの肉体に同居した二人ともが私の夫だった。茶色いひげはなかったけど、あの恐ろしい茶色い目はあった。それからカード室で立ったままキスされたわ。ぞっとして、あやうく逃げ出しそうになったんだけど、その最中に思い出したの、やつを殺しにきたんだって。そしたらキスが楽しくなって、こちらからも返して、ぎゅっと抱きしめてやった。そこで煙草を落としてしまったのをふと思い出して。『待って、ラウール』って、にこやかにね。『煙草を落としちゃった』そうして拾い上げたのはいいけど、ここに残してておくわけにはいかないことを思い出したの。それで、「ラウール、窓を開けてくださる。これを捨てたいの、だって灰皿がないんですもの」と、窓を開けさせた……」

夫人がその場面をしばし反芻するうちに、開け放った天窓づたいにオーケストラの音楽が漂いおりてきた。

「二人して長椅子へ戻り、座らされた先が剣の隠し場所だったのよ。あいつが手をのばしてくるのが見えた。オーケストラがひときわ高らかに歌い、ドアの向こう側で胴元がはりあげる大声、がやがやいう人声が聞こえたわ……。混乱しきって、胸の奥まで冷たくなってきた。そら恐ろしいほどふつふつと力がわいてきて、あいつの首を素手で絞められそうなくらい――ああ、恐ろしいほど冷たくなって、あいつの顔が霧を透かして見えた。「ラウール」と声をかけたの。「靴の留め金が外れちゃったわ……」にっこり笑いかけ、片足を前にのべてやった。長椅子に右手がつくくらいまで体を傾けて、片足をさしだしてね。あいつはまだその場に私の足の上に屈みこむと、私はその真横の位置からぱっと飛びのいたの。あいつが長椅子に背を向けてひざまずいていた。ろくに目も見えなかったけど、力任せにあの剣を引き出して振りかぶり、斧みたいにしてふるったの……。気が遠くなった。体勢を崩して危うく倒れるほどによろめくところへ、オーケストラが〝ハレルヤ〟の最終音符をばんと打つのが聞こえた。そこで目を開けてみると、床に転がった生首から血がほとばしり、ストッキングにかかりそうになって……。

ああ、神様！　初めの計画では、あいつが見上げたところへ真正面から剣を振りおろし、顔を真二つにするつもりでいたの。そうするかわりに首ごとすぱっとはねてしまった、すっぱりとね。まるで首斬り役人みたいに……」

象牙のおもてにしどけなく唇を動かし、髪は黒雲、目をとろんと据えて……妙な話だが、この自白の瞬間の夫人はこれまでになく蠱惑《こわく》的に見え、無慈悲な毒を含んだ美貌や、艶めかしさの背後に刃を隠した蜜の唇をも魅力のうちにしていたルネサンス期の女性たちをほうふつとさせた。「真正面から剣を振りおろし、顔を真二つにするつもりでいたの」——彼女はこのせりふを、催眠術にかかったように、声も震わせずに一座の顔を見渡しながら言ってのけた。それを聞いたキラールは一声うめくと壁のほうへ顔を背け、グラフェンシュタイン博士さえ顔色をなくしたようだ。そんな二人を、夫人はさも心外そうに見つめていた。

「ええ——そうよ。でも事が終わるとほんとに落ち着きました。私はエデュアールに言われたことを思い出し、その後の計画を最後まで思い出させなくてはなりませんでした。もう殺してしまったんですものね、あいつの所業にふさわしいやり方で処刑してやったのよ。ゆくゆくはギロチン行きだったやつですもの……。でも、かくなる上はあの計画を最後までやりとげなくては。つまりね皆さん、おわかりでしょうけど、エデュアールと私の両方にアリバイ作りをするの——二人それぞれに！　だから、警察だって私たちのどちらにも罪を着せられないわけよ。エデュアールに言われてましたのよ、いったん殺してしまえば、あとは万事いいようにやっておくからねって。

十一時十五分を少し回った頃でした。カード室のドアの陰から廊下をのぞいてみました。人影は見当たりません。それで出て行きました。二人で入るところは誰にも見られていませんでした……。エデュアールが私を待ち受けていましたそわそわしながら、こう言うんですのよ。「すんだか？」それで私が、「そんな青い顔しないでよ、あなた。ちゃんとすませてきたわ……」夫人はヒステリックに笑いだした。「『階段に足音がしないか？』と言われて、『いいえ、オーケストラの音だけよ。そんなにびくつかないでよ』ほんとに人っこひとりいない廊下だったのに。『あいつの首は床に落ちてるわ』一瞬、エデュアールが気絶するんじゃないかと思いましたわ。『いいかい、ここに着いたらわれわれの計画に利用できる人間に当たりをつけとくって話をしただろう――誰でもよさそうだが、どうやら目星がついた――あの警察のバンコランにしよう！　仲間を連れて、あっちのルーレット室に来てる。だから、来る前にあらかじめ教えておいた通りにするんだ――十一時半に、ちゃんとやるんだぞ。あの踊り場の時計が見えるか？　そろそろ十一時二十分だ。手もとの時計から目を離すんじゃないぞ。そしてだ、十一時半になったら言うはずのせりふをちゃんと思い出すんだ。さ、バンコランのところへ行け。くれぐれもびくつくなよ』こんなことを言うのよ！　自分は気絶しそうだったくせに。『指紋を残してきたか？』そう尋ねられて、私、言ってやったわ。『さあ、どうかしら……』

それで私はサロンへ入り、あなたがたの席に加わったの。そうはいってもねえ、お目当てがどの人なのかわからなかったのよ。あのアルコーヴにいたのは間違いないんだけど、なにぶんサロンとカード室をへだてるドアから遠すぎたでしょ。私がご一緒した時のことを覚えていらっしゃる？　十一時三十分にヴォートレルが入ってきて、あなたたちに背を向けて六十フィート先のカード室のドアを入っていったわ。そうやって、みなさんをまんまとかついだってわけよ！」と大声を上げた。「まさにそこが、ローランのなりすましから思いついたエデュアールの奇策だったの。こうですって。「どうだい、ローラン殺しに最高の手じゃないか！　ローランを殺して、ローランのサリニー殺しと同じ手口で罪を免れるって寸法さ！」——
　あの人にひらめいたのはそれだったの——それが真の裁きだって。エデュアールも黄色い髪で、背丈もあれぐらいだったのをお忘れにならないでね。だから、わざわざラウールに似せるまでもなかったのよ、でしょ？　皆さんの目にうつったのは背の高い男があのドアを入っていく姿だけど、あまりに離れすぎていて誰だかわからなかった。そこで私が言ったの、「ラウールだわ、ほら。カード室へ入るところよ」皆さんはなるほど頭のいい方たちだけど、私の言うことを信じてしまったわね……でも、入っていった男は実を言うとエデュアールだったの。
　ね、エデュアールって頭いいでしょ？　あの人はただ歩いてカード室へ入り、出がけに呼鈴の紐を引いて廊下側のドアをすたすた出ると、また向きを変えて喫煙室の張り出し部分につ いたドアを入っただけなのよ。あの張り出し部分のおかげでカード室の入口は死角になっていて、廊下のどっちの端からも見えないの。二階の間取りをご存じないの？　あの張り出し部分よ！*I
——で、あの人は喫煙室へ行ったの。彼の話だと、カード室を抜けるのに十二秒しかかからなかったんですって。十二秒よ。つまり彼が喫煙室からまた出てきたのは、刑事が見張りについてまだ五分しかたっていない時だったの。そこへ近寄って時刻を尋ねたのは十一時半と十二秒

*I——巻頭の見取り図を参照。

だったわけ——十一時半よ」

と、どうだと言わんばかりに会釈した。まるで喝采を待つ大女優サラ・ベルナール気取りだ。沈黙があった。夫人はひたすらその離れ業の妙に心を奪われて他はご失念という有様、私たちが十全にその妙味を味わえるよう解説にかかった。

「ですからね、私たち両方とも揺るぎないアリバイがあったわけよ。エデュアールはそれを狙っていたの。二人ともそれぞれ犯行不可能な場所にいたと、身の証《あかし》が立つわけ。私はあなたがたとご一緒だったし、あの人は誰かに時刻を尋ね——わざわざおたくの刑事さんを選んだのよ、ムッシュウ！　で、あの呼鈴も自分で鳴らした。そしてラウールに人と会う約束があったなんて話をでっちあげ、呼鈴が鳴ったらカクテルのお盆をカード室へ届けろとあの給仕に言いつけておいた。うまいでしょ！　それから呼鈴を鳴らしてあの給仕に現場を発見させるよう仕向ける一方で、人に時間を尋ねて、ラウールの在室中には外にいたとわかるようにした。あなたたなら給仕に時刻を質すだろうというのも、ベルが鳴ったのは十一時半でしたと証言されるのも、織り込み済みだったのよ。私たちのどっちにも望外だったのは、ラウールが入室したとおぼしい時刻にあなたがたが目を止めて、加勢してくれたこと——だって、あの時入ったのはラウールでもローランでもなかったんだもの。おかしいじゃない？　そこはエデュアールにずいぶん受けてたわよ」

「加勢ですか、マダム？」バンコランが静かに尋ねた。「それは間違いです。あの男がカード室に入ったのが何時だったかは、こちらでも見落とせない要点でした。それによって不可能な状況が明らかとなったのです」

「でも、私たちにはアリバイがあったわよ」夫人はいささかつんとして言い放った。「アリバイがあったのよ！」

「死体のポケットから鍵を盗んだのは、あなたがたのどちらですか？」

「あら、そのお話をし忘れてたわ！　私よ、あなたがたとお話し中に手首にさげていたバッグに入れておいたの……エデュアールの言いつけでね」そこで間を置いて、自信なさそうに尋ねた。「それもご存じだった？」

「ええ。ヴォートレルが鍵をとって、あの晩にサリニー館に入ったのではないかと思っていました。やつは世間の人間に〝サリニー〟が偽者だと絶対にばれないよう、万全を期そうとしていましたからね。二階にあったサリニーの机を探し、書類をすべて破棄し——言うまでもなく、あの偽者が自らの正体を明かす証拠一切を廃棄しているはずだとは承知していたのですが。弁護士たちが館内を検分すれば、手紙類、ローラン直筆の日記その他の疑惑を呼ぶ品々がいずれ見つからずにはすみませんからね」

彼女は落ち着きなくうなずいた。「そうよ。現金がいくらか見つかったけど、しかたなく置いてきたと言っていたわ。考えてもみてよ、あのエデュアールが現金を置いてきたなんて！」ふいに火のように辛辣な言葉が口からほとばしった。

「いやいや、でも事実そうしたのですよ、マダム。サリニーがわが手で書類一切を破棄したと思わせるためです。それで、書斎のドアに鍵をさしっぱなしにしたのですよ。サリニーがそのままにしておいたと、われわれに思いこませたかったのでね。ですから、当然ながら死人の金には手をつけられませんでした。そうですよ、置いていったのです。地下酒蔵の鍵を捨てたのは失策でしたな。誰にもそこを覗かせたくなかったからですが、実際にはそれがかえって注意をひきつけ、まっすぐ地下酒蔵へと導く絶大な効果がありましたよ……」

しばし宙を見すえたバンコランは詰問口調になった。

「そんなことはどうでもいい！　いま問題にしているのは、ヴォートレルがカード室を通り抜けた時のことです。計画では、あなたたち二人のアリバイを別途に証明するしかるべき証人を見つけるはずでした。あなたはわれわれを選んだ。ヴォートレルはユーモアを発揮して廊下の端にいた刑事を選んだ。おそらく喫煙室のバーテンダーに時刻を尋ねたはずです。その様子が目に見えるようですよ。さもなければ、ちょうど、運んでいくカクテルをこしらえている最中でした。十一時三十分にね……自分が喫煙室にいたと立証するために」バンコランは一息入れた。「十二秒か！　他に彼があそこで何をしたか聞かされていませんか、マダム？」

「何をおっしゃりたいの？」

「おそらくは、すぐさま死体にかがみこんだのでしょう。やつの手にちょっと血がついたのはその時ですよ」

「それがどうしたっていうの？」

バンコランが手厳しく決めつけた。「偽サリニーが三階のミス・グレイと情事を続けていたことを、やつがどれほど妬ましく思っていたか、興味はございませんか。ヴォートレルは上がっていって女を脅し、その手に血糊をべっとりつけたのです。例によってメロドラマじみたせりふをつけてね、あの愚か者が！」

ルイーズ夫人はわけがわからないという顔をしていた。が、その言葉の意味が胸を貫いたとき、狂笑すれすれの変な声を出した。

「それじゃ――こうおっしゃるのね――あの人まで――私の最初の夫までもが、あの女に――？」

「そうですよ。カード室であなたとキスしている最中も、階上で彼女と逢う胸算用をしていたのです。ヴォートレルはそれを見抜いていました。おそらく、結婚式当日に逢引の約束をしているのを洩れ聞いたのでしょう」

またしてもゆっくりと、夫人にも自らの置かれた立場がわかってきた。だが、ためらいがちにこんな言葉を発しただけだった。「そんな――ローランまで……！」夫人は頭を左右に振り、意味のない小さな身ぶりをしたかと思うと、いきなり声を上げて笑いだした。

「そうよ！」すさまじい剣幕で叫んだ。「それに、今夜は私、ここの店主の嫌らしいでぶを殺してやるはずだった。私がいけないっていうの？　見て」いきなりびりっとドレスの前を引き開けた。白い乳房に深い爪痕がいくつもつき、胴着を力ずくで引き開けたので傷口からまた血が出てきた。彼女はその傷跡を両手でぎゅっと押さえ、涙でいっぱいの目をバンコランに向けた。「あなたはご存じよね、昨日いらしたときに私がわかっていたはずだもの。これでもまだ辱めが足りないとでも？――私、無理やりねじ伏せられ、力ずくでひざまずかされて、それもこれも——あの煙草がどうしてもほしいからよ！　ひざまずいてまで！　今夜、あいつが金庫を開けたら全部取ってやるつもりだった……。私のせい？　世の中に誰か、これまで私がなめた辛酸をわかってくれる人はないの？」

これは慈悲を乞う哀願ではなかった。自己を満たすことができず、ささいな満足を与えるのとひきかえに自分を破滅へ導こうとしない相手とついに巡り会えなかった女の絶望の叫びだった。夫人には誇りがあった。そこに座ってまっすぐこちらを見つめている……その悪態の傲慢さがかえって憐れみを催し、聞く者の心を刺した。

キラールが言った。「バンコラン、見逃してやって……目こぼししてやってくれ！　知る者はわれわれだけだ。だから、そのように——」

「後生だから、どなたも黙っていてください！」バンコランがどなりつけた。「好きこのんでこんなことをしているとでもお思いか？」

「あなたがたの同情なんてまっぴら」夫人がすすり泣きをおさえて叫んだ。「鬱陶しい御託もいらないわ。聞こえてるの？　同情なんかまっぴら。それがまた別の罠なのはわかってるんだから」

と、順ぐりに一人ずつ顔を睨《ね》めつけて張りつめたその場の空気を破って、バンコランの厳しい声がこう続けた。

「ヴォートレルの話をぜひともしていただきましょうか」

夫人は虚をつかれた顔をしたのち、自分の額をなでた。

「あ、ああ……エデュアールね、いいわよ。あの時の気持ちには二度となれそうにないわ。いえ、今となってはもうどうでもいいんだけど……。でも、あの時は大事なことだったの。ローランを殺したあくる朝にあの女、あのシャロン・グレイが来てね。すべて私が殺《や》ったのよ――エデュアールのために。だって、私を愛してるって言ってくれたから……。でも、シャロンが居合わせたところへ、あのおぞましいでぶのアメリカ人が来て言うの――その女、エデュアールの情婦なんだぞって」

いきなり憤怒が戻ってきた。「なら、どうして私があんなことをやらされたの？　エデュアールには有り金を残らず貢いだのに。あの人のためなら何でもやってきたわ。ああ、あの人の口説《くぜつ》はほんとに甘くて素敵だった――私のことを大事に思っているのはおれだけだ、君こそ戯曲のインスピレーションの源なんだ、あの薬をやれば本当に君のためになるんだよ！……あのアメリカ人はシャロンをエデュアールの情婦呼ばわりしたのよ、本人がいる前で。様子を見るまでもなかった。事実だってわかったもの。このアメリカ人がそんなことをしゃべり散らしているうちに、シャロンはどんどん青ざめてびくついてるの――小癪な気取り屋の小娘め！　一身をなげうってあの人に尽くしたのは私なのに！――穴があったら入りたかったでしょうよ、あの女。身も心もそっくり捧げて尽くしたのは私なんですからね！　そうやってエデュアールに貢いだお金を、エデュアールったらあの女に右から左へくれてやって援助してたのね。私のほうではエデュアールの言いつけ通りに人殺しまでしたのに。私――私、それ以上、いったいどうやって尽くせばいいっていうのかしら……。

なのに、あの人は気にかけてくれた？　いいえ。あの白々しい気取り屋のかわいこちゃんとよろしくやってたのよ。あんな上品ぶったカマトト女と！　ええ、そう、あの女はそういうやつよ。あの女に何がわかりますか、女にどれほど人を愛せるかなんて？——私みたいな女に？　私を見てよ！　淑やかって、さっき言ってくださったわね。淑やかで、落ち着きと品があるでしょ。なのに——ああ、それなのに、エデュアールに側へ寄られると、いつでも火がついたようになってしまって——！」

黄昏《たそがれ》の天窓へ、両手を懸命にさしのべた。下唇を食い破らんばかりに噛みしめ、この世のものとも思えぬ形相に涙をたたえて。「私のせい？　私のせいなの？　これで正面から事実を見すえられるわ。彼がしていたことはわかってる。でも、あの時は——初めて耳にした時は——私、ばらばらになりそうだったわ。耐えられなかった……。あなたがたがおそろいでいらしてくださったあの午後に、よっぽど洗いざらい話してしまおうかと思った。エデュアールへの憤懣をぶちまけてしまいたかったの。いてもたってもいられなくて。気づいてらした？」

バンコランがランプに目を据えて、低い声で言った。

「気配は感じておりました、マダム。ですが、誤解していましたよ。てっきりあなたの——お怒りの矛先はミス・グレイへ向くと思っていたもので」

「せいぜいあなたの裏をかきましたものね」とりとめなく続けた。「でも、別によかったの。あなたにばれてたって気にもしなかった。ひたすら考えていたのは、エデュアールがあのなまっちろいカマトト英国女とキスしている姿だけ……。

あの人に電話しました。違うと言ってほしかった。そう言ってくれれば、たぶん信じたはずよ。でも、だめだった。逢いに来られないって言うのよ。「最愛の人」「おれの心の中心」――しじゅう飽き飽きするほどそんなせりふを並べたてておいて。あの晩は重要な仕事の約束があるんですって。仕事の約束、だなんて！――行き先ならお見通しだったわよ」

夫人はぐいと身を乗り出した。ちょっと腰を浮かせぎみにし、憑かれたような目はあの晩に立ち返り、おもむろに声を落として悦に入った声になった。その奥で肩を丸め、ひげを生やしたあごを片手で支えたバンコランが、ぎらつく目を凝らして一心不乱に見守るのが見えた……。

「……あの家にはナイフがあったの――大きなナイフよ。狩猟旅行のお土産でラウールにもらったの。人に見られたってかまわなかった。ただひたすら、これまでの仕打ちのお返しをエデュアールにしてやりたかった。それで吸いましたのよ――あの煙草の一本を――吸えば――なぜかはわからないけど――なんだってできる私になるの。それからタクシーを拾いました。そうしてあの別荘の裏門へ乗りつけて入っていくと、あの人が立っていたの」さっと夫人の腕がかかげられた。「ずぶりとやりました。そして、力任せに切りつけました――あの人の血を浴びたわ、いい気持ちだった！」

勝ち誇ってすっくと立った女が恍惚と仰向けた顔に、天窓からオーケストラの音楽がふわふわ降ってきた。バンコランは長椅子で身じろぎもせずにランプを睨んでいた。夫人は三人の男と言いかわしたが、なろうことなら三人とも殺してしまったことだろう。

解説

巽昌章

あえて断言しましょう。ディクスン・カーの小説は最良のお化け屋敷です。コンセプト、内装、照明、お化けの演出、その他すべてにわたって工夫を凝らし、入り口から出口まで途切れることなく愉しいスリルを提供してくれるアトラクションなのです。

かつて松本清張《まつもとせいちょう》が、旧来の推理小説の煽情主義を「お化け屋敷の掛小屋」と呼んで批判したのは有名な話ですし、そうでなくとも、この形容には何となく安っぽい印象を受けるかもしれません。清張の批判にはそれなりの必然性があったと考えますが、とはいえ、本格推理小説が人々に一時《いっとき》の楽しみを与えるものである以上、言葉によるお化け屋敷であってならない理由はないでしょう。要は質さえ高ければよいともいえるし、実のところ、現代の謎解き小説を考えるに当たって、お化け屋敷性の再評価こそ必要ではないかとも思われてなりません。

カー最初の長編であるこの『夜歩く』（一九三〇）もまた、発端から結末まで濃厚な怪奇と驚愕の体験を約束してくれる、まさにお化け屋敷的小説の佳品です。いや、妖しい雰囲気の持続という点では、この作家の遺した膨大な作品の中でも屈指のものといってよい。

とりあえず、本書のページを繰ってみましょう。四月のパリ、けばけばしいナイトクラブ、諸国から流れてきたらしい得体の知れない人々、漂う脂粉《おしろい》の香り、けたたましいジャズの響き、行きかうカクテルグラス、ルーレットに熱中する人々、アルコーヴでの秘密めいた会話。そこにふと恐怖の影が紛れ込む。人狼を自称する殺人嗜癖者が姿を変えて潜入しているというのです。

こんな退廃の色濃いほの暗い世界を自在に遊弋《ゆうよく》するのが、魔王めいた名探偵アンリ・バンコラン。この伊達男が夜のパリに颯爽と登場しただけで、本題の密室殺人が起きる前から、何だか陶然としてしまいます。作家はその後、カー名義ではギディオン・フェル博士、カーター・ディクスン名義ではH・Mことヘンリ・メリヴェールというユーモラスな名探偵を創造し、怪奇と笑いが交錯するような世界を組み上げてゆきますが、バンコランものでは、探偵役自身が妖しいオーラを身に帯び、雰囲気の盛り上げ役となっています。それゆえ、骨格は見事な謎解き小説であり、後年のカーを特徴づける不可能犯罪、黒いユーモア、アラビアン・ナイト的冒険といったものもすべてそろっているとはいえ、本書をはじめとする初期作品の第一の特徴は、やはり、怪奇に没入しようとする一途さとそこから醸《かも》される陶酔感だというべきでしょう。

バンコランものの長編は五作あり、最後の『四つの兇器』(一九三七)を除いてカーの初期に集中しています。『夜歩く』に限らず、ロンドンの霧の中にアラビア夜話風の奇談が繰り広げられる『絞首台の謎』(一九三一)、奇怪な古城を舞台にした深讐綿々《しんしゅうめんめん》の物語『髑髏城』(一九三一)、上流社会の退廃を背景にグラン・ギニョール的残酷味が際立つ『蠟人形館の殺人』

（一九三二）というふうに、初期の長編はどれをとっても怪奇探偵小説とでも呼びたくなる、他に類を見ない一群を形成しているのです。

○

カーにとって怪奇趣味は生涯にわたる伴侶のようなものでしたから、怪談めいた趣向は最晩年まで彼の作品を彩っています。しかし、そうはいっても、作中での怪奇趣味の扱われ方にはかなり大きな変遷があります。フェル博士やＨ・Ｍのシリーズに移ってからの怪奇趣味は、トリックやプロットの装飾的な位置づけにとどまることが多いのです。みずから怪奇にのめりこむのではなく、英国怪談風の起承転結が明確で統制の効いた語りを駆使しながら、怪異の点描を巧妙に謎解きの過程へと組み込んで行くやり方です。これは、彼の構築する謎解きがより精密化していったことと照応した出来事でしょう。

これに対して、バンコランものでは、狂気と残虐が物語をぐいぐいと牽引してゆきます。その怪異の味わいは、むしろフランスの怪奇幻想小説に共通する色彩を帯びているようです。創元推理文庫でいえば、『怪奇小説傑作集』第四巻に収められた「解剖学者ドン・ベサリウス」などいくつかの短編、あるいは、『ガストン・ルルーの恐怖夜話』、モーリス・ルヴェルの『夜鳥』といったあたりが思い出されます。生理的ななまなましさ、退廃と陶酔、死と隣り合わせのエロティシズム、そして、「狂気」を帯びた人間への一種ロマンティックな畏怖。これらはすべて『夜歩く』に横溢している特色でもあります。ここでは人狼伝説と退廃した風俗とが出会い、血みどろの首なし死体と蠱惑的な美女がひとつの構図におさまり、魔物めいた殺人狂への恐怖が人々をとらえてやまないのですから。カーが最初に選んだ舞台がパリだったという点には、やはり、大きな意味があったのです。

周知のとおり、カーはアメリカのペンシルベニア州で生まれ育ちました。幼いころから本の中での冒険、怪奇、探偵を偏愛した若者は、学生時代の終わり頃にフランス旅行を果たし、パリに滞在します。『夜歩く』の原型である中篇「グラン・ギニョール」を発表したのは、その直後である二九年、二三歳のときで、この中篇バージョンでも、やはり、パリが舞台となり、バンコランがその悪魔的な切れ味をみせつけています。

しかし、たまたま見聞したパリの風物を「グラン・ギニョール」や本書に利用しただけとも考えにくい。もともとカーには「ここではないどこか」への宿痾《しゅくあ》めいた希求があり、そんな心情がパリという触媒を得て猛烈に泡立ったとでもいうべきではないでしょうか。実物を読んでみればすぐ感じ取れるはずですが、カーの描くヨーロッパは、あこがれの結晶したような幻の世界です。『夜歩く』で紡がれた物語自体が、こうしたあこがれを源泉としてほとばしっているのであり、若さゆえの青臭さと底の浅さを露呈しているところがあるにせよ、のめりこむような書きぶりから生まれる勢いはいまなお読者を巻き込み、押し流す力を失っていないはずです。

○

はじめに、お化け屋敷性の再評価が必要だといいました。なぜかといえば、謎解きを中心興味とした推理小説が、読者を途中で退屈させずに結末までたどりつくにはどうしたらよいかという問題へのヒントになるからです。いや、むしろ「謎」とは何か、「謎を解く」とはどういうことなのかを再考させる機会でさえあるのです。カーの小説を読み終えた後、われわれは、ほっと息をついていう。何と濃厚なアトラクションか、論理的な謎解きをめざした小説でありながら、冒頭から結末までハラハラドキドキの連続ではないかと。その秘密は、カーにとって「謎解き」が、お化け屋敷の暗く長い通路のように、心理的な起伏を伴った連続した過程にほかならなかったということです。

冒頭に「謎」を据え、最後に「論理的解決」をもってきただけではだめなのであって、それらを結ぶ途中経過こそが大事だということです。いや、この言い方ではまだ正確ではありません。そもそも、「謎」とは冒頭で提示されたままの姿で硬直しているようなものではなく、小説が進んでゆくにつれて時々刻々に姿を変え、最後の解決まで変容を続ける一連の過程でなければならない。そして、「謎」が変容する節目節目には、常にスリルと驚きが伴っていなければならない。また、手掛かりや登場人物たちが口にする考察は、単に論理的なだけではなく、同時に読者の感情を呼び起こすものでなければならない。おそらく、カーの創作原理はこうしたものです。

たとえば、さっさと「現場のドアと窓には錠が下りていた」と書いてしまうのではなく、まず、殺人の凄惨さに読者の目をひきつけ、次に、犯人はどこへ逃げたのかと問いかけ、人々の出入りを検討するうちに事件の不可能性が浮かび上がってくる、といったやり方が『夜歩く』でも意識されています。こうして小出しに状況を明かしてゆく語りの技法において、カーは他の追随をゆるしません。カーの長編で、章の終わりごとに何かしら異様な報告が到来し、がらりと局面の変わる面白さが用意されていることは、ファンならみなさんご存知だと思います。そのような仕掛けこそ本書ではまだ顕著ではありませんが、代わりに、怪談への情熱がおのずと事件の語りを統御して、薄闇の中を手さぐりで徐々にすすんでゆくようなスリルを生んでいます。それが随所に顔を出す奇怪な意匠とあいまって、「謎」を硬直から解放しているのです。

また、現場に残された『不思議の国のアリス』が謎解きに重大な役割を果たしますが、この本は、手掛かりとして機能すると同時に、血みどろの惨劇と童話という落差によって事件の不気味さを増幅する役割をも果たしています。カーにとって、手掛かりとは論理と感情の双方に奉仕するものだったということが、ここではっきり示されています。

しかも、これらの上に、「この世でないどこか」へのあこがれに満ちた設定、光と影が交錯して人を幻惑する空間構成、アラビアンナイト的な物語への嗜好といった特色がからみついて、カーならではの濃密な世界を作り上げているのですから、このお化け屋敷が退屈知らずなのは当然というべきでしょう。

アンリ・バンコラン・シリーズ

長篇

It Walks by Night（1930）『夜歩く』※本書
The Lost Gallows（1931）『絞首台の謎』※本文庫刊
Castle Skull（1931）『髑髏城』※本文庫刊
The Corpse in the Waxworks［英題 *The Waxworks Murder*］（1932）『蠟人形館の殺人』※本文庫刊
The Four False Weapons（1937）『四つの兇器』（ハヤカワ・ミステリ）

中短篇

いずれもカレッジの文芸誌《ハヴァフォーディアン》に発表。
☆＝『カー短編全集4／幽霊射手』、創元推理文庫、所収。
The Shadow of the Goat（1926）「山羊の影」☆
The Fourth Suspect（1927）「第四の容疑者」☆
The Ends of Justice（1927）「正義の果て」☆

The Murder in Number Four (1928)「四号車の殺人」☆

Grand Guignol (1929)「グラン・ギニョール」(『グラン・ギニョール』、翔永社、所収) ※『夜歩く』の原型となった中篇

なお、*Poison in Jest* (1932)「毒のたわむれ」(ハヤカワ・ミステリ)には語り手ジェフ・マールが登場している。

編集　藤原編集室

検印
廃止

訳者紹介　英米文学翻訳家。慶應義塾大学文学部中退。訳書にカー「蠟人形館の殺人」，ヒューリック〈狄《ディー》判事〉シリーズ，ドハティ「教会の悪魔」，ケアリー〈クシエルの矢〉シリーズなど多数。

夜歩く

2013年11月29日　初版
2021年12月17日　3版

著　者　ジョン・
　　　　ディクスン・カー

訳　者　和《わ》　爾《に》　桃《もも》　子《こ》

発行所（株）東京創元社
代表者　渋谷健太郎

162-0814／東京都新宿区新小川町1-5
電　話　03・3268・8231-営業部
　　　　03・3268・8204-編集部
URL　http://www.tsogen.co.jp
振　替　00160-9-1565
工友会印刷・本間製本

乱丁・落丁本は，ご面倒ですが小社までご送付ください。送料小社負担にてお取替えいたします。

ISBN978-4-488-11835-8　C0197

東京創元社が贈る総合文芸誌！

紙魚の手帖

SHIMINO TECHO

国内外のミステリ、SF、ファンタジイ、ホラー、一般文芸と、
オールジャンルの注目作を随時掲載！
その他、書評やコラムなど充実した内容でお届けいたします。
詳細は東京創元社ホームページ
（http://www.tsogen.co.jp/）をご覧ください。

隔月刊／偶数月12日頃刊行

A5判並製（書籍扱い）